过时小说

严彬小说集

作家出版社

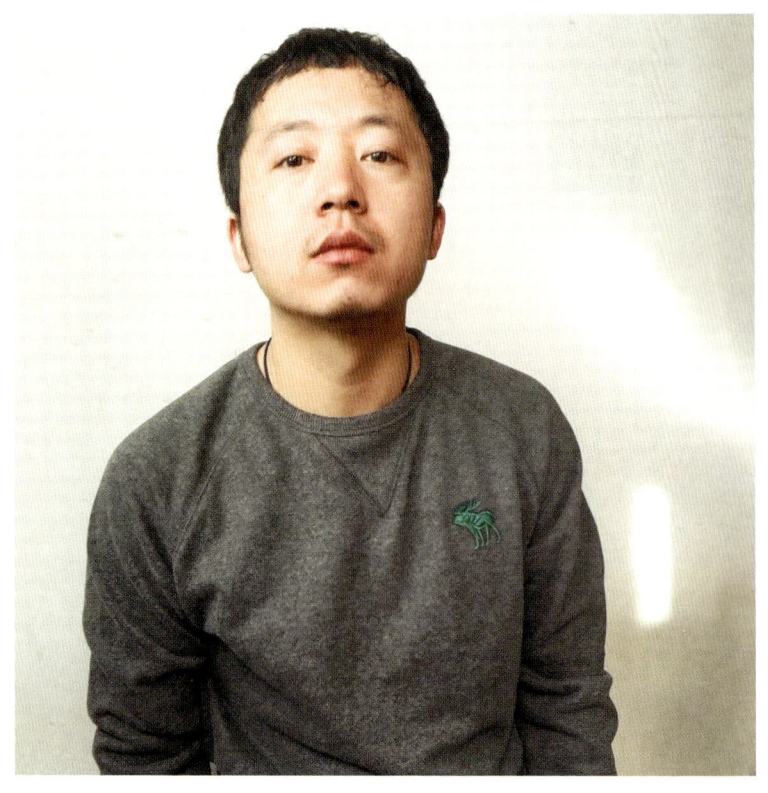

严彬，诗人，小说家。1981年生，湖南浏阳人，毕业于中国人民大学创作性写作专业，文学硕士。出版诗集《献给好人的鸣奏曲》《大师的葬礼》《所有未来的倒影》《回忆的花园》、小说集《宇宙公主打来电话》《过时小说》等。参加《人民文学》第4届新浪潮诗会、《诗刊》社第32届青春诗会、第4届中俄青年作家论坛。曾以诗歌《在家乡》和李宗盛、李剑青合作，作为词作者入围金曲奖最佳作词人。于2008年创办著名读书媒体凤凰网读书频道，担任主编十年有余。现在北京。

一切过往，或为回忆，或是梦幻。

过时的人和过时的小说（代序）

丛治辰

1

我刚认识严彬的时候，他可不是一个过时的人。

那是2008年，我读硕士二年级，因缘际会接受了一个邀请，去做凤凰网文化频道的首任主编。所谓首任主编，意思就是频道尚不存在，需要我去创办，并且不但频道是没有的，别的也几乎都没有：没有人手，没有经费，没有资源，没有规划……由于世上所有领导都希望自家业务和同类竞品大相径庭，所以我也相当于没有行业标杆和参照。当我孤零零坐在工位上茫然发呆的时候，身后一个只比我早来几天的哥们儿已经招聘了一位助手，画了好几稿网页设计图，风风火火地找领导讨论很多次了。这让我更加羞愧而焦虑，因此对他印象深刻。他自然就是严彬，凤凰网读书频道的"首任"主编。

所以那时的严彬虽然已留着卷曲半长的艺术家发型，我对他的最初印象却是：聪慧勤苦敢拼敢干的湖南人，处女座的工作狂，互联网精英，职场楷模。在那个门户网站的时代，严彬岂止是不过时，他是站在人群最前列的弄潮儿。

直到有一天，严彬扭动办公椅转过身来，拍了拍我的肩膀，脸上的表情与其说是羞涩，不如说是自矜。他递给我一本油印的小册子，说："我自己印的诗集，听说你也写诗，还是北大中文系的,你看看。"我有一点恍惚:原来头发留到这个长度的,果然是诗人啊!

当天晚上我就看了,觉得写得很好。至少比我写得好,也比我身边那些天天把里尔克和保罗·策兰挂在嘴边的人写得好。那时我多少有些厌倦校园诗人们煞有介事的议论、佯狂卖疯的抒情和浮夸混乱的诗歌生活,严彬的诗让我看到了不一样的力道。那些诗行间有一种象牙塔里没有的粗粝感,和一个浏阳汉子面对粗粝时的愤怒的爆发力,当然,还有爆发之后的血痕。我记得有一首诗,一只弱小、丑陋但是倔强的不知什么虫子,在室徒四壁的出租屋里爬呀爬,看得我几欲落泪。后来有次喝酒的时候,我提起这首诗,严彬想了很久,表示它可能并不存在。诗集不在手边,未能查证,但我觉得也没关系,那大概正是我对那本诗集的整体印象。

第二天我跟严彬说:"我觉得你写得特别好,比很多人都好,你应该好好写下去。"——因此,我后来常跟人吹嘘说,严彬是在我的鼓励下走上专业写作道路的。我很内疚。——这种酒桌上的话当然可以信口开河,但也并非全没依据。当时严彬听了我的赞美,眼神里确乎闪出光来,笑得很单纯。然后我邀请他去北大的未名诗歌节,去未名湖诗歌朗诵会,去过那些令人亢奋而疲惫的文学生活。然后他写诗的热情高涨,没过多久跟我说也开始写小说了。然后,我在凤凰网干满一年,辞职回去读书,慢慢不大知道他的热情到底高涨到了什么地步。

再次见到他时,听说他已经辞了职,要去读创意写作的硕士了。在北京,从来不缺这样放弃各种大好前程而毅然从文的人——至少在那个时候还不缺乏——某种意义上,他们是北京迷人的风景之一。但是这个消息依然让我有些吃惊,同时忧虑。彼时的严彬已经在凤凰网工作多年,薪酬可观,也拿到了公司的股票。辞掉这样的工作去上学,去"当个诗人",这不是开历史倒车吗？何况这时候他不仅结婚了，而且有了孩子，他很爱他的女儿小番茄，他要好好养大她。

严彬本人似乎比我乐观得多，当然，那是因为他比我坚韧。谈及这种庸俗琐碎的话题时，他往往谈着谈着便甩甩脑袋，举起酒杯："不说这些了，喝一个！"我后来想，其实我大可不必自恋地感到内疚。以严彬那种赤诚的诗人性情，他早晚也会放弃格子间里蚂蚁一般的职场生活，勇敢而坦率地面对自己真正的理想。我的担心显得太过庸碌和脆弱了，或许在严彬这里，根本无须考虑困难会有多大：有困难，去解决就是了。于是，就再喝一个，一个又一个，然后醉倒，歌哭，互诉衷肠，大笑。有次我醒过来，茫然四顾很久才发现是躺在严彬家的沙发上，四周都是书：沙发扶手上、桌上、地上……因为书的覆盖，我已经无法辨认有哪些家具，房屋又是什么轮廓。严彬显然也是刚醒，从里屋走出来，递给我一杯茶，瘦瘦地笑，有一种古意。还有一次，小酒馆都打烊了，还是意犹未尽，几个人买了啤酒，挤在我当时住的三十几平方米的小开间里，继续聊，继续喝。好像是严彬吧，不小心打翻两瓶酒，啤酒流了一地。也已醉软的我当然不会在他们落荒而逃之后打扫房间，待我醒来，酒液早干，而酒味久久徘徊，不肯散去，是一种很陈旧的气息。那些天里，我常常夜晚站在窗前，看着永远车水马龙的北京的街道，闻着那种过了保质期的味道，觉得在这个日新月异的世界上，我们真可以算是不合时宜的人了。

2

不过如前所述，严彬倒是赶了个时髦，去读了创意写作的硕士。而且是认认真真读了三年。无论如何，有学可以上，有书可以读，总归是好事。尽管我不知道对于严彬来说是否必要——作为读书频道的主编，他读的书可不算少了。若是为了谋个跟文学相关的体制内工作，硕士文凭当然必要。但入学时严彬已三十出头，并且舍掉了一份年薪几十万的工作，让人很难从功利角度理解这一选择。我因此相信，严彬真是怀着信仰，想去系统地了解一下文学。这大概跟我们这一代人对于文学的体认有关。出生在1980年左右的我们，较之父兄辈，少了许多丰富的乃至于惨痛的乃至于悲壮的人生遭际，但是却大多受过系统的学院教育。文学在其黄金时代镀上的神圣光芒的余晖仍照耀着我们，但文学场已不是群雄逐鹿的热血江湖，而是由种种经典及其相关言说、种种褒奖及其相关机制构成的塔状结构。因此文学之于我们不仅仅是激情、责任、伤痕、记忆、哲思，甚至不仅仅是审美趣味，还是知识与技术。至少在潜意识里，我们多少有些无奈也有些不甘地承认，文学不再能以一种直接的方式对世界产生影响，因此必须信仰文学自身的价值，信仰虚构的力量；因此比起不断更新又难以把握的外在世界，代代相传代代积累的文学传统和那些可供复制的写作技术可能更加重要。这大概也是创意写作这一学科能够在今天成立的重要原因。

所以在这本小说集里，我们总能看到那些大师们的幽灵在纸张间徘徊。在《乌鸦》中，严彬甚至大方地承认这篇小说和卡尔维诺的关系，尽管那种缠绕而深沉的讲述方式和《寒冬夜行人》大相径庭。事实上，这被命名以"幻觉"的乙编诸篇小说，都在执拗地将现实压进虚构中，似乎作者相信，唯有以虚构的方式，才可能真正表述真实——就个别篇目来看，这未尝不是事实。当然，严彬更宏大和系统的虚构，是在甲编。这五篇小说中的四篇都是在向同一个人、同一部巨著致敬。有段时间，严彬总要提起普鲁斯特的《追忆似水年华》，他真的是花了很多工夫钻研这部经典，并且沉醉其中。似乎皇皇七卷本仍不能穷尽他对那个深邃丰富的虚构世界的热爱，因此他决定为普鲁斯特补写，让小说中的人物以及小说本身，继续展开它叵测的命运。为一部"没有几个真正的读者有耐心读下去的"小说拓展它永远不会穷尽的边界，大概没有比这更过时，或者更不合时宜的事情了。但是严彬做得那么认真那么津津有味，他要让那些人物没有纰漏地行走在小说原作的情节缝隙间和巴黎的真实历史中，一定耗费了不少工夫。但是或许也不尽然，为这部小说集命名的那篇《过时小说》已经明白地暗示我们：这里的一切都煞有介事，又一切都可能是虚幻，唯有其中的欢乐与痛苦，像不可知的神迹或偶然一样永恒。严彬在这些小说里探问虚构的意义，他让那些人物靠近普鲁斯特这位虚构大师或撒谎精，然后他们的人生便发生了扭曲。严彬似乎要以此证明虚构的魔力何等魅人，但或许他更要借此回答内在的困惑：虚构，或文学，使他自己的命运发生了什么样的转折？

说实话，这样一个不断在有意磨练自己的叙述技巧，并且显然日见成效的严彬，的确让人欣喜，让人感慨：这个书真是没有白读哇！但是我还是有点怀念那个粗粝的诗人，那时候他和世界有一种毫无隔膜的真切关系，他已经深入了文学内部，却总以为自己还在门外踯躅。所以我格外喜欢丙编的六篇小说，尤其是最后的三篇。我以为在这几篇小说中，严彬终于在虚构的力量与现实的粗粝之间找到了平衡的方式。如果说在甲编的小说里，严彬还必须借由别人的世界来认识自己，在丙编中，他开始面对、思考、书写并因此创造了自己的世界。我在这几篇小说里都找到了严彬自己的影子，当然，也有大师们的影子——严彬在注视着自己那位落魄的远亲施老太太时，同时也看到了《战争与和平》里那位公爵夫人。他读的那些书在那一刻融进了他的目光里，让他能够在更加复杂的时间里理解早已经历的事情，从而让他所知道的人和事，都变得和无数人、无数时间中的人有关。或许，这才是所谓"过时"的真正价值。

3

所以到底什么是过时呢?"过"不一定是错过,也可能是越过、跃过,是超脱于孤立的、简单的时间、时代之上。这样的"过时",让小说不仅仅是技术,也不仅仅是叙述,而成为小说本身。

这样的"过时"让我想起阿甘本那篇著名的短文,以及他简洁而迷人的论断:"真正同时代的人,真正属于其时代的人,也是那些既不与时代完全一致,也不让自己适应时代要求的人。从这个意义上而言,他们就是不相关的。然而,正是因为这种状况,正是通过这种断裂与时代错位,他们比其他人更能够感知和把握他们自己的时代。"[1]或许这是对一个"过时的人"和他"过时的小说"最好的期许。

阿甘本在那篇短文里还说:"同时代人不仅仅是指那些感知当下黑暗、领会那注定无法抵达之光的人,同时也是划分和植入时间、有能力改变时间并把他与其他时间联系起来的人。"[2]或许这也可以给严彬提供一个参考:该如何处理粗粝的现实和他读的那些书;处理当下,和其他的时间。

---

[1] [意]吉奥乔·阿甘本:《何谓同时代人》,刘耀辉译。引文见[意]吉奥乔·阿甘本《论友爱》,刘耀辉、魏光吉译,北京大学出版社2017年,第63页。
[2] 同上,第78页。

目录

甲 过去

过时小说 / 003
普鲁斯特花园 / 017
阿尔贝蒂娜的呼唤 / 032
夏吕斯的爱情 / 059
心灵的间隙 / 078

乙 幻觉

乌　鸦 / 097
雪山镇 / 127
不存在的旅游家 / 160
灰色梦中 / 171

丙 印象

彩票车到来的时节 / 187
一九九七年的回忆 / 206
火车又要到站 / 221
我们走在大路上 / 241
家　族 / 267

经过时光，经过我（跋）　严彬 / 285

甲
过去

过时小说

> 天国是努力进入的。
> ——理查德·巴克斯特
> 《圣徒永恒的安息》

这是1958年夏日香港一个普通的上午,皮鞋匠已经在上海路和旁边的重庆南路分两行摆开行头,晚起的人还倚着街边早点摊,在矮凳子上吃东西。

台风刚刚过去,路上有伏倒的小树,吹断的泡桐,吹飞的假槟榔和黄槐枝。清洁工按习惯从远处的港英大道开始清理,又从港英大道放射状般往外面去。上海路一片破旧的楼和窄街道,因为上坡路段多,连公交车也没有通到这里来。据说在十年前,大不列颠的新任钦差大臣奉命来到属地香港,有一个月时间到处闲逛,在上海路主持栽种过一排牙香树。牙香树有一点香气,人们用它的树脂来做肥皂,做成纸张,做成的纸美其名曰牙香纸,除了本意的香气,也说明可能亲近文人或恋爱的情侣。

落寞又快活的香港作家欧阳力力想象同行海明威喝醉了酒,从十几层高的楼上摔下来,摔破了楼门口的一截遮阳棚,摔到地上,当然死了。海明威的血流了一地,他的右脸贴在地上,黏着沙土和血,一个女人就在旁边看着。

警察来了以后，看见十几个人远远围在那里，有那栋楼的住户，也有别家楼里的，从上海路路过的，从永昌路听了传闻赶来看热闹的。有人已在那里站了半个多钟头，等到警察来了，他们议论的声音由小变大，仿佛在无意间说着与这个摔死的男人之间的关系。

有人将一块旧的白色蛇皮袋盖在已经死了的海明威身上——蛇皮袋不够大，只遮了头部和半截身子，他穿了灰裤子的双脚还摆在外面。警察腰间别着手电筒、电棒、黑盒子，俯下身子，脱掉一只手套，用白的右手轻轻掀开一点蛇皮袋，看见海明威的脑袋已是一片血糊，样子十分难看。

他扫了两眼，将白色蛇皮袋合上。

人们围观死去的海明威，有人叹息着，到了吃饭时间，又不得不散去了。

没有新闻记者，没有闪光灯。

警察用对讲机叫人来，搬走了成为尸体的海明威。一片血渍留在地上，抬头看时，"太平洋公寓B栋二单元"几个字写在一块刷成白色而已经变为灰白的木板上。木板日晒雨淋，已经有些开裂了。

而海明威倒下的地方，不远处就有那么两棵已经长成十来米高的牙香树，几个女人常年晾着几件衣服在树上。

*

好！就是这样。

欧阳力力右手不重不轻地拍了一下书桌，一面抽着纸烟，一面又端杯喝了一口酒。白色的太阳光穿过薄窗帘，照在桌子上，一本书，一沓稿纸，一盒万宝路，一个白瓷的烟灰缸，酒杯，都闪着亮白的微光。他的窗户没有打开，室内空气不大流动，一道一道的阳光里,人的皮屑与泥巴都化作尘埃在房间里游动,看上去很温暖。

欧阳力力伸着懒腰,露出一副满足的样子。

*

人们记得,三年多前海明威从新爱尔兰号邮轮下船,岸上围着《人间》《香港晨报》《中学生周报》等报刊的新闻记者。记者们七嘴八舌提问,当日晚报印出来,有这样的消息:

美国大作家海明威来到香港,希望在香港小住,创作一部关于香港的小说。

这一住就是三年。

来港后的第一年,至少海明威算是享受到了东方人的风情与文明。他是文化界和政府官员的座上宾,是报纸一时的宠儿,走到哪里都是聚光灯。有一段时间,海明威是晚报的常客,不仅被报纸总编说服,在两家报纸上开了自己的专栏,谈往日时光,不时还有记者、文人写的关于海明威的文章见报。

那是非常自然的事,小小的香港迎来当代世界文坛大亨,就像1924年的泰戈尔中国之行那样。

只是有一点可惜,此时的香港没有自己杰出的文学家,没有梁任公、蔡元培校长这样的大佬相邀,没有徐志摩、林徽因那样潇洒漂亮的人来与大作家海明威做伴……寂寞,久而久之是难免的吧。

"这里的男人好像不爱钓鱼,渔夫捕到大鱼的机会也很少。"海明威摸着胡子想。

后来,他就不大出门了。

而香港的文坛并没有随着海明威的到来有所改变,徐君他们的"新新鸳鸯蝴蝶派"小说很是风行,更流行的却是色情小说和花边新闻评论。香港有酒，有九龙湾，有小邮轮和歌舞伎，缺硬汉小说。

如今，沉寂多时的海明威成为新闻人物，虽然是一个"死掉了的"海明威。

*

欧阳力力的即兴小说见报后，不少人就信以为真了。连着数日，坊间议论的话题里增加了这条：

——海明威真的死在香港了？

——怕是假消息吧？

——我以为他回美国去了。

——也许去了苏联，也说不定，据说他曾为苏联人做事。

——是啊，坐火车，也方便。

……

*

他搓着自己的下巴，捻着胡子，提起笔在一张空白稿纸上写下一行字：

海明威，醉酒坠楼。

*

二层小楼上，丝绸店老板家即将成年的少女玛丽缠着他。在他刚刚搬来不久，就听说了这位女孩的活泼，听到她在楼下咯咯的笑声。有一回他们在回廊处相遇，他端一盆水上楼洗脸，她在那里踢一只纯黄色羽毛的毽子。他们互相看了一眼，他就上了楼，而她还在那里踢毽子。后来他们就打了招呼。

第一次，她沿着楼梯上来，在门外喊他的名字，"欧阳先生——欧阳先生——"。她推门时，他扭头去看她，还以为这个女孩要请他帮忙解答作业。

不是，玛丽手里什么也没有，她倚着门，就那么轻飘飘又说了一句：

"我爸爸说，你要是喝酒，现在就陪他去喝两杯酒吧。"

"嗯——当然。"他说。

从那以后，有时候她就拎着半瓶洋酒来开他的玩笑，她第三回上楼，她的手臂环住他的脖子，就像一个人爱着另一个人。

说起这个玛丽，样子真是好看，大约十六七岁年纪，脸上白白净净，稚气未脱，学生头罩着她白净的脸。这个女孩子，胆子却极大。她说她厌倦了学校那些邋里邋遢的同龄小男生，她说她喜欢中年男人，喜欢他们身上的烟草味，他们烟黄色有细纹的脸。

她总是将带着少女香的身子朝他凑过来。她手里拿着洋酒瓶，在他面前对着瓶嘴喝一口酒。

"我有什么好？我是个老男人，年纪都要做你爸爸了。"他喝多了的时候和玛丽说话，反反复复也是这样一句。

"因为——"玛丽又凑近一些，"因为你老，老男人身上有肉香，你的身上有墨香。"

她的上颌还有几颗白牙齿咬着下面的嘴唇，既不害羞，也说不上多放荡。她离他最近的时候，仿佛那几颗可爱的虎牙会飞出来嵌在他的脸上。他摸着自己的脸，不能接受她的"好意"。

他是好酒不假，他烟酒不离身，总是一个人，男性的荷尔蒙需要释放。女人谁不爱？他心里知道，只要他稍微放松警惕，这个孩子般的玛丽就会倒在他的单人床上，不用费心。而他总是在玛丽几乎要主动对他做点什么的时候制止了她,样子也很可爱,他说:"玛丽,孩子,你爸爸什么时候回来?"

他每次都拒绝,玛丽又每每过来,就像猫永远不厌其烦地玩着捉老鼠的游戏。她每次推门进来,都带着满脸的笑,花一般。

说起女人,他有几个相好。得了稿费,看方便总要去其中一个人那里坐坐,请她一起喝酒。多数时候,他为生计苦恼:文章还能持续发表,而写的小说读者不多,写的书很难出版;一个富商子弟朋友坚持办的文学刊物,一期只能卖出去两百份,请他做文学顾问——但一个月只有象征性的三十元港币酬劳。

他常常缺钱。

他也知道读者的品性。读严肃文学需要个人素养和耐性,需要空旷的房间、安康的生活……而香港,谁都知道,人越来越多,富人慢慢变穷,穷人也越来越多,太拥挤,太喧闹,不适合严肃文学生长。

他每天喝酒。

他如今穷归穷,从前的家境可并不坏,出生于1949年前的上海老城区,在上海算是一个中产,过的是有佣人的生活。圣约翰大学毕业后他当年差点去了延安,父母连哄带吓将他留了下来。他呢,西装、长袍,都能上身,兜里有一支钢笔,慢慢走上了作家的路。

所有知道他名字的人都管他叫一声"欧阳先生"。

作为一个小有名气的作家,他不受女文青和阔太太们的捐助——而有时他又想:如果真有一位名声不错的阔太太愿意资助他,甚至包养他,说不定他会接受的。

这又是一件矛盾的事。坦白说,他长得不坏,一张白净的脸,身材又很高大,超过六英尺,在外头吃饭,总有各种体面的女人会多看他两眼。他有女人缘,即便她们不知道他是一位作家,好皮囊人人都爱。那如果有人愿意不计报偿地给他钱，解他的衣食住行之忧，让他一心写作，一心去成为好作家、大作家，去做香港的文化名片，去做香港上层社会的座上宾，又有什么不好呢？

好在他也并不贪婪，凑合过日子也是可以的。

他爱女人，爱的是风尘女子。

他爱酒。

酒，当然是个好东西。

*

他喝着酒在茉莉餐厅和今年才认识的舞女柳小萍聊天。柳小萍也很年轻，十九岁的样子，有一点风尘味——有多少？比少多一点，又不过腻。尤其床上的柳小萍，像一条白海豚，一条年轻力壮的白海豚。

有时候他仰面躺在床上，恍恍惚惚之间，看着柳小萍和白海豚时分时合，光，从房顶穿过她的身体。

他觉得这是他喜欢的，灯红酒绿，红尘女子，大家各取所需，要开心。他喜欢亲近柳小萍，远离玛丽。

是玛丽未成年，或者稚气吗？也不是。玛丽的笑有一种风的放荡。虽未到规定成年的年纪，可她堕过胎。这让他不安。他害怕她什么？她又不吃人。他不是一个没有见过世面的人，竟有些害怕自己醉倒在这个长虎牙的小姑娘身上。他还有不忍见到一个家境尚可的女孩子甘于堕落的心：他有意和这个女孩子说，成人的禁果，不要抢着去偷食啊！

连喝酒，也要找对人。不对的酒他是不爱喝的。

很少出门，正常的情况下，一天两顿饭。有时相熟的编辑来了，好心请他去下馆子，去牛马道的越南餐厅，一面吃肉，一面喝白酒。

白兰地,他喜欢和女人喝。

*

他的屋里尽是烟雾和旧书,他带着这些烟雾和旧书的行李,偶尔从一个地方搬到另一个地方。晚上亮着灯继续写各种东西,纯文学,武侠小说,千字杂文,新接的剧本。有时他在斗室中前后走动,有时整个人无不快活,写到天亮,白天到门口去应付来催稿的跑腿助理编辑。同样是那样的年轻人,以前他上门去报社催要稿费,总要给他几副不耐烦的脸色,如今见了他,脸上换成笑颜,真有点像公园里太太们周围的哈巴小狗了。

好在他终于放下身段,熟悉了新的写作套路——不要说熟悉,简直是游刃有余。很快他就发现,原来自己竟仿佛是为这资本主义的香港俗文化而生的,他挖出了脑子里面那些喜怒无常的人物和桥段,那变幻多端的奇怪情节,将从前那写不出好小说的悲愁几乎全忘掉了。

"鬼脚七在街上听到旁边悦来客栈的打斗声,本来只是嗤嗤一下,便要过去,谁知那时传来一前一后两次女人的尖叫,接着又是鞭子的声响。他脑子一热,抬脚冲了进去,几步逼近楼梯,一只手握住扶手,原地腾起,就到了二楼。那门口挂着'红月'的包房内几个人影晃动,声音也最大,他推门进去,只半碗茶的工夫,三个大汉已经东倒西歪摔在门外的大街上。

"但见这鬼脚七一瘸一拐扶着两位如花似玉的年轻姑娘下楼,楼下的男人和女人们掌声一片。"

……

武侠小说,一行一行又一行。

这是他迫不得已要写的东西。

这是他从前不屑于写的东西。

鸳鸯蝴蝶派,新鸳鸯蝴蝶派,新新鸳鸯蝴蝶派,他都不喜欢。

一开始说是迫于生计,时间长了,就这样一页页写下来,慢慢地竟不觉得无聊,不羞耻于自己的文才用错了地方。"又有一日,空空道人在街上独行——",一页接着一页,他写得越来越顺手,心里早就没有那层隔膜,什么"五十年来最值得一读的小说",什么"普鲁斯特与弗洛伊德关于潜意识的共性",什么《文学月刊》《兰花港》,全都不提了。

有天夜里,他同时写作一篇武侠连载、一篇古典言情小说改编连载、一个剧本的梗概,笔没有停,直到有人敲门说"早餐"。一个东西的灵感用尽,他点根烟,接着换另一个东西继续写。

"只要坐下来,摸出钢笔,两包烟在旁边放着,有酒,我那写作的机器就照常运转。"

他几次和那富商子弟朋友闲时吃饭,说着上面的话。

新武侠热。

新鸳鸯蝴蝶派热。

报纸热销。

邻居的信箱里尽是些离奇故事。

武侠小说走红,各家报纸都在连载,月刊登半部,季刊干脆一次性将整部武侠小说头条推出!读者看得热闹,卖字卖文的人忙得不亦乐乎。如果这时谁有穿透未来的眼,大概就能看到此时沉迷于通俗写作的欧阳力力后来有一个预言:

五十年后,我的小说经人重新发现,搬上荧屏,我那小说里的人物,都由最红的男女主角来演,我的稿费在家里堆积成山,导演们四处寻找我的孙女,好找她再问问,是否可以将欧阳先生别的作品拿来给他开拍……即便不是剧本,小说也可以,不是小说,叙事散文或回忆录都可以……欧阳先生的名字,人们爱听……欧阳先生已经是香港的文化招牌。

此时正是香港的1950年代,电影业方兴未艾,武侠热苗头已露。4月,《文艺伴侣》武侠小说催得紧,电话打过来,将他叫去,一个月要赶出一个大中篇来,相当于半本长篇小说。

到了5月,《文艺伴侣》的空缺果然已经写好。这一差算是对付过去,手上拿回一个信封,信封里头五百元港币已经到手:三个月房租是不用愁了,还可以出去吃饭,请柳小萍小姐喝洋酒——

白兰地,要一瓶!

*

话说到这里,他当晚果然就约了柳小姐,照例在茉莉餐厅,点了几个菜,叫一瓶三十元的眉山白兰地。

柳小姐青春的身体在对面坐着,单手支着下巴。她浅浅地笑,问他是不是又接了新的稿约。她啊,有微微上翘的唇,抹着介于粉色和红色之间的口红,说话的时候,每一刻都好看。男人们喜欢她,请她跳舞,请她喝酒,他不去问。

他说,比稿约还好,已经拿到大笔稿费。他拍着自己的左胸示意。一个男人的快意写在脸上,映着餐厅的霓虹灯。柳小姐听了,也跟着他笑,一面为他打开瓶盖,各自倒了小半杯酒。

餐厅的侍者将半熟的牛排端上来,将白水煮的锡兰芥菜端上来,将鸡肉卷也端上来……一人一份,就着酒,就着眼前的愉悦,度过好时光。侍者因为认识柳小萍,态度也总是很和悦。他们用着精美的西餐,不是家里,胜似家里,不是情人,胜似情人。

喝到五六成醉时,他问她,可有什么生活的打算,是否考虑嫁人。

这是个意外的问题,不论清醒与否,他从不与人谈。

"打算啊——没有。"柳小萍端着酒杯,停住酒,笑笑说着,"欧阳先生要是有意,可以给我介绍一位如意郎君……

"继续跳舞啊,我还年轻,可以多跳几年。恰恰,快三,慢四,探戈,吉巴特,不厌倦……"

两人对坐着,有说有笑,觥筹交错,旁边也是欢乐的人群,天花板上霓虹灯缓缓移动。他手上夹着香烟,手中端着酒杯,微斜着脑袋,迷迷糊糊看着柳小萍。柳小萍面色红润,她也要醉了。

晚上在附近开房间睡觉,他在柳小萍身上做着武侠小说里的英雄,白床单上飞檐走壁,大汗淋漓,她也很快乐。他又一次见到了熟悉的白海豚在房间里跳跃。多好看啊!他的眼和心都着迷了,像要飞起来,床也浮起来,像是快要睡着了。

柳小萍的身体拉长,柳小萍的声音拉长,柳小萍的头发也在跳探戈。

年轻就是好啊!

年轻的女人,身上有月光。

*

现在欧阳先生书桌上放着一小瓶半斤装洋酒。

6月的某天下午,他在房间里摇着扇子写稿,房东敲门进来,告诉他有他一封信。

他请房东将信放在门前的小桌子上,并说了声感谢。等到傍晚时分,要出门吃饭,才信手将那封信拿来看。一封英文书信,只在信封上用小学生般的字体歪歪斜斜写着"欧阳力力先生亲启"几个中文字。正文用英文写成,现在为方便,翻译成中文,大意是:

亲爱的司各特：

明天我们去庞朴罗纳。在这里钓鱼呢。你好吗？泽尔达好吗？

我最近感觉比以往任何时候都好——自我离开巴黎之后除了葡萄酒，别的什么酒也没喝。上帝啊，这儿的乡野真美好。不过，你不喜欢乡野。好吧，免去对乡野的描述。我不知道你对天堂怎么看——一个美丽的真空，富裕的一夫一妻人群，能耐都大得很，都是名门望族的成员，一醉到死。地狱大概是丑陋的真空，满是穷人，群婚群居，没有酒或者都有慢性胃病，他们称之为"秘密的忧伤"。

对我来讲，天堂就是一个大斗牛场，我拥有两个前排座位；场外有一条鲑鳟鱼小溪，别人不许在里面垂钓；城里有两座可爱的房子：一座住我老婆和孩子，一夫一妻制，好好地珍爱他们……

明天一早我们终究是要进城的。写信给我到西班牙庞朴罗纳昆塔那旅馆。

你或者不喜欢写信？我喜欢写信，因为写信让我感觉不在工作而又没有无所事事，很醉人。

再见。我们俩问候泽尔达。

你的，
欧内斯特

（注：以上部分用大写字母写成）

如上，尊敬的欧阳力力先生，现在我坐在大狗亨利的房间里，天真热，也不知道为什么，我提笔给您写信，并大致记起很多年前的一封信。信，您看见了，是我写的。收信的人，现在您应该也认识，香港的读者应该也知道，是我的朋友菲茨杰拉德。

大概是二十年前的事了。那时我们都是二十几岁的年轻人，比您现在的年纪要小不少。我爱喝酒，司各特也喜欢喝酒，那年他刚刚写出你们称之为《了不起的盖茨比》的小说。说实话，我对那小说不以为然——但我们都爱喝酒，也爱漂亮的小妞，和您一样。

来到香港三年了，我没想到会在这里住这么久。太懒散了，我快要忘记自己是位作家了。好在偶尔收到故乡的来信，从前朋友的来信……我在这里活得像个真正的老人，手臂上的肉已经松了。香港灯红酒绿，我又觉得太闲了。

早想写一封信给您，一来因为您在香港文学界的贡献和作品，值得我早早写信给您，并求得登门拜访的机会，二来，我经人帮忙，也读到了您那篇十分幽默的关于"海明威之死"的文章——不知那位海明威先生是否是我本人，或者别的一位……总之，我也听到一些议论，觉得很有趣，想要认识这位文章的作者，也就是您，鼎鼎大名的欧阳先生。

我仍在维多利亚的秘密附近住着，已经习惯了这里，近期还不打算离开。这里有我几位朋友，其中的一位作家，也许您认识，叫作杰克。另外，我的一位远房亲戚也住在这里，他提供我的食宿，照料我客住的生活，我很感激。

我们同处在一种时代平静的躁动中。对于我的国家，战争已经过去十年，新的一代人出生了。而您的母国——我这样说合适吗？（听说您本是上海人）——

正在进行着不可思议的社会建设，而香港或许将是新世界的熔炉。所以我来看看，并且带来了渔竿。

您的其他作品，我也找来读了一些。

这是我写信给您的原因：希望在您有空时，我们见上一面，聊一聊文学或是生活。

来看看我的渔竿吧！领我去水深的海湾钓鱼。

如果您不介意，我还希望去一家街边小馆，我将带上我的马爹利。

祝好！

敬重您的朋友
欧内斯特·海明威

……

"这位海明威先生……爱开玩笑。"

他轻轻一笑，将信放下，出门吃饭去了。

*

后来，海明威果真在香港去世，享年六十二岁。据说他非醉酒，也不是死于落寞。

2017—2018年

普鲁斯特花园

1

有时候，我在路易·威尔先生的公寓内缓缓走动，从一个房间到另一个房间，经过走廊、门房，在厨房里，在我自己曾安身的卧室那小小的床上坐下来歇息片刻，我推开那扇门后又推开一扇门，进入马塞尔·普鲁斯特先生的卧室，总会想起曾经在这里发生和见过的一切：那个虚弱的脸色苍白的男人长时间躺在一张可以睡两个人的古董木床上，常常几个钟头也不说一句话，不需要一样多余的东西，不发出任何一点声音。我见到他时而闭着眼睛像个沉睡的甚至刚刚去世的人，几乎听不到呼吸声，有时又睁开眼睛望着同样阴暗的灰色带雕花纹饰的天花板，长时间不会变换一个姿势。他也和我说过，当他躺在床上，除非他有明确的需要说出来，否则不要打扰他，不要和他说一句话。他说他在利用那样的时刻回忆和思考一些琐碎的事。有时他也和我谈起对某个人的看法，对某一件事情的追忆，他曾不止一次和我提起一位来自英国的年轻男子，告诉我那个人有多么清秀的面孔，干净的脸上没有一丝多余的痕迹，一眼便知是一位出身高贵的人，他上唇的黑色髭须那么迷人——当他动情地描述那位男子时，也会伸出右手，用两根白而修长的手指去由上而下轻抚自己的胡须——显然，他们有同样的黑色髭须，这被他称为是高贵美男子的必要装饰。

　　我在普鲁斯特先生寓居的房子里工作有十年，服务他的生活所需……我这个里昂来的乡下人不可能完全理解他这位热情又多变的先生，有时候我会误解他的意思。在他身边生活，虽然不可能像从别人口中听到的关于他年少时长久停留并俯身细嗅一朵花园小路边的玫瑰花那样做出不适合我的行为来——我也不会花很长的时间去欣赏任何一朵盛开的花——但我的生活兴趣和性情多少耳濡目染，受到了他和他那些上流社会朋友的影响。我很早就喜欢读一些小说，我也收藏过两只花瓶，它们现在就摆在我的床头：一只是铜制的，约有一尺高，形状像一只仰着头的岩羊，羊那半张开的嘴中可以插入两枝月季和牡丹花，看上去是有些让人发怵，但我偏偏觉得它好看。而另一只则是普普通通的瓷花瓶，估计已有些年头，有点像来自遥远的中国雍正年间制作的舶来品。它是我从旧货市场买来的，当时我已经买了当日厨房要用的菜，从那里路过，看到它时也觉得喜欢，我就腾出手来买下了。不贵，只花了两个法郎，我还了价，摊主也乐意将它卖给我，多少也是因为他认得我，知道我是为著名作家马塞尔·普鲁斯特先生长期服务过的。普鲁斯特先生越来越受人尊敬，尤其是在他死后，声誉越来越高，有点快要盖过法国人钟爱的福楼拜先生的风头了。人们敬重他，也对我礼遇有加。

　　如今他去世已近五年。在他生前的最后十年，也是我作为他贴身的佣人来到他身边的这十年，他已经完全与外面的世界隔绝，从前那些流传甚广的公子哥的奢靡生活完全从他的人生里消失了，留给他的只是思考、阅读、写作和休养衰弱而病态的身体。我照顾他的生活，另外一位先生马洛负责他文学上的对外事务。马塞尔曾认为自己将会是一个奄奄一息但长寿的人,他做好了长期的准备,并耐心地在我熟悉自己事务的前几周向我介绍他的状况,生活习惯,身体状况,他的脾性,常用器具的位置,他的书籍——需要我严格整理和按规律摆放的,以及最重要的,尽可能地保持整套公寓的洁净,减少粉尘和空气流动。"普鲁斯特受不了新鲜的空气",这是人人都知道的。我知道他对一切空气中的粉尘的敏感程度超出普通人的想象,我也必须遵照他的吩咐,让整套公寓给人的感觉像地下室一般。在我来到这里,被我的母亲经人引介进入他家之前——实际上那时整套房子里只有他一个人,他的父亲母亲已经去世,房子的主人,也就是他的祖父更是早已不在人世,他已经不愿并且不能独自生活——我已经基本听闻了他的情况,知道他是一位沉迷创作的杰出的法国作家,生活富裕,出手阔绰,曾经有很多朋友——但身体羸弱,他不得不终止自己的社交生活,将自己幽闭起来。我已经有了心理准备,当我接受这份工作,而不是像一个年轻的普通妇女那样过安稳辛劳的家庭生活,也就打算在这里长期工作下去,不仅为了我自己的生活,也因为我是他的忠实读者,读过他的那部一直在创作中的小说的前三卷,还有他那些对福楼拜、夏多布里昂等人的文学评论。我甚至读过几封流传出来的据说是他和他的追求者和被追求者的情书。可以说,我是他的半个知音,是敬慕他的读者,尽管他从来都不知道这些。

自1916年秋天开始,他的身体状况慢慢变得更加虚弱,但除了对一切粉尘过敏,并没有特别的疾病。他变得厌人又厌光,无法忍受流动的空气,说话的声音变得更加缓慢而微弱,在床上度过的时间也更长了。因此我更加频繁地见到他睁开眼睛、双手搭在胸前,长时间一动不动。而有时他和我谈到死亡,说起也许将不久于人世,之前对自己生命力绵长的估计乐观了。但他不愿说更多，他没有像一些高贵的人那样早早立下遗嘱，因为他认为，一个人说出自己的遗言，也就真正离死不远了，一切的事情都该停歇了。他似乎重新认定了自己人生的价值，作品还没有完结，他说他的时光还没有到结束的时候，他笔下的人物还需要生活下去。就这样，我作为佣人加入他的生活，帮助他在幽闭的房间里生活并且去完成自己的写作。整整十年，他只有两次离开过自己的房间，离开过那套位于奥斯曼大街坚固而讲究的公寓，其中一次是为了见一位断绝来往多年的男子，据说是他从前的一位秘书，巴黎人。另一次是随他的文学经纪人马洛先生去法兰西文学协会为他的小说做活动，希望以他十分满意的第二卷小说《在少女们身旁》申报他青睐的龚古尔文学奖。1919年，那部被许多出版商和出版经纪人谢绝的小说果真得到了龚古尔奖。他很高兴，但没有召开庆祝会，没有再次出门，只是在自己的房间里播放了瓦格纳的音乐，并邀请我共饮了两杯波尔多红酒。那是他人生晚年难得开心的机会，我看到笑容在他白净的脸上绽开，眼角和额头上已经有皱纹了。

2

今天上午，我又去了那套公寓。根据马塞尔的遗嘱，我成了那套房子二十年内的监护人。我还掌管房子的钥匙，每周都去收拾一次房间，清洁房间里沉积下来的灰尘。他已经从苛刻的姑母那里买下这套公寓，完全拥有了这套房子。他希望这套房子在他去世后二十年都无人居住，空着，保持从前的样貌；二十年后，这套房子交给受赠方巴黎文学之家。和从前不同的是，我被允许每周将房间所有朝南的窗户打开一次，每次两个钟头。他最后告诉我，这套房子是时候被新鲜的空气充满了，"马塞尔和那个

'妈妈永远的小马塞尔'都出远门了"。我打开窗户,站在窗口看新巴黎的街景,埃菲尔铁塔在远处,市民公园也在远处,小半个巴黎都在我的眼底。这是他不曾看到过的景象,他的世界还停留在二三十年前那些他经历的人与事物上面,那时他可是个精力旺盛的人,巴黎社交界的宠儿,大多数时间都在穿礼服佩胸章的贵族和绅士、穿裙子戴着别有非洲孔雀羽毛的帽子的女士参加的宴会中度过。我整理完公寓琐碎照例出门坐车回到家中,看到丈夫索恩坐在屋里抽烟。他见我推门进来,以一种半开玩笑的口吻和我说,普鲁斯特的仆人回来给他做晚饭了,真令人感到荣幸。他挥动手边一杆长长的烟枪,要我猜猜它的价值。那是一杆普普通通的来自郊区作坊的常见物,既不是古董,也没有精细的做工。我对他笑笑说还不赖,正适合他用。

我已经不愿再去做新的工作。十年来得到的报酬足够我花销后半生,普鲁斯特先生对我是慷慨的,虽然那时他从他那位做医生的父亲老普鲁斯特还有他多病的母亲那里继承来的财产已经渐渐花去小半,他仍然从不吝啬支付给我可观的报酬。他也时常给我小费,就像传闻的他从前在社交场合、在聚会上对那些年轻的服务生那样,他总是给我超出日常花销的用度,并告诉我当日花销剩下的钱可由我自己留下来。我感激他的好意,也不铺张浪费,无以为报,只会为他做事尽力周到。我去理解他的心思和情绪,为他塑造一个沉静不变的生活环境,甚至在细微处改变了一些他的日常生活。如果不是意外的(但我们都没有找出缘由来)呼吸道感染,他也许真的会活到夏多布里昂那样的年纪。一个大作家需要有绵长的生命力,马塞尔仿佛是在进行一项看不到尽头的创作,虽然他自己说过,一切都早已经存在于他的心灵深处,他只是负责按照自己的心意将它们写下来。

他遵循着自己从一位社交宠儿转变到一名严肃作家之初立下

的宏愿：一个伟大的作家一生写出一部书就足够了。"生活只能供我们写出一部书，它就在那里，我要做的只是将它'翻译'出来"。在这样一个物质丰富、变化多端的时代，据我所知，没有一个作家认为自己的使命只是为了创作一部作品，过去那些杰出的作家中，我知道的也只有传说中的荷马，以及神圣的但丁，据说他们做到了这点，更多的人希望成为著作等身的作家。马塞尔希望自己成为与众不同的作家。在他活着的时候只有少数人真正认识到他的价值，认定他是这个时代法国最好的作家。普鲁斯特就是普鲁斯特，他完成了自己，也让我过上了安稳的生活。我也有了读书的时间和经济条件，我能欣赏那些从前连翻阅都不会翻阅的书籍，也开始自己动笔写一点东西。有时候我也在想：或许我也会成为一个二流作家呢。

我如果真的希望成为一个作家，那我将会拥有旁人无法复制的优势。只要我愿意，我能将普鲁斯特先生的故事写个三十年，这三十年的写作时光我可以慢慢回忆他一生中最后十年的往事，那已经足够，对一个小作家来说是取之不尽的养分。从前那些认识他的、和他关系很好的人甚至很亲密的人，他们认识的主要是那个打扮时髦出手阔绰的普鲁斯特家族的公子哥，而我十年来朝夕相处的才是一位真正的大作家。我熟悉他公寓中的一切，不夸张地说，我还熟悉他的思想，他生活中的诸多细节。如果我突然拿出一卷新的小说打字稿，向新闻界宣称那是他那部看上去并没有彻底完成的小说的第八卷，或者说是早年普鲁斯特的练习作品，恐怕也没有谁有十足的理由否认它。几年来有无数传记作家、新闻记者来到我那简陋的家，希望我能讲讲普鲁斯特的故事。我见过无数他们带来的精致的小礼物，见过成扎的法郎、英镑甚至还有美元。我通常总是礼貌地接待他们，但必须对他们说："对不起了，遵普鲁斯特先生嘱托，我无可奉告。"见到各种各样的人，和他们打交道、说话，慢慢地我也意识到自己或许有了某些作家的特质，尤其明显的一点是我的记忆力居然好了起来。现在我常常想起以前那些忙碌日常生活之中一些从来不会注意到也不会想起的事情，我对自己的童年也有了怀念。有时候我低头看看自己那双干活的粗手，不敢相信这双手如今也会敲打一部陈旧的、键盘上的字迹已经磨损的蜂鸟牌打字机，写出一行行文学性的文字。想到马塞尔曾和我说起他最早读到的小说，那是他提前收到的生日礼物，来自他的外祖母转交给他的母亲送来的生日礼物，四本乔治·桑的田园小说。我想起那时见到他自己在房间里走来走去，自言自语说"这些古代的家具真让人着迷"。时间已经间隔超过十年，我也曾在他那满是书的书架上见到过那本《弃儿弗朗沙》。是啊，那已经是一本真正的过时小说了。

马塞尔的三十三本日记暂时由我保管，依然存放在他住过的公寓里，我只是保管着打开装日记的那个小古董柜的钥匙，而从来没有去打开过那个柜子。我应该信守承诺，这对马塞尔、对我，都是重要的。花边新闻如此盛行，据说还有从美国来的记者希望探听到他的故事，严肃的报纸希望分析他的写作生涯，街头小报的记者们想要写他的桃色新闻。一个作家死后不再续写他的作品哪怕一寸，可这个人的故事在世间似乎才露出冰山一角。多么滑稽。我也希望借这本小小的书劝告那些无聊的人：去读普鲁斯特的作品吧，不要沉迷于他曾经的生活。他的作品不可复制，尽管他的生活也绝不是一般人能重过一次的。

亲爱的读者，我在这里可以告诉你们一件最小的事情：因为马塞尔·普鲁斯特十年没有见过太阳，他的眼睛是灰色的，他的瞳孔比一般人的要大一些，呈小小的椭圆形。

我还可以告诉你们另外一件可以说出的准确的事：最后一个来探望普鲁斯特的人是一位高个子男人，大约五十岁年纪。他来的时候戴着黑色礼帽，穿一件紫色的外套。他的名字叫哈恩，是普鲁斯特早年相识的，也是他一生的朋友。哈恩先生来的时候是10月的一个上午，他带来一个精致的小盒子，盒子里是一枚金质胸针。他将胸针别到普鲁斯特先生的衣服上。我为他们准备了午餐，午餐后他们在房间里讨论了一会儿小说。哈恩先生离开的时候是当天傍晚前，普鲁斯特没有挽留。不到半个月后，普鲁斯特就去世了，大约有三百人参加了他的葬礼。葬礼是在他出生的小城贡布雷圣灵街外花园里的一小块空地上举行的，圣伊莱尔教堂的神父马莱先生为他念了超度经文。

如今那个花园以普鲁斯特的名字命名，就叫作普鲁斯特花园，我也受邀去过两次。花园里的花已经全部换种一种高度不过膝盖的月季，月季开着小小的花朵，比玫瑰要小一些，好看但不张扬，春天和夏天吸引蜜蜂采蜜，深秋所有的花就凋零了，到了冬天，月季花只剩下低矮的枝干——普鲁斯特花园在冬天几乎完全消失了。

3

傍晚我做完饭，我们坐在方桌旁吃晚饭。给索恩打了洗脚水，我闲着没有什么事，就独自出门来了。我沿着雨后潮湿的小道往前走，从天渐黑时到路灯亮起，我还在往前走。那是一条通往巴黎市区的路，路旁栽种着两排足有百年历史的乌桕树，花色的叶子落在地上很好看。我就一直往前走，两只脚带动身体产生着自主运动性，就像是被召唤，不需要为是否要继续走下去以及要去往哪里做计划，只是顺着脚步往前走。我想到伦敦的作家狄更斯也常常在夜里走路。据说那是他的休息方式，从傍晚时分一直走到第二天早上，一走就是一整夜。走夜路对一位女性来说并不是值得提倡的事，尽管现在已经是20世纪的巴黎，路边有了电灯，大部分街道都是整整洁洁的，社会革新了，连乡下都是文明世界的人，我还是不免有些紧张。我是一个女人，不能像狄更斯那样从伦敦市中心一直走到郊区，至少那样是不安全的。但我现在确实时常觉得无聊，一天到晚不知道该做点什么好。我已经三年多没有固定的工作，之前也尝试过另外一份佣人的工作，半年不到就辞掉了。现在我完全是个家庭妇女——至少像个家庭妇女，每天做做饭，洗洗衣服，喂喂家里的几只鸡、鸭、鹅和山羊，余下的时间看看书——我在写作。家里的钱袋子不满也不空，索恩在木料厂工作，他的工资已够我们两个人生活。"为什么不要两个孩子？"有人会问。"因为我们的孩子还没有来。"我回答他们。索恩很爱我，我也爱他。我为他做饭、洗衣服。上床前我给他打水洗脚，上床后我和他睡觉，将他伺候得舒舒服服，简直可以说像个老爷一般。他无力关心我的精神生活，尽管这样说有些矫情——那也是农夫的通病，将自己的一身力气都使到干活和自己的女人身上，醒着就要卖力，累了就睡觉，礼拜日去教堂做祷告，生活简单直接，不需要文学和哲学。一个人待着太安静了，久而久之，我觉得自己身上有了福楼拜的包法利夫人或勃朗特姐妹笔下那些新女性的气质——是的，我用了"气质"这个词——我变得不太能和我所处的生活相容了。也许这是一种错觉，是我空闲的时间太多的缘故，想想从前，一天到晚在别人眼皮底下做事情，即便主人是个心善的人，我也免不了紧张，丝毫不敢懈怠，也没有时间去想自己的事情。又或者说，我还有其他"自己的事情"吗？我应该好好问问自己。

在熟悉的路上走，中间也有一段是泥巴路。我穿着短帮皮鞋，看上去也像个农场主家的千金，虽然已经三十几岁了。我穿着短帮皮鞋在泥巴路上走，路有两个人那么宽，可以过一辆四轮马车，有些潮湿，但也没有泥水，在上面走不费多少力气。铺了煤渣的路两边种着矮矮的松树，这条泥巴路两边则是高大的杨树。风吹着杨树巴掌大的叶子沙沙响，让我想起夏天。去年夏天，在马洛先生的鼓励下我将之前写的几篇很短的随笔和小故事分别向《指南针周刊》《巴黎人》和《宴会》等几家刊物投稿。真是没有想到，《巴黎人》和《宴会》分别发表了我的一篇随笔和一个关于郊区生活的小故事。最令我兴奋的除了发表作品本身，还有《宴会》杂志曾是普鲁斯特先生参与创办的——那已经是很多年前的事——我竟能在他的杂志上发表作品，并且没有在作者简历中透露任何我和他的关系，这是我以前做梦也不会想到的事情，也是已故的普鲁斯特先生不会料到的吧。

我想我并不是异想天开爱做白日梦的爱玛小姐。我也可以写作不是吗？想到什么我就写点什么，现在我的心已经一点点打开了，眼睛变得明亮了，我也可以站在教堂门口静静看着它一个上午，顺道我还可以吃一点随身带的小点心，像那些真正悠闲的住公寓的老妇人。镇上的红松教堂是15世纪修建的，虽然不是虔敬的中世纪的产物，也没有经历过炮火的洗礼，可它依然散发着幽暗而神圣的光芒。即便是阴天，我见到它内心也会感到平静，想一想最近发生的事情。一百年后人们会像怀念工业文明产物那样怀念所知从前的一切，如果我也能够留下一点什么，除了与普鲁斯特有关的一切以外难道就没有别的了吗？也许没有了。我现在不过是痴心妄想而已，如今像我这样偶尔在打字机前敲几行小字的人又有多少呢？想想二十年前巴黎几乎没有一位杰出的小说家，也没有一位值得一提的诗人。现代主义和象征派的火焰似乎已经燃尽，二十年过去了，仅仅一个马塞尔·普鲁斯特，并且是没有得到评论界完全承认，也没有几个真正的读者有耐心读下去的。像我这样的小人物又算得了什么呢？从前不过是一个不值一提的仆役（当然因为跟对了独一无二的主人，我也一时变得受人关注），如今只是个妄想要成为小作家的无所事事的家庭妇女。

想到这些我也觉得有些沮丧。我可能是最好的佣人，我总能细心为别人着想，可终究是难以成为最好的作家。成为普鲁斯特那样的作家首先是痴心妄想，时间和毅力对我来说都是巨大的挑战。即便像那些跟在他后面奉承他的法国和来到法国的其他二三流作家，我也不能企及。成为一个好作家和做一个好的面包师差不多，都需要时间和经验，没有谁一时之间便成为同行中的佼佼者。那么我为什么不继续做我擅长的事情，做一些服务性的事？我有耐心和能力成为不见阳光的普鲁斯特的仆人；我已经了解了如此一个大作家的生活，有着这样珍贵的经历，即便去投奔一位中产阶级的老太太，为她做饭，给她讲讲名人故事，她也会满意，我的一天也会觉得充实，不是吗？

刚刚我弯下腰重新系好踩在地上的鞋带时，心口偏左的部位抽筋一般持续了好几秒钟。我没有立刻直起身来，而是用右手按住那个部位，慢慢朝下按压，就像将自己一根弯曲的手指头掰直那样。我又一面慢慢直起腰来，就那样持续了约两分钟，才恢复了正常。这种状况已经不止一次发生了。一开始，我左边的腰部出现抽筋，过了几个月，来到了心窝附近。我不知道这是为什么，心里既害怕，又有点兴奋。长年照顾一位不能吹风不能见光的生病的作家的起居，我对人的病态有了更加入微的理解。树木要落叶，石头要被风化，万物都慢慢改变自己的模样，一个人身体或精神上的创伤和病变不也是自然而然的事情吗？疼痛，焦虑，兴奋，这都是人的感觉，感冒令人发烧咳嗽，结核病人对一切粉尘都可能有超出常人的敏感，有的人身体上并无任何缺损，但他的心灵——那也许是人心和头脑在体内的投影——出现了波动，他心灵的倒影变得沉重，也会产生这样那样的感觉。有人就那样无疾而终……我啰唆这些是想说明什么呢？当我察觉到自己身体的异样，我就告诉自己这些突然的变化也许是种种暗示，是我的身体和精神面对这个世界有了新的反应。这难道不也是一种应该珍视的事情吗？当感受到自己的身体一次一次地产生痉挛和痛感，我就告诉自己：安静下来，细细体会，只要不是致命的，就好好地感受这种感觉的到来和消逝吧。当我的心脏附近部位产生从未有过的痉挛，我就小心翼翼地将自己蜷缩起来，更加清晰地感受到心的存在——它就在我的右手抚摸的地方附近。我觉得生病或病态对一个作家来说不是坏事，它带来新的感受，还会令这个人对自己所处的人与事物、自然环境的表象和变化更为敏感。在我低下头、蜷缩着身体的时候，分明也感受到风停了，阴云变低了，万物都配合着我的感受。当我直起身子往前走，看到远处的巴黎在这个变潮的傍晚呈现出一片灰白过渡的氛围，我觉得自己更熟悉它了，就像我曾那么熟悉的奥斯曼大街那样。我想，这些就是我如今面对和应该去面对的事物：逝去的马塞尔·普鲁斯特，活生生的索恩，时远时近的里昂和巴黎，还有我的过去和现在。十年与普鲁斯特先生朝夕相处的时光塑造了过去和现在的我——和如今多么受人尊敬的过去作家普鲁斯特先生一样，我也拿起了笔，我也坐在一台时兴的，但即便是最优秀的里昂家庭妇女也不会去碰的打字机前面。过去的五年我陆陆续续所做的一些正是这位名不见经传的小作家塞莱斯特·阿巴莱在做的事情——

她曾是一个地道的里昂乡下姑娘，十四岁开始学习仆役的工作，十七岁经人介绍成为那位病中的作家马塞尔·普鲁斯特的唯一的家庭佣人。她作为一个掌握了一位法国大作家最多密码的人，差点成为一名终生的仆役，除了懂得照顾他人什么也不去尝试。现在她正走在一个写作新人会走的路上。她已经完成了一本薄薄的小册子。在这本还没有和出版商确定好名字、也许就叫《普鲁斯特花园》的书里，她写下了十几个与她熟悉的作家马塞尔·普鲁斯特有关的故事。那些故事可以说都是那些普鲁斯特最忠实的读者将会感兴趣的，完全展现了只有她一个人在场的时候发生的普鲁斯特生活的点滴。她保证这些故事完全出自她的个人经历、感受和观察，用她习得和掌握的法语写成，即便添油加醋，也绝没有一丝不切实际的虚构。她曾经的主人马塞尔·普鲁斯特去世时曾留给她一纸遗言，现在，这本小书的作者，也是那则遗言的被授予者，怀着最恭敬的心将遗言抄录在此，并附上一张照片为证。

4

附录：马塞尔·普鲁斯特遗嘱之一

（给塞莱斯特·阿巴莱）

令我感激并且尊敬的塞莱斯特·阿巴莱，陪我度过了最后十年的来自里昂的女士：

谢谢你多年的付出。就像你见到的这样，你熟悉的马塞尔恐怕已经走完了他的一生。十多年来，我威严的父亲和挚爱的母亲陆续去世了，我最熟悉的严谨而苛刻的姑母也追随他富有的丈夫死去了，我深爱过一些人，他们有的也已经不在了，也有人依然好好地活着，今年以来我还有幸见到过其中的两位。塞莱斯特，很快你就会轻松下来了，至少，你可以毫无负担地从这间公寓走出去，在白天多看看太阳了。替我去闻闻巴黎和贡布雷那些花园或路边花朵的香气吧，替我再去布涝涅的森林走走吧，那是我年轻时熟悉的地方。亲爱的塞莱斯特，我将我书桌上那本法语德语字典连同那台蜂鸟牌打字机赠送给你，尽管它们不是什么珍贵的礼物，可你知道，它们陪伴我多年，正如你对我一般熟悉。我还打算将最后一件你可能认为很难完成的任务交给你：

为我保存我的全部日记，时间是二十年。

二十年内，任何人不得打开这些日记，它们依然属于我自己。二十年后，如果你还活着，塞莱斯特，你可以将日记转赠给一家巴黎可靠的博物馆，请它们代为保管。日记有三十三本，放在书架上邻近放置我读过的书的左边一格。你不必挪动它们，只需要确保它们在那里，和这套公寓一起——我已经买下了这套公寓的永久所有权。我没有也不打算更换钥匙。钥匙分作两套，一套留给你，另一套则在别处，互不相干。请你答应我承担最后一项工作，每周一次打开公寓的门，你可以给它通通风，也要保持它的干净。我为你准备了一次性的工资，工资分作两份，一半存在瑞士国家银行，另一半放在一个木箱内，就在我床头，你打开便看见了。

我写了几个纸条，分别装在几个信封里，放在床头小抽屉内。请你按信封上所写人名，将信封送到他们手上。如果有人的地址变动，还请代为打听到确切的新地址，并将书信分别交给他们。

亲爱的塞莱斯特，请在以后的梦境中告诉我你在做些什么。

你的　马塞尔·普鲁斯特于
1921年11月的第一个周末
在你熟悉的奥斯曼大街

但是这本书，我亲爱的读者，当你亲眼见到它，已经是我写完十年以后的事情了。这十年间又发生了什么，对我来说，也是关于未来的秘密，我又怎么会提前知道呢——即便现在知道了，却已经晚啦！因为我最希望带给你们的，也是一本关于过去的小册子，它已经早早完成，搁在抽屉最深处多年了。

2019年

阿尔贝蒂娜的呼唤

很多人都认为，阿尔贝蒂娜那回就已经死掉了，死在乡下，在一辆汽车边上。

很多人也和更多熟悉马塞尔和他的朋友的人一样，他们并不知道阿尔贝蒂娜的具体死期，因为他们关于那位阿尔贝蒂娜小姐的全部信息都来自马塞尔的回忆录。马塞尔那样写了，他没有解释，尽管又过了许多年他才去世，去世之前，在距他写下回忆录的那些年间，关于阿尔贝蒂娜他再也没有多写一个字——也许有，他藏了起来。是啊，熟悉马塞尔的人，即便只是熟悉马塞尔回忆录的人，他们也会记得，那个男子对他年轻时投入过感情——至少是想象中的感情——而后又因为厌倦、猜忌而抛弃了的女性，不论女孩、少妇，或是有着自己子嗣的夫人，都是一概从生活中清除掉，不会留下痕迹的。在那些头脑清晰的读者看来，马塞尔有一点值得肯定，那就是当他迷恋某位女性时，看上去总是全心全意地投入着，主要是情感，包括幻想，还有少数的行动。马塞尔不是一个行动力很强的人。正如他自己曾经所写：

> 人的欲望、享乐包含精神和身体两重性，分量、快感的程度都是差不多的，有时候精神上的享受更为强烈。既

然来自爱一个人的享受凭借思想就能获得，又何必真的去行动？

他往往只想不说，只说不做，只是在自己的房间里走动而不走出公寓一层大门，也就可以解释了。马塞尔的精神迷恋在他的回忆录中尽管不具备那种情感上的正义性，不是光明磊落的，缺乏道德感，但总还算是令人着迷的。有时候人们不得不佩服那样一个青年，他很少真正去做什么，却拥有丰富的生活经验，他的精神世界如果扩充到人世间，恐怕足足抵得过十人的毕生经历了。他抛弃女性，那些他投入过情感的女性，但他很少抛弃男性，即便是那些他明知品行卑劣、行为龌龊的中老年男子，比如整日无所事事的夏吕斯先生；为了个人名利而不惜对人出卖自己男色的人，比如那个小提琴手莫雷尔。他依然保持着与他们或近或远的友谊，那种友谊看上去牢不可破，有时像是同伴，有时像是师长，有时还像他怜悯的人。而他抛弃阿尔贝蒂娜，在他真正实施了抛弃的行为时——尽管看上去是被动的，是阿尔贝蒂娜的出走造成了他们之间关系的断绝——是多么果断而坚决。他后来偶尔还会想起阿尔贝蒂娜，但想到的不过是那个"已经车祸死去的阿尔贝蒂娜"。他用"她从未停止背叛我"作为安慰和说服自己的理由，轻轻地就像吹散手心里一个小小的纸片人那样，不着痕迹，一声不响地，就将刚刚想起的阿尔贝蒂娜再一次抛弃掉了——马塞尔沉浸在新的感情里，那感情又总是不长久，有时甚至没有获得就已经消散。他从来没有享受过事实上的长久和稳定的爱情生活；除了阿尔贝蒂娜，从未出现第二个女性和他的亲密关系保持超过一年，即便他青梅竹马的女孩希尔贝特，以及美丽大方的盖尔芒特公爵夫人，都不例外，何况后来盖尔芒特夫人也老了，变得和其他老女人一样可怜，甚至比年老的维尔迪兰夫人还要令人怜悯——她不得不乞求一个昔日的妓女光临她的府邸，陪她一起看戏、吃饭。少女希尔贝特也嫁入豪门，留下花花公子马塞尔回忆自己的生活。马塞尔再次见到这样的女性，只好远远地躲开，或者见到了也只是礼节性地寒暄几句了，仿佛从前的日子都不曾有过——也许他只是突然觉得害臊，羞于面对曾经追求过的人。这是他擅长给世人造成的假象，尽管他自己未必那样认为——他的心里实际上可能装着和他有过亲密关系的——也许是想象中的亲密关系的，比如那位侍女——所有人，他对她们从未放弃，这从他的回忆录中可以得到证明。他爱女性，也爱男性。

马塞尔的读者都相信阿尔贝蒂娜早就死掉了。人们相信，阿尔贝蒂娜死的时候只有二十三岁，却已经给一个男人当了四五年情人。有人还依照马塞尔后来透露的他自己的性倒错特征，认为阿尔贝蒂娜确实同时和几个女人保持着不正当的同性性关系，她们总是偷偷见面，不是在海滨浴室，便在某个人家中一间从未对外公开的房间里——她们彻夜寻欢，阿尔贝蒂娜总是在第二天早上重新梳妆打扮好回去，回到马塞尔为她准备好的窗户从来不许打开的房间里。还有人干脆说："阿尔贝蒂娜是个男人！"因为他们后来得知，马塞尔真正爱的是男人，便煞有介事地猜测阿尔贝蒂娜其实是个男人，只是平时打扮成女人的模样，为了掩人耳目。如果那样推测，则马塞尔的那本回忆录中大部分的篇章都在做着掩人耳目的事情——他将阿尔贝蒂娜描绘成一位少女时期就和他相识的人，后来为她定制巴黎最高级制衣店的裙子；他还在回忆录中写到过，游手好闲的夏吕斯男爵就是那样伪装自己的——他将自己在不知情者眼中打扮成一个从年轻时开始就从未停止过拜倒在一位又一位女性石榴裙底下的贵族男子……马塞尔打扮了别人又似乎在打扮着自己。关于这点，好在他那部回忆录中从未提到过阿尔贝蒂娜是男人，连一点暗示也没有。因此那些后来人的猜测——简直是对阿尔贝蒂娜的污蔑——是令人极度厌恶的，都是捕风捉影，或者牵强附会。但这些对妄加猜测者的厌恶对马塞尔和他的回忆录的爱好者们是绝不会有的，他们宁愿相信通过马塞尔性取向的猜测，相信其他人的所谓"作品与人物研究"，也绝对不会相信他们从未见过的阿尔贝蒂娜是清白的——谁愿意在茶桌前谈论一朵玉兰花的洁白？他人的肮脏才是最佳谈论对象，哪怕那人是自己的朋友。对他们而言，这世间真有或者从来没有存在过阿尔贝蒂娜又有什么关系？他们热衷的是马塞尔的回忆录，以及回忆录里所写的人与事。人们惊异于阿尔贝蒂娜的死，毕竟这个名字——就算是一个读者们不愿意接受的女人——占据了马塞尔回忆录超过五分之二的篇幅，也许是爱，也许不是。

我有充足的理由和证据反驳这些人，甚至我可以反驳马塞尔本人的回忆录。有人以为我会沉默。有人见到我流露出的蛛丝马迹后写信、在我家门外留纸条，威胁我应当保持沉默。但我偏偏不如他们所愿。作为亲人我没有照顾好阿尔贝蒂娜，难道不能说出事实？我的回忆录当然远远不会像马塞尔的回忆录那样流传广泛，文字也不如他的优美，想象不如他的丰富，思想不如他的深邃，故事不如他的离奇，论排场则远远不如——我从未在有排场的生活中过上哪怕一天——难道我的回忆录就没有资格由我自己用海鸥牌打印机打印出来，塞在我自己的箱子里？也许大火或是海水、暴风雨会将我留在世间的遗物清理得一干二净，难道我不能对我的两三个朋友说起这些故事？如果你们不幸看到这些，请睁大眼睛，不要急于揉碎手上的纸张——耐心将它看完吧！我要讲的，当然只是与我的妹妹阿尔贝蒂娜有关的事。这些事不是由我胡编乱造的，它们绝大部分来自我和她的通信，一部分来自我于1912年秋天去兰斯看望阿尔贝蒂娜的所见所闻。

那时我就在她住的房子里。人们都传言她已经死了,她的尸体也已经找到并且被埋葬。阿尔贝蒂娜只比她在巴黎生活初期年长了三岁,还算是个年轻人,但样子和从前确实大不一样,精神面貌也完全不同了。在巴黎,我们也悄悄见过两次,地点是在她的一个女性朋友家。阿尔贝蒂娜曾告诉马塞尔她是独生女,父母双亡,在世上最近的血缘关系只是她一位姑妈。她不能带我去她住的公寓,不论以何种身份,都是那个很少出门的马塞尔先生所不能接受、不能容忍的。

阿尔贝蒂娜的信

巴黎　福什大街23号

亲爱的哥哥:

我刚刚从卡布尔白色海滩回来。就是我上回和你说过的那个海滩。那里不错,有着细细的白沙,海滩上很干净,很少看到垃圾,一方面是因为那片海真的是干干净净的,海滩上是细细的沙子,没有泥石,海水都是蓝色,越往远处越是深蓝,另外,这里有数名清洁工人随时清理海滩上的垃圾和杂物。据说他们每天工作超过十六个小时,从早上七点直到深夜,因为这里的人大多数都是前来度假的有钱人,他们拖家带口,带着仆人和秘书,在附近的酒店一住就是半个月,有的甚至超过两个月。这些有钱的游客早晨起得晚,我常常在海滩上骑了半天单车回去后才见到有人陆陆续续出来,在海滩上光着身子晒太阳,小孩子在附近嬉戏。而他们又喜欢在海边娱乐到很晚,总是吵吵闹闹,到深夜才会消停。因此那些劳碌的清洁工只好全力伺候着他们，直到这些人结束一天的消遣娱乐才能回去。听说他们得到的报酬每天也不过一个法郎，还不如大酒店电梯门童一次得到的小费。我和你说这些倒也不是抱怨那些有钱的游客，他们中有人看上去不错，有的则不行，有的性格古怪，大多数男人都喜欢盯着陌生女人，尤其是女孩子们看。那样的人我当然很不喜欢，但是今天白天，哥哥，我遇到一个看上去挺特别的人，一个脸很白净、戴着高高帽子的男孩，看上去有十七八岁，我们今天就碰到过两次。第一次，我们迎面经过，那时我和我的女朋友们正在海滩上骑单车，离海水很近，海风不大，我见到那个男孩一个人从远远的地方走来，在离海岸约二十米的地方慢慢走着，手里还拿着一根手杖。他好像很害怕海水。等我们离得几乎只有二十来米远，他摘下了帽子向我们所有人点头示意，看上去就像一个绅士，站在那里一动不动，直到我们所有人都骑车走远了他才重新戴上帽子走开——我回头看到了他，他也在看着我。那天傍晚，又一次相隔不远的时候，我不知道他是否注意到我们，因为我们并没有碰面，我看到他远远站在一块礁石后面，隔着很远朝我们这边站着。那时我在走路，而他没有走近我们，没有对我们打招呼，早上他已经见过我，还有我的同伴们一次，那次他举止自然又有教养，这一次却像个犯了错的小男孩，偷偷摸摸的。我觉得他是一个奇怪的年轻人，行为有点古怪。但他如果对我说点什么，也许我还会和他说说话，因为我第一次见到他时对他印象不坏，和我的女朋友们成天待在一起也显得单调，我们玩简答的游戏，猜测海鸟的性别，或者一直骑车，吹着海风，如果有个诚恳幽默的男孩子相伴也很不错。

  这次旅行我和三个年纪差不多的女孩合住在一家宾馆的房间里，有个大通铺，我们四个人就睡在那上面。宾馆离海滩有一段距离，我们骑单车也需要二十分钟。每日花销也不大，因为四个人分摊房钱，一家普普通通的旅馆，没有餐，我们需要去外面吃，吃得也很节俭，我们有很多时间在外面玩。7月很快就要过去，到时候我又要回到姑妈那边继续上学了，想想还有些不情愿呢。你呢？你怎么样？请按时给我写信吧！就算我没有给你写信，你也要想起来给我写啊。我在这里虽然白天总是很充实，到了晚上，有时却还会隐隐觉得不大高兴。

         你可爱的妹妹　西莫内·阿尔贝蒂娜
               1907年8月2日

  青春期的女孩们成群结队在外面游荡，大人们知道了内心不安。阿尔贝蒂娜和她的女朋友们本来默默无闻，都是来自同一所中学，暑假过完一半她们就要回到各自家中。阿尔贝蒂娜写信给我，告诉我莉娜是她那时最好的朋友，安德烈是她在卡布尔才认识的，是巴黎人。后来我在巴黎见过安德烈一次，那时她已经十七八岁，高高的个儿，瘦瘦的鹅蛋脸，鼻子尖尖的比一般人高。她喜欢微微抬起头，我猜那就是人们常说的"巴黎人的气质"。她看样子喜欢说话，对陌生人也热情，我们初次见面，阿尔贝蒂娜还没有来得及介绍我，因为那时我推门进去，有两个女孩和一个男孩正好坐在客厅的沙发上聊天，客厅的墙是墨绿色的，挂着几幅我从来没有看过的肖像画和风景画，高个儿的安德烈就坐在离门最近的单人沙发上，她见我进来，首先向我打了招呼，而我叫了一声"阿尔贝蒂娜"，阿尔贝蒂娜应了，朝我点点头示意我找个地方先坐下来，她又继续和那个男青年聊着什么，安德烈就和我说起话来，并告诉我她叫安德烈，我也告诉她我的名字，我是谁。后来我才知道那是安德烈的家，而阿尔贝蒂娜只是提前告诉我那天下午到写在纸上的地址去找她。没到傍晚阿尔贝蒂娜就提醒我她要走了，该回去了。那时她已经住在马塞尔家，但我并不知情。我至今不知道她在巴黎的几年到底是怎样度过的，在哪些地方住过。对那个莫名其妙的决定我始终是反对的，一开始我也无法认同阿尔贝蒂娜告诉我的原因，也就是她说，她喜欢上那个男青年，便接受邀请随他来到了巴黎。

那是她第一次去卡布尔后又过了两年之后的事了。正好也是夏天，8月末，阿尔贝蒂娜中学毕业以后，征得姑妈同意，又一次去了卡布尔海岸。回来后的某次通信中她对我提到对一个男青年念念不忘，总是忍不住会想起他来。而他正是那个在卡布尔海滩第一次就认识的爱穿白衬衣、头戴黑色礼帽的年轻人。他也又一次去了卡布尔。她和他又一次在卡布尔相遇。她说她收到了青年的邀请，说是不论什么时候，请她去一趟巴黎，去他家做客。阿尔贝蒂娜9月去了巴黎，离她从卡布尔回来也就一个多月。那时我在阿尔及利亚。我写信给姑妈，请她务必问清楚原因，如果她非去不可，最好叫上一个女同学。阿尔贝蒂娜很快去了巴黎，她在给我的信中表现得很兴奋，她说巴黎的大街宽阔又漂亮，旁边都是精致的房子，有一半是新式建筑，另一半像是宫殿，街上的汽车和马车一样多。但她是一个人独自去的巴黎，不是马塞尔回忆录中写的那样，是从卡布尔直接随他"回到了巴黎"。她也没有遵从我对姑妈的嘱托：找个女伴一同前往，别待太久。

她在从巴黎写给我的第一封信中主要说的是对巴黎的印象，以及对马塞尔家庭的印象。她说她去过他家两次了，第一次受到了丰盛的招待。马塞尔的妈妈是个知书达理、疼爱独子的母亲。厨师做了一桌子菜，吃饭是在一个大客厅，就她、马塞尔的妈妈还有马塞尔三个人，一个女管家在不远处的壁炉边坐着看报纸，也不像她以为的那样，是站在一旁守着。她还说她住的旅馆一天两法郎，虽然比家里贵，但装饰漂亮，服务也比卡布尔的旅馆周到得多，她身上带的钱够她住上半个月。

第三封信，她提到已经在巴黎找到一份面粉商店店员的工作，打算在巴黎待一段时间。我想，好吧，她已经是个大姑娘，大概可以自食其力了，再说我那两年自己工作也不顺利，手头紧张，供她念大学恐怕很困难。阿尔贝蒂娜就那样留在了巴黎，我们还是保持书信联系，因为我是她哥哥，是她婚前最亲的人，我不关心她谁更应该关心她？我去过巴黎几次，但对巴黎的印象主要来自阿尔贝蒂娜，对巴黎的情感则完全来自阿尔贝蒂娜。那时我在阿尔及利亚已经待了四五年，住的地方则搬过无数次，有时候自己租房子，有时住在老板提供的宿舍中，我还住过三个女人的房子，都是喜欢我的女人，知道我手头拮据，愿意接纳我住在她们那里。说起来很惭愧，其中一位是有夫之妇，为了和我约会，她还专门租了房子，我就住在她租的房子里，一边工作，一边和她约会。我对阿尔及利亚有一些美好的印象，对巴黎更多的是牵挂和想象，只要阿尔贝蒂娜不出嫁，我就要像父亲一样关心着她。不过话说回来，我做得实在太差劲了，不然阿尔贝蒂娜也不会过上那种传说中的生活。只是回过头来想，也是命中注定的事：我选择了阿尔及利亚，阿尔贝蒂娜选择了巴黎。关于在巴黎的阿尔贝蒂娜我所知的虽然和传说中的有所不同，但又能好到哪里去？就算阿尔贝蒂娜在信中对我所说都是真的，我在巴黎见到的她和她的一切也是真相，她也不过是一个一面靠着自己双手劳动，租房子住，一面和一个有钱青年谈恋爱的年轻乡下姑娘。

阿尔贝蒂娜的信

巴黎　麦那大街57号

最亲爱的哥哥：

　　面粉店老板关门停业了，他们全家搬到一个新地方，不在巴黎。他是一个好人，有两个儿子，都还没有成家，一个在巴黎上大学，一个刚刚念完高中。老板说要去洛林，那是他妻子的家乡，因为妻子的父亲病重，岳母已经过世，没有人照顾，他们便要去那里照料老人，也打算开店，由他刚刚高中毕业的小儿子逐步继承自己的生意。我只好离开，另做打算。好在老板给我推荐了一份新工作，是在一家服装店。这回我不仅做店员，还可以学些做衣服的手艺，因为服装店的老板自己有一家服装工厂，自己做的服装自己销售。我白天在店里做店员卖衣服，晚上在老板的服装工厂做事，有一位师傅带着我。现在我学习给人量体裁衣，先从熟悉尺寸做起。这样一来，不到一个月时间，我发现了一个秘密：来这里做衣服的女人大多腰肢超过两尺五，但她们中的大多数人希望我们给她定制一件腰身两尺二的裙子！没有办法，我们只好照办，试衣服的时候，她们用力收起自己的肚子，为了和我见过的上流社会的小姐们差不多样子。而我的师傅是一个中年女人，看样子凶巴巴的，最近我就挨了好几次骂。不过你不要担心，我没有偷懒，只是学得有点慢，挨几句骂算不了什么。说不定再过半年，你就可以穿上我做的衣服了！那样一来，我首先就要给自己做条裙子。你等着吧，哥哥，我猜要不了多久的。

在服装店上班比在面粉店要有意思些，因为经常会接触到各式各样的女人，她们大多数并不那么时髦，很少有人穿着华丽的衣服进来，因为我们这里是家平民服装店，我们服装厂生产的也是一些给普通市民穿的衣服、裤子和裙子，做工不算精细，用料也没那么讲究。和在香榭丽舍大街上来往的人们相比，你会发现来我们店里的人像是来自另一个地方，另一个城市，他们穿着灰色、白色、黑色、棕色等单色调的衣服，一看就差不多能猜出他们的职业，不是工厂工人，便是普通家庭妇女、菜市场的摊主、做小生意的人。我在这样的地方工作没有什么压力，因为我觉得我和他们差不多，有时候甚至比很多人穿得更好看一些，因为我有几件漂亮的衣服，是马塞尔送我的。但我也希望见到时髦的少女和太太，见到英俊的男子推门进来，那样的机会何其寥寥——唉！大概因为来我们店里的都是普通市民吧。

你问我和马塞尔的关系怎样，那我现在来谈谈我的感情生活。我们现在见面的日子不如以前多了，原因是我一出现在他面前，他便喜欢问东问西，恨不得将我不在他眼前的日子掀个底朝天才好。虽然他几乎从不吝啬，带我出去吃饭总是在那些巴黎最豪华的餐厅，丽兹饭店我都快吃腻了。他也常常送我一些精致的小礼物，当我们在一起的时候，我常常很快乐，却也感到压抑。一面压抑，一面快乐，真叫人难受。我时常随他去参加一些宴会，有时是在酒店，有时在别人家里。他们谈论各种各样的话题，什么伦勃朗和埃尔斯蒂尔的画啊，瓦格纳和凡德伊的音乐啊，还玩一些语言游戏……总之，这些我都不太喜欢，虽然有时候还能和他们说上几句，谈文学我懂一些，因为我也读过流行小说，就连最新的俄国小说，什么陀思妥耶夫斯基啊，契诃夫啊，我都看过。因为马塞尔，我还去学过画画，跟着一位叫作埃尔斯蒂尔的当代画家，他们聚会时候的朋友。我画画据他们说还很有天赋，我看也不错，我能画街道写生，也能画人物画。下回你寄我一张照片，我来给你画一幅画吧。总之我置身在一个从前完全不熟悉的社会里，似乎获得了些什么，又时常觉得空落落。我参加一些时髦聚会，听他们谈这个谈那个，有时候还坐火车去乡下的城堡和别墅，陪着那些定期进城的主人们聊文学艺术。但马塞尔家里从未有过聚会，因为马塞尔身体不好，我和你说过，他怕光，怕风，并且他家比起那些有钱人、那些贵族夫人家里，就显得小多了，在巴黎只有一层楼，是租来的，房东是一个很讲究的贵族，没有工作，却也喜欢各种聚会，他的生活据说靠收地租和出租房子来维持，也不用做什么生意。马塞尔家在乡下有农场，有幢大房子，他没有带我去过。他并不喜欢太多人来家里做客。我只见过少数几个人来过，和他年纪相仿的男人，有时候安德烈也来，你见过她。经常有人给他送来请柬，邀请他出门参加什么舞会、晚餐会，请柬和名片都放在楼下，有人代收，再由他家的女管家弗朗索瓦丝不定时去取回来。据说他每个星期都有聚会，当他要请人聚会，就去大酒店！

有钱人的生活真是不同凡响，他们甚至需要抑制自己的快乐，因为享乐的机会实在是太多了。

　　看上去我的生活还挺丰富多彩的对吧？实际上也差不多。如果我去见他，总能见到什么新鲜玩意儿，美味佳肴当然是够我品尝的了。而如果不和他出门，待在他家里，反而我会觉得更难受一点。相比之下，我还是愿意和他去参加聚会吧。他给我发来快信，大多数时候我总得应约前往，我自己主动去的日子很少。奇怪了，哥哥，这是不是说明我没有以前那么喜欢他了？我并不依赖于他，反倒是他常常表现出对我的迫切需要——有时候我就像他的强心针一般——有很多次，我收到了信坐马车去他家，什么事情也没有，他躺在床上，说是想再看看我，听我讲讲白天没有讲完的故事。他就像一个虚弱的病人，总是渴求着人的疼爱。

　　今天写了好多，可能是因为突然有点伤感了。新工作也不轻松，我不能老请假跑出去，老板会给我脸色看的。你还好吗，哥哥？和我说说你的情况吧。什么时候再来巴黎看我？

　　反正我现在很难出远门的。

　　祝你一切都好啊！

你的　西莫内
1912年10月4日

一个人常常不清楚自己需要什么。

一个人最热切的期待也常常会变化。

　　我想说追寻了马塞尔·普鲁斯特的人都会习惯阿尔贝蒂娜的出现和最后的消失，尽管他们中有不少人会像我听到过的几位读者对我说的那样,当他们从回忆录中得到阿尔贝蒂娜意外去世的消息,便惊呼出来:"没想到这个百依百顺的女孩就那样突然死掉了!"像是一种报应,看上去更令人欣赏,符合浪漫派小说的特征,却不是马塞尔回忆录的风格。但阿尔贝蒂娜在马塞尔的回忆录中死掉了,这至少是文学事实。马塞尔从未在其中制造哪怕半点外在的浪漫气息。对女孩子,他肯定有他取悦人的方式,我不得而知。也许就像他所写的,他会扑上去,在森林中扑向一位路过的农夫的女儿,像那些中世纪充斥着随意交配的小故事里的那些青年——也许他不会,但没有任何迹象表明他曾为爱情付出过任何一束玫瑰花。他心里所想的正如他自己写到的:

"我希望在一朵玫瑰花前独自待上整整一夜。"

那是他追寻的感觉。我很清楚,他是一个极端自私的人,因为我曾被迫成为他的读者,深有体会。他的心里装着所有人,但他不会牺牲自己的乐趣。在他的回忆录中,我看到的是连篇谎言,包括我从阿尔贝蒂娜给我的信中读到的,我在巴黎亲眼所见的,以及我猜测而来的。但我后来原谅了他,因为那是他的方式,正如他笔下所写的那些人物,他和其中很多人的特质并没有什么两样,除了没有贵族的封号,他什么也不缺,同样也是依赖谎言过活。很难想象如果不撒谎,他们阶层和相近阶层中的人能怎样生活——也许很快人人都将无法出门,因为他们内心的虚荣和荒淫不再被遮蔽,他们的自大都会从心里跳出来给别人看,谁还能受得了谁?包括接近他们的那些来自平民阶层的艺术家,还有像阿尔贝蒂娜这样被带到他们社交界的年轻女孩,我想他们也都活在谎言里了——唯有谎言才能对抗谎言,人必须依赖谎言在充满谎言的人群中长期生活下去。后来我觉得我并不了解阿尔贝蒂娜,尽管她给我的信写得言之凿凿,每走一步都看上去不可思议,但细细想来又觉得说得过去。我甚至从未怀疑过她在巴黎所过的生活和她在给我的信中描述的生活会不一样。我也去过巴黎，在巴黎看望过她两次。我还见过她的几个朋友。关于阿尔贝蒂娜中学之后的一切我只有一件事情可以肯定，那就是她在1913年并没有死去。我在另一个地方找到了她，不是在巴黎，而在外省，离巴黎不算太远。我不愿怀疑除那之外我所知的关于她的一切，因为一旦怀疑，我们数年通信建立起来的情感将毁于一旦，并且那被摧毁的情感关系和回忆的碎片只能由我去弥补——而我永远难以重新描绘一个不一样的阿尔贝蒂娜。我们有过约定，互不再见。我不会再去向她求证什么。我唯一的妹妹最后走向森林深处。

刚刚抄录的那封信是我从她那里收到的最后三封信中的第一封。也许那时她真的还在巴黎。不久后我给她寄了一张新拍的半身照，是我当时的情妇带我去照相馆拍的，背景是一片画得不真实的雾和海。三个月以后，我果真收到了一张署名西莫内的水粉画，轮廓和气质都很像我，只是细节有些不同。马塞尔在回忆录中将她描绘成一个随叫随到的应召女郎般的女孩，一个不堪入目的女同性恋，阿尔贝蒂娜却在我这里给自己披上店员、学徒和绘画天赋的外衣。这二者多么不同！如果我们的父母亲还在世，他们又会怎样面对两张纸上的自己的女儿？我在这里申诉，也只是凭借一种表象和我对阿尔贝蒂娜过去产生的信任。看来人人都是画家，也是作家，不是在涂抹自己的脸，就是在给别人涂抹一张脸，一副表情，一个身份。但我依然不愿怀疑阿尔贝蒂娜。我之所以想到这些，也是由于两位画家兼作家——我的妹妹阿尔贝蒂娜、她曾经的恋人马塞尔——缺少他们中的任何一个，我都不会认识到这些，也不会有这般连我自己都不相信的怀疑精神。姑妈邦当夫人去世后，我再也没有到过一个熟悉的地方。这些年我回到阿尔及利亚，四处飘荡，到哪里都能找到一份工作，做上一年半载又换一个地方。我遇到的女人和我遇到的老板一样多,女人和我交换肉体和性欲,老板和我交换劳力和金钱,这样我才会觉得公正、可信,我们都不需要猜测什么。我不做长工,免得对同一个人、同一个地方产生依赖。有依赖就会有伤害。有依赖就难免言不由衷,连自己都忍不住违背自己。我成了一个靠苦力和小聪明过活的流浪哲学家,到哪里都附带这样介绍自己,并且用我的双手证明给他们看——我首先是把干活的好手。

阿尔贝蒂娜改变了我的人生。

我照顾了阿尔贝蒂娜最后三年。

阿尔贝蒂娜的信

最亲爱的哥哥:

好久没有给你写信。现在我怀着对自己的恨和对你的愧疚写这封信给你。我已经离开巴黎,离开了马塞尔,我和他彻底分开了。我到了兰斯。这个地方叫作小叶,是一个村子,在当松维尔森林的反方向,巴黎的北方,离巴黎也不太远,但也有差不多半天路程,坐上两个钟头火车,下车再叫一辆马车走上三两个钟头就到了。这个村子不大,只有二十来户人家,却有成片的土地。大部分村民都种地,种麦子和蔬菜。麦子拿到村中的磨坊磨成面粉,自己在家里做成面包,蔬菜则主要是甘蓝、马铃薯和甜菜,马铃薯煮了吃,甜菜做汤,味道都不错。我是两个多月前搬来的,一个朋友送我来这里,为我找了当地的房子租下来,她又回巴黎去了。因此现在我住在一户农户家里,他家和邻居家没有多少不同,也有自己的土地,种了地,还养了十几只山羊,两头牛，一匹马。他家的房子也是祖传的，第一层用整齐的石块砌成，第二层是木质结构的框架，刷了白色的墙面，看不出里面是什么材质，可能是某种砖，顶上盖着红色的瓦片，远远看去，已经变成微微发暗的红色。

现在我的头有点痛。

总的来说，他家还不错，尽管家里没有巴黎那么多的家具，也没有那么干净，但生活不成问题，我看他们全家过得挺快乐的，一家三代，有爷爷奶奶、爸爸妈妈，还有三个儿女。他们家的大女儿只比我小几岁，我们能聊到一起，我还能教她一些东西，她喜欢问我一些巴黎城里的新鲜事。

我来到兰斯，也是因为我听说这里有著名的兰斯大教堂，很多人来这里朝圣，当地的居民虔诚又淳朴。我觉得来到这里我会变得清净。事实上我真的喜欢上了这里，这个安静的小村，没有高山，平静，祥和，人也很好。

你一定会问我为什么离开巴黎。说来话长。我在巴黎待了快四年，这四年我们一直都在写信，有时候让人觉得仿佛时间一晃而过，但是对我来说，哥哥，也真不容易啊！马塞尔给我出了太多的难题。可以说我们之间的痛苦远甚于欢乐。是他让我从一个十五六岁天真烂漫的女孩成长为一个心事重重的女人。以前我在生活上是一张白纸，如今我懂得很多，可以一个人照顾自己了，做饭，做衣服，我都可以。而相比这些生活的能力，我理解更深的是人的关系和情感。人们常说人的关系是微妙的，是复杂的，但我要说，没有什么比人的情感更难以捉摸，甚至难以忍受的了。面对一个语言能力大过行为能力、思想能力大过语言能力的人，要理解他，和他沟通，是多么难啊！马塞尔就是那样一个人。他总是说得多做得少，要说的话只说半句。比如他有时会问我在他家是不是觉得闷。他的意思可能是他家里总是关着窗户和门，每个房间的门都是关闭的，窗户则几乎常年关闭。有一回我打开了那个小房间的半扇窗户，也仅仅一小会儿，那天下午我去他的房间看望他时，他就半躺在床上闷闷不乐，我问了半天，他才说他闻到了不一样的空气的味道。他不停咳嗽。我知道他对新鲜空气敏感，因此几乎从不在他家里随意走动，更不敢开门、开窗户。但那天他问我是不是觉得很闷，我以为他示意我可以去通通风……还有一回他和我在家里吃过晚饭，又坐在一起看了一会儿书，他显出疲倦的样子，我就说："那你好好休息吧，我改天再来看你。"他也说好。我就离开了。离开以后我回去没过一个钟头，他就遣人给我送来一封短信，说他为我的突然离开感到难过，他希望我多陪他一会儿，希望我陪他过夜……

我现在又有些难过。

我后来就只好叫了马车再过去陪他，而他还是少言寡语，让我和他一起在那里看书。这样的事情时常发生，有时候我走了，他安静度过了一晚，有时候他又叫我再去陪他。他也不发脾气，语气恍恍惚惚，按理说这么长时间了我应该很理解他的脾性，并能适应和他的相处方式了，但我还是很难博得他的高兴。有时候他让我深夜回去，那时我们刚刚睡了一觉。世界上的情侣千千万，我想我是其中最卑微、最丧失自我的一个了。在他的那些达官贵人的聚会朋友那里我是什么形象呢？表面上看他没有当着我的面对他们说过我们之间不愉快的事,但我不知道背地里他们又说了些什么,我更猜测不到他是怎样以他的情绪驱动他的思想来看待我们之间的关系的。

这样的相处已经够难为我了。去年,有一次他竟暗示我是不是背着他还有别的情人。他的意思是,我是不是喜欢女人!一年来我深受这种猜忌的折磨,我的精神越来越坏了,最后不得不下了决心,突然就离开了。我离开的时候只收拾了自己的东西。我来巴黎时没有什么行李,我走的时候也只有几件衣服,他送给我的东西一样也没有带走,全留在他家了。

如今我在这里已经住了一个多月。哥哥,我好像生病了。最近两个星期我几乎天天躺在床上,好心的房东太太将饭菜送到我房间里来。现在我吃得也很少,一天只吃两顿,一点胃口也没有。发低烧,浑身疼痛,头总是痛。因为我生病了,房东可能对他家的孩子交代过,尽量不要和我接触,免得打扰我。我是得了传染病吗?但我一点感觉也没有。我没有吃药,只自己出去看过一次医生,医生给我诊断,说我没有什么严重的疾病,主要是精神不好影响了身体。我想应该也没有什么大病,精神突然不大好了,也许是天气的缘故。现在春天快要来了,天气还是冷,偶尔有风,风也不小。总之我很少与人来往,但可以开着窗户看看外面的田野和树,房子稀稀拉拉,空气比巴黎好多了,雪也没有融化。

我很想念你,哥哥。希望你什么时候能来看看我,这里风景也很不错,虽然不像巴黎那样繁华,而是一种令人沉醉的乡村风景，没有高楼大厦，却有高大的树和美丽的野花。见到你，也许我就完全好起来了，我要带你去吃美味的食物，地里长出来的野果。

我现在的地址：兰斯市　拉昂　小叶村21号

如果你来，什么也不用给我带，能来看看我就很好了，哥哥。

你唯一的妹妹　阿尔贝蒂娜
1913年3月12日

房东的信

尊敬的艾米里·加莱先生：

我昨天从您的妹妹西莫内小姐那里得知您的地址，以便给您写这封短信。

令妹去年冬天经熟人介绍来到我们这里，在我家租房住下。我见她孤单一人，一个年轻姑娘，便收留了她，因为我妻子和两个女儿也在家里，她在这里有个伴也好。

她来的时候还算开朗，我们吃住都在一起，房租是一个月二十五法郎。她可能有一些积蓄，因此也没有急着找活儿做。

我想和您说的是，她近来身体状况不大好，人没有精神，厌食，反应变得迟钝，最主要的是她容易精神恍惚，有时候很难控制自己的行为。不瞒您说，据医生诊断，您妹妹目前已经患有严重的忧郁症。但我们都向她保密，只是遵医嘱默默照顾好她，多劝她出门走走，但不能走太远。我得知您是她唯一的哥哥，因此冒昧给您写这封信，希望您能抽时间来一趟。我们的地址：

兰斯市　拉昂　小叶村21号

相信您妹妹见到您会很高兴。

阿尔贝蒂娜的房东　孟巴莱

向您致意

1913年3月9日

当然我也记得很清楚，就在1913年3月，那时我还在阿尔及利亚的阿尔及尔经商，做珊瑚石生意，同时收到了阿尔贝蒂娜还有她的房东给我的信。两封信来自同一个地方，我先拆开了阿尔贝蒂娜的信。那时我们已经有几个月没有写信，我不知道她已经离开巴黎。她的信使我感到诧异，而我拆开第二封信，便立刻做了回去探望阿尔贝蒂娜的决定。我停了手上的工作，第二天便买了船票，动身去巴黎，又从巴黎出发，按照房东给的地址，阿尔贝蒂娜告诉我的行车方式，半天就到了兰斯，从兰斯站坐马车到小叶村，见到了我已经一年多没有见过的妹妹阿尔贝蒂娜。

她变得消瘦，头发绑在一束，扎了一个辫子垂在胸前，眼睑有些下垂了，面色也是灰白的，不是那个我印象中红苹果一般的阿尔贝蒂娜了。我风尘仆仆地赶到孟巴莱家中，时间是下午三四点，那位农夫手里牵着一匹马恰好从外面进来，见到背着背包的我，一个陌生人——我介绍了自己，他便拴好马，洗手后领我进屋，推门一扇房门，阿尔贝蒂娜坐在窗前，正是我刚刚回忆和描述的那样。我一身劳顿，可能也变了模样，总之她竟一时没有认出来。是我先叫了她的名字。她愣了一下，又突然忆起什么，才朝我缓缓走过来，用两只手握住我的一只手。我能记起当时她那双冰凉的手，握着我就像给了我冬天。我拥抱了她。可怜的阿尔贝蒂娜！房东没有骗我，在我眼前的已经不是以往熟悉的阿尔贝蒂娜，尽管那面容依然是阿尔贝蒂娜的。阿尔贝蒂娜面无血色，她说话的语调变得很慢。那天晚上我吃到了熟悉的法国晚餐。接着我在孟巴莱家陪阿尔贝蒂娜待了几天。和她几日的朝夕相处，看着她的一举一动，我感觉她的精神状态十分不好，一定是在巴黎受到过长期的创伤。从前她在我面前，在书信和见面中，从未表现出任何令人不适的细节，在兰斯的阿尔贝蒂娜就像我在阿尔及尔富人区深夜的大街上见过的几个被抛弃的流浪女人，已经失掉了自己的心。

一周后我回到阿尔及利亚，简单处理了生意，告别了当时的情人，和老朋友喝完了酒，很快就带着行李也搬到兰斯。我们先在孟巴莱家又住了近一个月，为了方便，做久居的打算，我在附近找了个独立的小房子，够我们两个人住和生活，房子的主人也是村里人，他有三处房产，便租了一处小的给我。

因为阿尔贝蒂娜，我开始了在兰斯的乡村生活。没过多久，我就像个农民那样生活，不仅租了房子，还租了块地，种点蔬菜。我买了几只山羊，这样阿尔贝蒂娜时常随我出门走走，我们赶着山羊在村中草甸上吃草放牧。每周我定时陪着她去镇上逛逛，有时买点小东西，有时候什么也不买。我找了几位镇上的医生，后来选定一位从兰斯大学医学院毕业的中年精神科大夫，请他为阿尔贝蒂娜长期诊疗。我带着多年来在外面很不容易攒下来的钱，不多，但还能够维持我们兄妹两个人几年的生活。除了房租，我们一周的生活费大约十五到二十法郎，我时常打短工，后来在一家农场做了份相对稳定的工作。从前我漂泊不定，但总算独立生活能力还不错，有时候有女人要照顾，有时候被女人照顾，这倒成了我照顾阿尔贝蒂娜的经验。我发现阿尔贝蒂娜喜欢吃甜菜汤,就自己种了一块甜菜地,种了一片土豆。我们房子门前有一株高高的松树,10月,松果沉沉挂在树上,我用竹竿将当年绿色的松果打下来几个,给她当摆设,当球玩。冬天下了雪,松果落下,我们用石头敲落在雪地上的松果,可以吃到松子。当然这些只是为了让阿尔贝蒂娜能够活跃自己的身体和精神,给她一些乐趣。有时候她独自在外面,朝着落日的方向久久站着发呆,我远远地望着她,不让她跑太远,到了吃饭时间,我就喊她的名字:

"阿尔贝蒂娜——吃饭啦——甜菜汤——新烤的面包——还有油炸土豆片——"

有时候她走到村子里的谁家串门,那家人会留她吃饭。

……

那样一来,阿尔贝蒂娜好像真的成为一个病人,她需要人照顾,像个孩子,有时候她很平静,知道自己在做什么。大多数时候我们能聊聊天。

村里有个小教堂,很古老,看上去有数百年了。阿尔贝蒂娜时常一个人去那里。教堂里有几排长椅,有时候我陪她一同坐在长椅上,面对着前面的耶稣像。据说离小叶村不远,在从村中去兰斯城里的路上,在一片森林中,也有一个教堂,是为了纪念一位幼年的圣女。教堂由圣女的父亲所造,耗费了他和他妻子丧女后的全部人生。虽然远离马路,却常有慕名而来的信徒朝圣和礼拜。有一次,就在小叶村的教堂里,我从侧面看到阿尔贝蒂娜仿佛一位平静的修女。那时我对面窗外傍晚的阳光正穿过教堂的彩色玻璃照在阿尔贝蒂娜的脸上,沿着她的面容轮廓线泛出柔和的光芒。

正如阿纳托尔·法朗士后来在小说中写下的故事:三年后,阿尔贝蒂娜几乎恢复为一个正常的女孩。那时她二十六岁。二十六岁的阿尔贝蒂娜从忧郁中走出来了,她穿上黑色素衣,成为森林中那座为纪念幼年圣女而建造的教堂的修女。她将那座灰褐色小教堂当作自己最后的家。临走时她对我说:

"再见吧——亲爱的哥哥,不要再送我,也不要为我难过。这是我的选择,我的归宿。如今我健康又平静。据说我曾无比堕落,玷污着自己和他人的清白。回想从前的生活,那过去的日子我几乎全都想不起来了。谢谢你照顾了我,以后我不再需要人的关心和照料。我很期待全新的、属于我也属于神的生活。为我最后一次祝福吧!我也把祝福送给你,我亲爱的哥哥。从此你不用再来看我了。"

我回到了阿尔及利亚。

在阿尔及利亚,我说法语,也懂阿拉伯语。我重新做起了红珊瑚的生意。经历了战争,经历了生活,经历了无数人的死亡。对我来说,是时候也回望一下自己,回望我这么多年来如她所愿再也没有见过的妹妹阿尔贝蒂娜了。我有了自己的房子,在郊区,是我自己买了木材自己建造的。在房子里我有一间书房,书房里有一些两百年来的法语小说,一些法国历史故事书。我有一张书桌,一把带半个顶棚的类似《坎特伯雷故事集》描述的那个会写故事的法官的大椅子——我的妻子正是我从前的一个情人。有时候她推门进来,看见我坐在书房中的大椅子上,就高声说:

"喔!你看,连你都快成为作家了!"

这几年她常用那样的口吻笑话我,仿佛我在做一件十分不相称又好像即将做成的事情。其实我并不是作家。我甚至讨厌作家。我不喜欢那些惺惺作态的文字,不愿猜测也不愿了解那些作家——尤其是出入于从前那最后的虚荣下所谓上流社会场合的作家、音乐家和画家们,那些最后的贵族和假贵族。时代正在变化,连我都有了自己的书桌，只要我想写点什么，我就可以拿出钢笔，蘸上墨水煞有介事地坐在这里，随意写点什么。我招呼儿子：

"来看看爸爸又写了什么？"

儿子说：

"鬼画符！"

因为我喜欢在儿子凑到我书桌跟前的时候，用钢笔多蘸墨水，在纸上画几个大大的黑圈圈。我对他说，那就是爸爸在创作的作品。

我的红珊瑚生意做得不错。我建造的房子是我用做红珊瑚生意的间隙，用做红珊瑚生意挣到的钱买的木材，我们一点一点建造起来的。我用自己的手创造着自己的生活，那生活就在我们周围，就在我和我的妻子、儿子们手上。我们的房子在一片稀疏的树林中，周围是一片棕榈树……那景象与多年前的法国完全不同。但我已经习惯了这里。仿佛到了熟悉的安定和告别的时候，我能说些什么呢？就像很多年前阿尔贝蒂娜曾经对我说过的：

"再见吧——亲爱的哥哥，不用再送我，也不要为我难过。"

我的生活过得还不错，全家人生活在一起。这是一个全新的家庭，又是从两个旧家庭中走出的人结合并新生的家。我们的关系并不复杂，也没有过多少戏剧性。生活对于普通人而言常常并不是精彩的，这就像大多数人可能有时会意识到自己一无是处，没有一笔值得书写的故事。如果不是有一天回忆起我的妹妹阿尔贝蒂娜，想起那个森林中幽静的教堂，想象着后来她在那里的生活……也许她已经老了；也许她早已经离世。对我而言，我努力理解并做到像我们二十多年前当面约定的那样——在二十多年前，在兰斯，那个阿尔贝蒂娜离开了人世——而在那之前，在那之前的至少三年前，巴黎的阿尔贝蒂娜也离开了人世——卡布尔和巴尔贝克海滩的少女西莫内小姐早已一去不复返——而马塞尔书写的阿尔贝蒂娜活在了他的伟大回忆录作品中，让世人看到。二十多年过去了，当年三十多岁的马塞尔也在不到十年后因病去世，这是他的读者和文学界都知道的事。随后的这十多年间，作为作家的马塞尔·普鲁斯特获得了多少名声！这名声越来越大，越来越具体。他早已超越了他曾经的导师和沙龙中的朋友阿纳托尔·法朗士，成为独一无二的普鲁斯特。对他而言，阿尔贝蒂娜既是过去的，也是永恒的。从前的一切都成过去，海滩上的那些少女全都老去了……

一切像是现实的，又像是虚构的。

我原本想留下些什么，为了修复阿尔贝蒂娜被毁坏的名声。但阿尔贝蒂娜实际上早就不需要那些名声了。一个不必再维护的事物，又何须去重塑它？

有人去求证——他不一定得到更多；

有人顺着事情的方向——如同顺着风的方向——走，她也找到了归宿。

我至今没有弄清楚一些事。

备注：

以上材料，作为一份完整的与作家马塞尔·普鲁斯特相关的文字材料，先是保存在法兰西学院，后来又由法兰西学院移交，捐赠给普鲁斯特博物馆。

普鲁斯特博物馆的所在地Illiers-Combray镇位于巴黎西南部，它还有一个新的名字叫作贡布雷。贡布雷正是普鲁斯特那部回忆录小说中最为重要的地名之一。同时，它又是虚构的。

也就是说，贡布雷如今存在于巴黎，你能够沿着某份地图或者经人指引去到那里。那个地方就叫作贡布雷——但它同时又来自虚构——贡布雷原本不存在，如今却被人真真切切地感受到。

这份有关马塞尔·普鲁斯特小说《追寻逝去的时光》中最重要的一个名字——也是一个人物——阿尔贝蒂娜的材料，我们未能验证它的全部真实性：

我们未能找到艾米里·加莱先生，也没有关于这份署名艾米里·加莱，以及他的妻子和儿子的任何材料。我们有可能将它当作另外一篇小说，而不是一份真实记录。这可能违背了作者的原意。然而不管怎样，通过对它的年代的认定，我们知道这是一份来自20世纪30年代的材料，我们存有一份原件，就在贡布雷的普鲁斯特博物馆。有心的读者他日可以在博物馆中见到——如果那时它并未经人转赠或被窃取。

——来自贡布雷的普鲁斯特博物馆（印章）
1993年6月25日

2019年

夏吕斯的爱情

> 人人皆有所爱,正如勒梅尔夫人深爱丽春花,有人就每天送她十朵。
> ——马塞尔·普鲁斯特

如今的夏吕斯先生可以说是一位人人都可以嘲弄甚至唾弃的人物了。有人在与人开玩笑或是闲聊的时候提起他,都要讲一段听来的或据说亲眼所见的关于他的小故事和可怜的新形象,也有人提到他,故意拉长声音,将他的名字和先生两个字断开,他们说着,"夏——吕斯——先生",先生两个字要拉上好几秒钟,仿佛是某位乐队小指挥家被大家起哄,用没有拿指挥棒的手在空中慢慢划过,领着人们去读那个好笑的人名——"夏——吕斯——先生"。在人们提起夏吕斯的名字都觉得助兴的时候,甚至当他被他忠实的佣人和朋友絮比安推着在路上缓缓散步的时候,他们也会那样长长地喊着他的名字,然而那时坐在轮椅上的夏吕斯男爵先生几乎什么也没有听见,因为他老了,七十多岁了,耳朵早坏了,聋了。还有人在说起他的时候并不提他的名字,而是说,"嘿,那只老熊蜂——"。这是对夏吕斯先生的侮辱,尽管他本人在耳朵还算管用的时候对这个花名、这个为盖尔芒特堡周围的人们甚至巴黎的那些大人熟悉但从不那样叫他的绰号也并不十分恼火。他偶尔会付之一笑，将肥厚的大手慢慢在胸前挥着，说："你们这些不三不四的人！"而他并没有生气。人们都说，夏吕斯先生一个最大的优点可能是他从不对人生气——至少没有人说夏吕斯先生对他发了脾气。

记得是在1917年秋日的某天，那年夏吕斯先生已经六十有六了，行动还算方便。第一次世界大战正在胶着之中，保加利亚还远远未向协约国投降，而离德国代表（一说是诺布瓦先生也在场）在火车上正式投降还有两年，巴黎的一个法国小激进组织在当天傍晚绑架了正在环城路上独自散步的夏吕斯先生，因为他们早就得知夏吕斯的真实血统——他虽然早已取得法国国籍，却是普鲁士人！普鲁士与法国世代结怨，加上一战的苦楚，报应就来到了其实不问政治的半个普鲁士人（他的母亲是普鲁士一位机械商人的女儿）夏吕斯头上。而夏吕斯先生的半个普鲁士血统，就像他那位晚辈小朋友马塞尔的半个犹太血统一般，都是继承自他们各自的母亲，并在平时的社会生活中被自己有意无意地掩藏了起来。暴力发生的那天，据说他们用一个麻袋从后面罩住了正在走路的夏吕斯，年老的夏吕斯先生哪里来得及躲闪，就像当街某位女士一般被暴徒抓走，塞进了福特牌小汽车，在车上还给了他几棍子。后来在那个实际核心成员只有七八个人的小激进组织聚集的一家普通旅社里，他们狠狠地折磨了夏吕斯一夜，不仅拳打脚踢，还动用了刑具，有皮鞭，有狼牙棒，有铁锁链。极端民族主义者将怨恨终于发泄到了一个多半无辜的老头身上，他们每个人都动了手，第二天上午还故意将消息传出去，叫来了当地两个小报的年轻记者。记者第二天带着笔和照相机来了，看到蜷缩在一个有方形窗户而被木板封锁了的小房间一角那个穿着白色内衣裤、长发蓬乱的老头，拍了几张照片，又站在房间外面对满足后的行凶者问了几句，便都走了。没有人搭理被殴打被侮辱的夏吕斯先生，甚至没有人问他的姓名、职业等身份信息，没有人说这是一位爵爷，是曾经（当时已经没落）巴黎上流社会的红人，堂堂盖尔芒特家族最不羁的男性成员。他就那样挨了一顿打，第二天被扔出旅馆，扔到路边上。他清醒后忍痛爬了起来，红着脸回到自己家里。第三天，很多人都看到了报纸上那则和战争沾边的本地新闻：

一名普鲁士老人在环城路被殴打，据说他是德国间谍！

有人以为夏吕斯先生不会忍气吞声，他会采取某种报复行为。人们想错了。夏吕斯先生回到家里，对他如何被殴打的事情绝口不提。仆人为他清洗了伤口，为他准备了消炎药和消肿药，第二天开始为他专门熬制流食……一周多以后，夏吕斯先生又出门散步了，尽管他的脑门上还可见到结痂脱落后的痕迹。他也没有去找人报复，也没有麻烦他军方的朋友。两份写他的报纸报道他都看到了，所幸当时他果真缩在墙角，没有露出脑袋，记者虽然拍了照片，人们却很难辨认出那位可怜兮兮的人就是夏吕斯先生。他倒是很多很多年没有被人算计过，更别说挨过打了。而当他那些天老老实实待在家里养伤的时候，当他摸着头上和腰部的硬伤还隐隐作痛的时候，回忆起那天傍晚和晚上的遭遇——他几乎一整晚都没有机会合眼——一方面觉得万分可气，觉得自己不应该成为法国人——尤其那帮习惯了喊打喊杀的法国工人和小生产者的发泄对象。他的母亲确实是普鲁士人没有错，他恰好当时也出生在普鲁士，但他父亲是正宗盖尔芒特家族的少爷，他也是正经八百的盖尔芒特，怎么就成为法国人的报复对象？！另一方面，他摸着自己的痛处，回忆着当时被殴打的情景，依稀里竟有一种莫名其妙的兴奋。对此他也不愿多想，因为很快他又身体健康了——还有什么比到外面走走，踏入某位公主或亲王家的府邸大门，端起葡萄酒杯和那些熟人聊天更值得度过的呢？那些不快活的事，发生了就让它过去吧，没什么大不了的！有时候他还真像个见多识广的老人那样感叹：

> 从前，国王的侍从都是从王公贵族中招募的，如今王公贵族和侍从已没有什么两样了。①

世道变了，贵族不复从前了，他的兄弟盖尔芒特公爵也要靠出租自己多余的房产度日，真是岂有此理！他常常也抱怨年轻人不懂规矩、不知礼节、没有涵养和精深的知识，新贵们没有从前贵族们该有的那种高雅的趣味和审美，他们更喜欢快捷的愉悦。而就他的身份，尽管也有一种被人看轻的感觉，但他自己总还是认为——"男爵是欧洲最古老的贵族身份了"。就凭着这个，他也要活得有模有样啊！如今，连他的舅母维尔巴里西斯夫人也说他成了一个完完全全温和善良又颇节制的人，不像三四十岁的时候那么放浪形骸了。不熟悉他的年轻人可能以为他从前一直游手好闲什么也不干，只会靠着家世和家资没有节制地生活。他们可不知道，在夏吕斯年轻的时候，他曾做过三年乡村教师，学校离巴黎很远，坐火车需要将近一天时间。

小学教师

在夏吕斯先生年轻的时候，他也是一位上衣翻领的饰孔上插着白色山茶花、脖子上系着湖蓝色领带、穿着丝绸长裤的小绅

---

① 出自普鲁斯特《追忆似水年华》第三卷《盖尔芒特家那边》。

士。他的手里拿着一根精致的白藤手杖,见到认识的人,或是在他面前驻足的人,总要稍稍停下来,以手抚着礼帽向他们行礼。年轻的时候,他当然热爱文学和哲学,爱莱辛,也爱高乃依。有人据此质疑他的品位分裂,他就说,莱辛多么可爱动人,令人感受到生命备受折磨时最深刻、最温柔、最痛苦也最真挚的一面,而爱高乃依,则是爱他的英雄理想在作品中作为最高现实,体现着真挚的美和永恒的豪情。有人后来依稀记得他曾经说过的那些话,也就是在他开始进入她的舅母德·维尔巴里西斯夫人的思想沙龙初露头角时既有些害羞又直言不讳的高谈阔论,与后来比他晚一代的普鲁斯特家的长子马塞尔·普鲁斯特仿佛有些神似。夏吕斯也曾享有过高于他真实身份的"盖尔芒特少亲王"的美誉,那时候他只有十八九岁。而来自资产阶级家庭的马塞尔则被那些对他宠爱有加的太太比如施特劳斯夫人和她的女宾们亲热地称为"布尔热小说中的那不勒斯亲王"[1],这都是有据可查的事实。后来有人说夏吕斯的侄儿圣卢仿佛夏吕斯的传人,他们都有一头金色的卷发,脸色红润,风流倜傥。然而难道我们没有留心注意到,马塞尔可能才是夏吕斯先生的异姓传人——我们当然指的是两位都作为年轻人的时候,都是那般风雅,为人谦和,对文学和艺术有着相近的趣味。马塞尔后来也说,他钟爱的作家罗斯金最初就是从夏吕斯那里听说的,一开始接触到的是一本很薄的小册子,叫作《记忆之灯》;夏吕斯先生——据说还给马塞尔介绍过巴黎最风雅的妓院;他们都是丽兹酒店的常客。马塞尔和夏吕斯最为明显的不同可能是夏吕斯先生曾经是一位叛逆青年,他对无政府主义持一种半欣赏的态度,同时反对当局驱逐犹太人。就在

---

[1] 出自莫洛亚《追寻普鲁斯特》。

他二十岁那年,为了逃避家庭给他介绍的结婚对象,他竟独自出走,最后在中央高原玛丽山脚下的一个小村子里做了乡村教师。他后来说,他原本也梦想过成为一位教书匠,和学生们在一起会显得自己更年轻。这样的事情如今看来像是一出常见的肥皂剧,但在那时的巴黎,工人和市民起义抢了国民自卫军的武器、枪和大炮,还在市政厅和王宫前面涂抹侮辱性标语,去乡村环境中也不失为一种避难——既躲避了时局的混乱,又躲开了不情愿的婚姻。

玛丽山东侧的小村米拉非常宁静,倚靠着西面雄壮的群山,中间是一道幽深的峡谷。米拉村当时住着七百多位村民,男女老少比例平均,大量年轻人还留在村子里,没有出去参军或成为工人,他们住在黑灰色的石头房子里,家家户户都差不多,石头就来自不远处的峡谷。米拉村离华特镇不远,那里的温泉小有名气,一年四季吸引了不少外地来的客人。法国的有钱人和贵族们更喜欢去有海的地方旅行,中央高原景区则吸引着一些年轻人、远足爱好者和小资产阶级,还有一些外国游客。夏吕斯原来的目的地本也就是华特镇,因为他的一位远亲住在那里,有一个小小的庄园。那是他的叔祖父的家,一位当时已经六十多岁的华发老人,有三个儿子、一个女儿,小女儿已经远嫁,三个儿子都已娶妻,又各自生了自己的儿子和女儿,真是一个人丁兴旺的大家庭!在远离大城市的地方看到那样的一家子人总是令人羡慕,他们活得非常幸福——这一切是夏吕斯抵达叔祖父家,并且在他家里小住了一段时间后感受到的。他家镇上有房子,庄园离镇中心不远,骑马也就十来分钟,那里也有一处房产。说是庄园,其实并不像一个农场,因为那块地就在半山腰上,一半是枞树林,一半是滑雪场。到了秋末,下雪了,他家的农场成了旅客们休憩和玩耍的家。夏吕斯那时还没有学会滑雪,恰好到了秋天10月末,刚刚下了第一场大雪,他的堂兄弟们就带着他去自家庄园的滑雪场里滑雪,他们的姊妹们也穿着蓝色的、红色的滑雪服在雪场上游弋。夏吕斯之所以在1871年冬天离开外叔祖父的庄园,去了附近的米拉村,是因为夏吕斯深深吸引住了一位年纪不满十五岁的叫作温米尔的堂侄女。她情窦初开,喜欢读小说,尤其热爱乔治·桑的小说和代芳夫人的书信。温米尔对远道而来温文尔雅的堂叔几乎是一见钟情,在第一次欢迎夏吕斯的家庭晚餐上远远地望见他,便被他迷人的面孔和金色卷发吸引。她当时心中想到的是,"这位堂叔多么像《莫普拉》里头那位莫普拉少爷啊!乔治·桑对莫普拉少年的描写正映在眼前人的脸上和身上,唯一缺少的是一点傲慢"。少女温米尔立刻将自己想象为美貌动人的少女艾德梅——那正是小说最吸引她的人物。同样是一位少女,拥有美貌、智慧和善良的美德,又那般勇敢,简直比男子汉还要有勇气,艾德梅接受了一位外来的有些流氓习气的青年莫普拉,爱上他并且将他引入正道,结为夫妇。这等浪漫的爱情她原来以为只会在书里才有,没想见到夏吕斯,竟然莫名其妙地将二人同时看作了小说中人。

温米尔说起来真是一位艾德梅般敢想敢做的姑娘。她心思细腻乃至有些过于早熟,为了自己的想象,为了来到眼前的剧中人,她故意制造机会去接近他,去试探他,向他请教如何理解《弃儿弗朗沙》和《莫普拉》里面的人物角色。她挨着他坐在垂着两层窗帘的房间里,用小妹妹的天真问这问那,少女的山茶花的香味让他闻到。在小说中,外乡人莫普拉也被少女艾德梅的美丽和纯真吸引,他和她在乡间教堂附近相遇,那时候他们已经彼此认得,艾德梅望着莫普拉,眼睛里仿佛可以看出淡蓝色的火,莫普拉也看在眼里。夏吕斯想到自己从前对爱情并不忠诚,同时交往过几个女人,想到自己离家之前被父亲用一个镜框砸在腰上，一路痛了很久。父亲恶狠狠地指着他骂："你给我滚出家门，再不要回来！去当你的流氓吧，我们莫普拉家族容不下你！"温米尔仰着头问夏吕斯："莫普拉真的无药可救了吗？""艾德梅为什么对这个外地人依依不舍，他们之间有什么特别的关系吗？"他们都知道，在小说中的下半部分，莫普拉和艾德梅在马桑树下接吻，险些偷食了禁果。温米尔故意让夏吕斯回答。夏吕斯早就读过那本书，也知道温米尔心里的答案，但想到堂侄女还只是一个小女孩，爱情的滋味她不用那么早知道，就对她说："也许艾德梅将莫普拉当作小英雄——少女总是有英雄崇拜——她认为莫普拉的行为很有男子汉气概，敢作敢当，并且他还不算一个真正的坏人，他心地其实是好的。"温米尔不满意，她装作不解，又继续追问。他俩离得很近，只有半尺远，温米尔呼吸的气味他都能闻到，是淡香的。堂兄们在外面干活，叔祖父在自己的房间里喝茶、休息，有时候接待客人，夏吕斯和温米尔在第三客厅——也就是温米尔闺房边的一个小客厅——待着，窃窃私语。久而久之，夏吕斯的红唇终于印在了温米尔粉红色的唇上。温米尔激动万分，偎依在夏吕斯胸膛下久久不愿离去，夏吕斯内心想把堂侄女推开，双手却抚在她蓬松的头发和肩上。

为了阻止自己滑向深渊，夏吕斯躺在床上难以入睡。温米尔涉世未深，她一心沉溺在对夏吕斯堂叔的爱恋里，让她自己意识到不能再往前走是困难的。一旦他们发生关系，他们的不伦之恋将会更加难以自拔。外叔祖父和他的堂兄不可能容许他们之间结成稳定的关系，乡村社会会将它看作最丢人现眼的事，尽管夏吕斯在巴黎结交的那些人中也不乏家族内的婚恋，不论是地下的还是公开的，巴黎人看得开些，尤其他所处的上流社会，人们一方面非议风俗中的越轨，一方面又不自觉地享受那种超越常理的关系——有时甚至就是赤裸裸的欲望。再说夏吕斯心中依然秉持成为一个纯洁的道德的人的信念，尽管他曾走出去很远。现在他已经往错误的方向迈出一步，还不收回来吗？还要将另一只脚也带进去，并连累他的可爱的晚辈还有她那一大家子吗？看来只有离开这一步了。他必须让自己脱身出来。

11月的一个清晨，他带着简单的行李，将两封已经写好多日的信，一封留给外叔祖父，在那封信中表达了对外叔祖父的敬意，叮嘱他保重身体，并且请他向几位叔伯和堂兄弟致谢，连月打扰，在他们家住得十分开心，乡村的风景很美，人们的关系简单而纯粹，厨师的手艺很好；他给温米尔留下一封短笺，告诉她他突然接到公务，必须要离开了，他希望她不要挂念，多读读书，学校的功课要做好。他表现得像一位得体的远亲，离开的时候仿佛没有任何不妥。而后，他便一路徒步去了二十多里路以外的米拉村。沿途的山区风光令他感到舒适，原本心事重重，慢慢地就变得轻松了。他遇到的乡下人大多穿着布衣布袍子，男人和女人头上都戴着帽子。他经过玛丽山的山麓，近处和远处连绵而起伏不大，大多覆盖着浅灰色的草甸，因为已经是冬天了，只有一些常绿树和灌木偶尔点缀着原野，给人一种深入画中的惬意。他没有坐马车，完全是徒步，慢慢腾腾地来到了先前就已经打听好的村子，见到了村长。他说明来意，表示自己不是逃犯，也不是从军队中脱逃的士兵——那时普法战争已经结束，拿破仑三世自吞苦果，率领军队向普鲁士投降。村长是个慈眉善目而又经验丰富的老头，他端详着眼前这位年轻人，和他聊天，最后答应了夏吕斯的请求，安排他在村小学教书，并提供小学边的宿舍，让他和另外一位男教师相邻住在学校里。学校前面不远是一条流经村子的无名小河，河水清澈，来自山上的积雪和天上的雨水。米拉村的小学春季开学后，夏吕斯教学生语文和音乐修养。因为他身上自有那种令人觉得亲切的温和感,学生们都挺喜欢上他的课,他们是十岁上下的孩子,总共有十六位。学校一共只分作三个班级,分别是低年级、中年级、高年级。因为村里的人口并不多,他们只要自给自足就好,每隔一两年才将适龄的孩子都聚拢起来开设一个低年级班。夏吕斯教的是中年级,学生不小也不大,懂事,但又不是很闹人。他上音乐修养课,有时候还会请村里的牧师来,他坐在一架有年头的立式钢琴边弹奏乐曲,牧师教学生们唱圣歌,歌声悠扬,很远都能听到:

> 风吹彩云边,流水到山前;
> 人生如月梦,人心似泉眼。
> 少年能学习,劳力在壮年;
> 我辈多勤勉,得失是自然。

夏吕斯在米拉村教书将近三年,直到他二十四岁那年才离开,直接回到巴黎。这期间没有什么惊心动魄的事情发生,夏吕斯的容颜中更多了一层乡村生活赋予他的淡淡的平静,那是常年待在米拉村的村民们也不容易察觉的。

絮比安

夏吕斯先生认识裁缝絮比安那年,絮比安也只有二十几岁,还没有结婚,侄女也没有来投靠他,而夏吕斯人到中年,四十六岁,已经结婚十年,没有孩子。用他自己的话说:"我可能不太喜欢自己家里的小孩。如果我想要有小孩的乐趣,就去看看邻居家的。"他的妻子并非出身名门,因此进入盖尔芒特家族的府邸,气势上首先就输了一截。她心肠慈悲,态度谦和,不善言辞而善于忍耐，人倒是长得漂亮，对夏吕斯先生常常表现出一种小鸟依人的姿态。每当家里有客人，不论来者的身份，当她在场的时候，总是亲自给客人端上茶水和点心。这在旁人，尤其夏吕斯当时的某些知心朋友看来，夏吕斯的妻子待客态度显得过于谦卑，给人一种不真诚感。她夸赞一个人的外貌，说"您是我见过的最为仪表堂堂的人"，令在场的其他男性尴尬；赞美一个人的谈吐和学问，就说"我的夫君恐怕要拜您为师"。过度的赞美无异于贬损，久而久之，夏吕斯先生也不愿意在招待来客的场合让妻子多言，外出聚会更是不会带她同去。然而作为一个大家族中的男性，尤其像他那样的盖尔芒特，一个得体的婚姻是必需的，这比一般的男子要求要严格。他那样的家庭不会允许出现真正的二流子和单身汉。如果你到了三十岁还不能结婚，要么待在家里不要出门，或者自己搬得远远的，宣布和家里断绝关系，相当于被驱逐出去，族谱上可能会抹去你的名字。因为对于他们这样的贵族而言，家族史和当下家族在世人眼中的地位同等重要，甚至维护族谱的荣耀比个人生活还要重要些。在他们那个阶层的聚会上，你会发现，女人们谈的是谁家太太的来路，男人们常常对分享自己遥远祖先的故事乐此不疲——某某至今住在11世纪以来就属于他家的城堡里，尽管他如今是个穷光蛋，除了一座城堡一无所有；某某家族来客自诩他的祖辈从未拜将封侯，他们的身份并非与国王有关，而是上古时期的名门望族，国王筵席上的座上宾。总之，夏吕斯先生在这方面也没有破例，尽管他成家年纪较晚。

夏吕斯第一次见到絮比安时，他俩互相没有认识。夏吕斯从絮比安的裁缝铺路过，他的朋友去里头取定制的衣服，他没有进去，就站在外面拄着手杖晒太阳。后来他的朋友取了衣服出来，一位青年男子也跟着送出门口，离夏吕斯站的地方只有两三米远。那位男子一头短发,面色红润,但稍微有些浮肿,仿佛心情不大好;他的眼神中带着忧郁和迷惘,夏吕斯一望便懂,因为他从前也是那样。那位青年向他主动点头致意,他的朋友顺带介绍说:"他叫絮比安,是这里的次席裁缝,裁缝店老板的徒弟。他人很不错,心地善良,乐意帮助人。"夏吕斯也向他微微点头。看得出来,朋友对拿到的衣服很满意,才会乐意将裁缝店的学徒介绍给他——尽管那时絮比安已经出师,会做一些短衫和背心。

絮比安和夏吕斯先生被人诟病的肮脏关系是马塞尔后来传出来的。他说那天他正好去拜访盖尔芒特公爵夫妇,闲来无事,就在府邸最高处一个方便窥探的地方,见到院子里走出当时已经头发由金黄而变化为花白色的夏吕斯——在他的口中,他还说:"夏吕斯大腹便便,活像一只立起来走路的大母鸡。"他无意间偷看了夏吕斯和一位年轻男子在院中一个他能见到房门的屋子里密会了将近一个钟头,因为院子里当时十分安静,他还听到房间里传出来的窃窃私语,实在让人脸红。他们后来一前一后走出房间,还在院子里相遇,彼此装作偶然见到的样子,絮比安首先温柔地说:

"您的下巴怎么剃得光溜溜的?留着漂亮的小胡子,多美呀!"

夏吕斯则生气地答道:"呸!多恶心啊!"[1]

这个对话和如上描述的情景,在上流社会和平民酒馆中流传至今已有十多年了。

有人还问:"夏吕斯先生难道是因为什么得罪了马塞尔吗?否则马塞尔怎么将如此不堪的故事说出——不,编造出来?!"

也有人说:"马塞尔先生编排故事的能力可是一流的。再说

---

[1] 这两句对话出自马塞尔·普鲁斯特《追忆似水年华》第四卷《索多姆与戈摩尔》。

他不必和人有任何恩怨，就可以随意在他的回忆体小说中写下那些人的故事，有好的，也有不能见人的。他可不管故事里的主人公是否还活在这个世上。他就是那么任性。再说，他身体也不好，谁都看到了，他已经几乎十年没有出门了。关于他的消息还有他写下来的消息，我们只能在报纸和书本上看到。"

当然，人们所听说和见到的关于夏吕斯先生作为"一只大熊蜂"的事迹，是在他去世以后，马塞尔才写在小说里，并让世人见到的。在夏吕斯先生活着的时候，他和小他二十多岁的裁缝絮比安之间的关系，在人们眼中始终是普普通通的远邻，直到后来，夏吕斯六十多岁的时候，因为行动不便，需要人照料，就干脆聘请了絮比安作为他的男佣人——絮比安很多年都租住在盖尔芒特家出租房屋边上临街的一套小房子里，平时也能见到，见了总会说话。絮比安做了夏吕斯的佣人以后，对他照顾周全，时常陪他出来散心。人们也许会问，夏吕斯先生为什么不聘请一位女佣人？夏吕斯家里当然有女佣人，而夏吕斯之所以需要一位男佣人，也很好理解——因为他那时身体已经十分肥胖，腿脚也因为一次中风而行动不便，如果他坚持要出门，没有一位身强体壮的男子陪伴，恐怕是不安全的。而这样一来，用马塞尔的回忆里的话说："这也方便了两个人相处。一只老熊蜂只需要一只得力的雌蜂就足够了。"瞧瞧！这人谈吐是多么刻薄啊！然而夏吕斯先生其实并不知道马塞尔将在他身后如此这般地将自己写进书里。记得从前，夏吕斯先生对马塞尔也爱护有加——他总是很喜欢关照和培养年轻人，像年轻的裁缝絮比安，他始终直接和间接在帮助他，如果没有夏吕斯明里暗里的资助和提携，絮比安后来就不会几乎跻身到上流社会的边缘（在夏吕斯去世前三年多，也就是他写那封给莫雷尔的遗书差不多七年之后，他曾买下三环路边一所不大不小的旅馆，送给絮比安，作为他个人的家产。那所旅馆,也就是后来夏吕斯被绑架后遭受折磨所在的旅馆);还有小提琴手莫雷尔,包括那位马塞尔,尽管马塞尔的家世不错,但年轻人总是需要机会的,夏吕斯先生曾经多次为他在社交中介绍名门贵族和他认识,还与他交流过文学和语言修辞学——因为夏吕斯先生同样迷恋辞藻,对人名和地名的来历十分有兴趣也有研究;夏吕斯甚至一度主动对马塞尔说,希望收他做自己的弟子,以便传他的衣钵——他说的是他的关于收藏、词语的学问。

夏吕斯先生已经长逝,他的不光彩的故事和他的晚年形象还流传在巴黎和外省的社交界,这对他的名声来说,实在也是一种羞辱了。而唯一稍显欣慰的是,盖尔芒特家族早就视夏吕斯男爵为家族异类,而夏吕斯先生也没有子嗣,他的妻子先他而去。因此,当那些肮脏事在世上被人说道,渐渐地也只是故事本身了。

夏吕斯之死

正如马塞尔在第一次见到絮比安时就断言"这个年轻人很快也会死去,他的脸上有一股晦气"一般,读者们通过马塞尔的回忆小说读到后来关于他写夏吕斯先生的部分,也早早就认为,夏吕斯先生至少在第五章内就会死去,也就是说,他活不过六十八岁。因为那时他已经中风两次,眼睛也瞎了,整日坐在轮椅上,并且他已经写下了一封遗书,遗书是针对莫雷尔的,与其说是作别,更像是一封忏悔信或诅咒书。他说他知道自己命不久矣,而担心莫雷尔离开了他(的帮助)将无法独自生活。他希望在自己死前杀掉莫雷尔。而他又说,如果莫雷尔先他而死,恐怕他更会伤心欲绝,那将比丧子之痛更加痛苦。他踌躇再三,最后在信中明确:既然自己无法下决心,就让上帝来做决定吧。也就是说,顺其自然。他不打算将已经写好的给莫雷尔的遗书寄给他。他写下那封信，就压到箱子底下去了，谁知自己后来又活了数载。

那几年可真是漫长。

巴黎社交界的"王爷"夏吕斯男爵最后一次像样子的社交活动是在他兄弟盖尔芒特亲王家。因为离得不远，来去倒也算方便了。聚会的主人都很熟悉，有两位：一位是他的兄弟，另一位则是他兄弟的第二任妻子，也是夏吕斯男爵一生中最熟悉的女性之一——从前的维尔迪兰家沙龙的女主人维尔迪兰夫人，即后来的盖尔芒特亲王夫人。维尔迪兰夫人大半生的心结终于在她四十三岁那年得以顺顺利利实现。她的夫君维尔迪兰先生病亡了。维尔迪兰先生过世时不到六十岁，他比自己的妻子要年长十来岁，对年轻的妻子可谓百依百顺，每回家里举办"星期三沙龙"，他总是笑眯眯地坐在单人沙发上，和妻子斜对面，妻子说起一个话题，当话题将要进行到高潮，他就不失时机地为妻子助力，要么对之大大夸赞认同一番，要么添油加醋，将维尔迪兰夫人说到的某人某事往她将要说出的方向再烧一把火，火候的恰当，通常要做到绝不能抢了妻子的风头，而只站在她的支持者的角度。维尔迪兰先生因病去世，维尔迪兰夫人也伤心了好几个月。她先是宣布"星期三沙龙"停办三个月，后来又悄悄在守灵的第二个月以自己伤心孤独的名义，邀请了康布尔梅夫人、戈达尔夫妇、布里肖教授，还有小提琴手莫雷尔来家中小坐。她本想邀请从前的常客，也是她一度不那么看得起的奥黛特——而她终究没有发出邀请卡片，因为她想到，奥黛特已经成为新任德·福什维尔夫人多年，有了自己的沙龙，并不是那么热衷于她从前的"女教主"。而我们将要提到的是，老天竟没有薄待寡妇维尔迪兰夫人，因为有人牵线做媒，她自己实际上也十分积极，与妻子过世已有几年的盖尔芒特亲王搭伙成为新夫妇，她也就顺理成章，在守寡的第一年，就成为新的盖尔芒特亲王夫人,地位甚至比奥黛特的新身份还要高。她梦寐以求地真正跻身贵族圈,成为盖尔芒特家族的一分子。记得从前,在她举办沙龙的那些年,为了和贵族沙龙家划清界限,她让自己的沙龙充满艺术氛围,来客都是小有名气的艺术家,不是音乐家,就是画家,要么就是夏吕斯那样剑出偏锋的贵族破落户。按她自己常常挂在嘴边的说法,作曲家凡德伊和画家埃尔斯蒂尔就是从她家走出去的——而那些贵族沙龙,比如奥莉阿娜——也就是盖尔芒特公爵夫人家的沙龙,则充满着贵族的古板和腐朽气,像她那样谙习各门艺术的人,多坐一分钟也会觉得呼吸急促。

盖尔芒特亲王家原本已经多年没有举行大聚会的习惯,直到亲王有了新夫人,他家的府邸又热闹起来了。夏吕斯先生就是在从前的"女教主"的导演下,参加了他兄弟家的一次盛大下午聚会,时间是在1919年春夏之交。成为他家嫂的前维尔迪兰夫人知道夏吕斯先生久病而身体不适,在礼节性地给他发了邀请卡片时,还托人给他带了口信:"亲爱的夏吕斯兄弟,您若身体不适,也可以在家休息,我会派人送去甜点和新收到的茶叶。"夏吕斯先生一口回绝在家休息的建议,坚持接受邀请,请身旁的絮比安为他打点衣服,清理轮椅——那天下午,就是穿戴整洁的佣人絮比安照料夏吕斯,推着轮椅将他护送到盖尔芒特亲王府邸的。夏吕斯坐在轮椅上,离他兄弟盖尔芒特亲王不远。因为中了风,面部表情无法跟上沙龙中各色人等谈话的情绪,总是维持着一副将变未变的木然之相。他也无法流利说话,慢吞吞地跟亲王夫人谈论收藏,他支支吾吾地说,他家藏着的几幅埃尔斯蒂尔的人物画已经好久没有拿出来欣赏了。至于他们从前常玩的猜字游戏,他根本接不上。

有人拿出一部装饰典雅但明显有些陈旧的厚书。他的新主人格里埃·德杜马斯特男爵说,那便是失踪多年的《布列塔尼语辞典》。这部从前布里肖教授也曾引用过的神秘书曾在六十年前失窃。失窃之前，它就珍藏在特罗格里封堡，当时只有一部，是它的主人和作者皮埃尔–约瑟夫·德·柯艾坦朗先生的私藏[1]，只有被邀请到城堡里的贵客在主人心情好的时候，才可亲眼窥探它的内容。这部书的名声被流传出去，全欧洲的语言学者都对它垂涎三尺，很希望能一睹尊容却无法实现。现在格里埃·德杜马斯特男爵拿出这部稀世之书，客厅里的人在亲王夫人的倡议下立即聚拢过来，围着已经被许可将书籍捧在自己手上的盖尔芒特的前维尔迪兰夫人身边。大家争相上去多看几眼，便夸赞着书籍装帧的精致、某个词语的解释果然和传说的不差——仍然被看出有一点区别。格里埃·德杜马斯特男爵微笑着站在边上沉默不语，夏吕斯男爵则坐在他自己的轮椅上也一动不动。他微微张开嘴唇，嘴里说着话，没有人听到他在说什么。有佣人给他送来一份榛子蛋糕，一杯白葡萄酒，他就一边用小勺颤颤巍巍地刮着碟子上的蛋糕，一边听着不远处人们的漫谈。德·福什维尔夫人也在场，这位夏吕斯从前的秘密情人已经严重发胖，她只离开自己原来的座位两步远，但没有像别人那样凑到亲王夫人身边去，她也没有说话，只是不时摇着自己手上精致的象牙小扇。德·福什维尔夫人离夏吕斯先生远远的，他们没有交谈。那时他们两个人都衰老了，像是两个桌子上被挑剩下的皱巴巴的苹果，两个隔年的松果。苹果无言，自己待在原地；松果没有落地，被两个冬天的冷风吹过。

聚会从下午延续到晚上十点才散去。夏吕斯先生因为体力不支，刚刚用过晚餐不久，八点多钟，依依不舍地吩咐亲王家的佣人去将他的絮比安叫来，为他推着轮椅，将夏吕斯送回自己家

---

[1] 关于格里埃·德杜马斯特男爵的记录见法国史学教授著作中译本《贵族》。

里。当天晚上，夏吕斯先生躺在床上久久不能入睡，他的脑子里模模糊糊地浮现着白天的情景，那些熟悉的面孔，他记得的不记得的名字。面孔和名字有的相连，有的面孔失去了自己的名字，有的名字找不到相对应的面孔……依稀回忆着很久很久以前的聚会时光，他的眼角不断有老泪流下，絮比安没有见到。他闭着眼睛，周围没有声音，头脑中却不得宁静。也许是白天见到的人、听到的话太多了，过度损耗了他的精力。最后他终于睡着了，连自己也没有意识到。

当熟人们谈论起夏吕斯，往往是他们最百无聊赖的时候。因为夏吕斯先生已经没有什么新的故事。有人猜测他是不是早就已经死了。而聪明的马塞尔说，要判断夏吕斯先生是否在世，方法是去看絮比安是否还从他家的大门里出来。宴会之上新人换着旧人，夏吕斯的男佣人只有一个，他的角色如此特殊。越是虚弱的人生命力越强。人们倒不是期盼着夏吕斯死掉，而是当一个人久病不出，他唯一的出路就是死。夏吕斯死掉只会成为一个新闻，夏吕斯的死却将成为长久的谈资，人们会通过故事的方式，上流社会的人在社交场念起他，酒馆中的小市民以听来的故事的方式流传他。在故事讲述者马塞尔的眼中，从前的人都各有各的形象和往事；在他的回忆录小说中，三分之二的故事中没有一个人死去。而他的故事讲到后半段，就像一个人的生命周期中的秋末冬初，你会发现所有人都在死去，所有人都经不住时间的观察。当年轻的像盖尔芒特夫人的侄儿维尔芒杜瓦小侯爵（他和圣卢同一辈分，年纪却要小他将近二十岁）有一天进入亲王家的下午聚会的时候，我们发现现场的人被衰老分成两个截然不同的部分——就连少女希尔贝特也衰老成一个胖女人——而时间又将人分成死者和活人两个部分。夏吕斯先生的死顺理成章。那时他已经七十多岁了，在轮椅上已经待了将近七年，久而久之，没有任何聚会的邀请名单上会出现他的名字。他参加的最后一次聚会，正如我们不久前刚刚提到的，是在1919年四五月的一天，具体的日期已经没有人记起。从那之后，他又在自己的房间里生活了五年。他死后安葬在盖尔芒特的家族墓地，在一座教堂边上。

2020年

心灵的间隙

马斯奈的《沉思曲》萦绕于客厅，小提琴拉出悠长而感伤的乐曲，琴声像一个一个音乐的句子，令在座的人仿佛听一个不用文字讲述的缠绵故事，闭上眼睛浮现一幅多彩的有声画卷，一个美丽而苗条的女子站在不远处向人群诉说自己的生活和愿望。

那个看上去最为年轻、戴着一顶灰色鸭舌帽的男孩远远坐在一张只有半尺多高的小凳子上，他的眼前是位年纪应该已到中年但看上去蛮年轻的女人，身着一条紫色长裙，裙摆一直沿着双人沙发垂到地板上。暗青色泛着釉色的地板，是石质的，像是被打磨、踩踏了很多很多年的墨玉，既有一点白中泛青的光泽，又有年代的痕迹。坐在六七米处另外一张双人沙发上的两个男人则基本上听不见那个年轻男孩在说着什么，也见不到他仿佛倾诉一般的面容。那场景让人不能不联想到某一次求欢——比求欢还要更深入一些，像是不仅仅要求欢，还希望在欢愉过后一同生活，或是结伴远行。中年女人时而双眉紧锁，时而轻启双唇说两句话。男孩主动诉说。女人不动声色但投入地倾听。他们两个人在客厅中构成一个对话的场景，看上去倒也有几分和谐。

收藏家李陠田正在举行家庭聚会。他穿着灰色的细毛线开襟薄外套，坐在一张墨绿色的单人皮沙发上，一面和旁边的两个人说话，还不时侧过脑袋，耳朵朝向琴声的源头，用右手在空气中轻轻划出两道弧线。只要那时有人注意他，就会察觉到他正沉浸在聚会美好的氛围里面，时而和人聊着天，时而聆听音乐，小提琴手献出美妙的乐曲，客厅中还有一架黑色的海斯勒牌立式钢琴可以任人弹奏。当人们沉浸在聚会和欢宴中，最快乐的那一位往往是聚会的主人，尤其是在家庭聚会中，主人因为处在自己最熟悉的环境里，对身边的一切事物都十分有把握，而来宾是自己邀请来的，或是慕名而来，他完全可以像交响乐演奏中的指挥家，或是静水中航行的邮轮上的老船长，把握着自己的方向盘，叼着烟斗，那么悠闲。

  他离投入地对话的两个人只有两三米远，隔着整个客厅中最大的一张茶几，还隔着另外一张单人沙发。那个男孩在试图谈论客厅中无人不知的小说中叫作马塞尔的主人公如何处理外祖母去世后的内心处境，为什么要那样安排自己接下来的生活（其实男孩倒不如鼓起勇气说一说主人公为什么常常去土仑大街偷看美丽的盖尔芒特夫人）。在几乎所有阅读过并研究马塞尔·普鲁斯特的人们看来，小说主人公马塞尔的外部世界和内心生活中，他的外祖母都是母亲般的角色，培养着渐渐长大成人的孙儿那恋母症般的敏感和脆弱。当小说中最悲伤的时刻来临，作者决定当着众人的面夺取即便在死去后还会如一颗夜明珠熠熠生辉的老太婆的生命——由五位不同专业医生诊疗而不治，慈爱的外祖母终于去世了……令人意想不到的是，马塞尔"却死而复生"，从悲伤中恢复过来。那悲伤十分短暂，几乎不足半月。经历一段长时间、高浓度的现实世界的情感生活之后，这位小说中的青年陷入了自己的"心灵间隙时刻"——他面向一群女孩，其中一个，拥有最多钟情于她的读者的女孩阿尔贝蒂娜，朝他走了过来……

这幻觉般的相遇故事迷惑着普鲁斯特的读者，还以为那样就是爱情，他们渴望长途旅行，收集那些被一代代人累计编造的圣徒故事，塞进自己的口袋里；他们中的男性渴望遇到无数巴尔贝克海滩的少女，女人们则渴望着年轻英俊又贵气的圣卢公子。那个年轻的、坐在不足一尺高的矮凳子上的男孩说：

"真可惜，也是他应得的，他死于对自己的放纵。"

女人伸出手温柔地抚着他的肩膀轻轻说了两句话，仿佛是对男孩的劝慰，又像是给予他他所期盼的。对面的人也能察觉到她带着女性柔美的怜爱，成熟女人那温婉的气息，值得信赖的治愈感，足以融化任何一位年轻男子——不需要伪装或变得不同寻常，因为她生就一张柔和的面容，温和的眼睛，小巧的鼻尖，桃红色的唇线……

男孩一副无法释怀的样子，不时直勾勾地凝视着近在咫尺的女人。

那时正是下午时分，大约三四点钟的样子，离晚餐还有一段时间。餐桌、长茶几和沙发间的圆形小茶几上都有点心和饮品，有红酒、洋酒、果汁、蝴蝶牌矿泉水。要向某个从未受邀光临过李陠田家客厅的人描述此时情景，一位细心且健谈的人可以说上半个晚上。装潢富丽而不失高雅，大到天花板和墙壁的装饰，小到桌上、案上和壁柜中的物件，每一样都独立而恰到好处。从比一般人家要高出三分之二的天花板上垂下来的枝形吊灯由七朵雪莲花组成，六朵白色的雪莲花环绕着中央一朵直径大约二十厘米的淡紫色雪莲，每一朵雪莲都完全张开花瓣，花蕊是一盏灯，灯光是白色的，而因为中央那盏最大的雪莲花灯花瓣是淡淡的紫色。六朵发出白光的雪莲花和一大朵紫色的雪莲花交相辉映，给在座的人呈现出一种温柔的淡紫色，和身着长裙的女人无意间形成呼应。

男孩低着头,双眼没有和女人的眼睛对视,而几乎要伸出手去握住女人搭在膝上的双手。那是一双白净而修长的手,涂着青色的指甲油,谁见了都会觉得美,都会想看看拥有那样一双手的是一个什么样的人。

"我爱你——"

男孩终于说出了自己想说的任谁都会猝不及防的话。

在那样一个场合,不远处坐着别的人,在自己家里,坐在一张矮凳上,就像刚刚剥完一丛颗粒饱满的青豌豆,他说话的时候,眼中晶莹剔透,两行清泪流到面颊上。女人看上去对男孩很轻但清晰的示爱并不感到突然,也没有为突如其来的表白过分动容。她修长的双手微微动了一下,双眼低低地垂着,望着眼前这个同样凝望着她的深情的男孩。

客厅中的人都在各自的座位上坐着,小提琴手一曲《沉思》奏罢,现在正是人声低语的时候。没有人来打扰他和她之间的交流,因为大家都在说着或倾听着什么。女人本来就很少说话,声音也更低,看上去就像她原本是为他而在的。男孩不久之前还在和她谈论那部小说中的片段,谈论一个年轻人在经历痛失至亲的打击之后那种身心的放松是因为什么。文学给了人幻想和力量,吸引一个男人去向一个女人倾诉和表白,哪怕不是为了让对方也爱上他。李陏田的客厅此刻成了男孩的阳台,成为那个男孩整日念念不忘要去的土仑大街——只是为了去见一见那位高贵美丽的盖尔芒特夫人。他面对着眼前这位"盖尔芒特夫人",让人觉得这个男孩的勇气比他们共读的那部小说中的男主人公要更大一些。

女人微笑着,没有拒绝,也没有予以更多的回应。

李陏田就是长沙本地人。他爱收藏,家中随处挂着油画和水粉画，书架和书桌上摆放着一些雕塑，有人像，也有器物。他还收藏旧式家具，有老长沙风格的椅子和八仙桌，还有清代的柜子。他的书房中有两张床，一张倚靠着北面的墙，一张靠着西面的窗户。据他自己说，那朝向西面的床乃是一张前清举人没有结婚时的花梨木床，看上去很朴素，床高六七十厘米，床沿供上下床之处已经被磨得很光滑，颜色较别处要浅一些。已经是秋天了，举人的木床上还挂着传统的白色棉纱蚊帐，床下有鞋榻。李陠田说，他偶尔在这张床上休息，闭上眼睛仿佛能感受到一百多年前那位举人少爷的气息。大多数时候，他睡北面的席梦思单人床。那是他的书房，也是他的单人卧室。他和妻子还有另外一间卧室，在一楼的另外一间。每个星期他有三四天时间和妻子睡在一张床上，另外几天独自在书房中度过，和他的心爱之物在一起，给自己留出安静的时光。除此之外，他还是一位企业家，曾有两家工厂：一家棉纺工厂、一家家具厂、一家商贸公司，都是他祖辈传给他父辈，他父辈传给他的。三代下来，家道不但没有在李陠田手上败坏，反倒扬起了小小的高潮。因为他在1992年前后就开始从事外贸业，后来开了一家商贸公司，叫作老长沙仁义商贸有限责任公司，人们简称为"仁义公司"或"仁义商贸"，听起来颇近人情。仁义商贸公司一开始是在长沙发展，后来在深圳开了分公司，主营服装、服装辅料、家具——其实都是他的老本行，还做家电生意。经营家族工厂让他有手艺在身，做贸易公司令他家财越发丰盈。2006年前后，正当他儿子刚刚跨入大学三年级，他见好就收，将商贸公司的生意结束，棉纺厂卖给了城关镇的一位高中同学，只留了开在长沙县的家具厂，打算等儿子大学毕业，就给他经营，算是一份产业。家具厂的规模比他从父亲李善存那里继承过来时要大了好几倍。如此一来，尽管出售了产业，也不算败家。据说他已有数千万乃至上亿的家当，在省会大小算一个富翁了。他的儿子念的大学就在长沙，乃是省一流的湖南大学，坐落在风景旖旎的岳麓山下，东面靠着宽阔的湘江。儿子念湖大建筑系，专业是自己选的，学校是按他家里人的建议填的。李陠田的观念是：要么出国读一个世界级的名校，要么好好考湖南的大学，就留在身边，回家方便，保留下来的家具厂需要少主人去熟悉，以后留给他经营。

这位少主人此刻就在客厅中，名字叫李佩琼，像个女孩，也有出处，说来自《诗经·秦风》："何以赠之？琼瑰玉佩。"李佩琼长相确实有宝玉的圆润和灵透，生得天庭饱满，脸上几乎没有瑕疵。可他有一个常见的毛病，叫家里人心疼，便是爱哭。爱哭，原本李陠田也很烦这点。可他后来慢慢又觉得，李佩琼这爱哭也不是毛病，说明他心地善良、情感细腻，不太会做大的坏事、捅大娄子。上中学的时候他已经迷上了法国小说，尤其钟爱夏多布里昂和普鲁斯特，父子共读一部书。有时李陠田出门见客，也带着儿子李佩琼。那时李佩琼年纪尚小，比较认生，喜欢自己玩自己的。李陠田的合作伙伴或朋友们看了，总有人会夸赞两句：

"你家公子天生异质、蛮有主见，日后定有不凡之处。"

李陠田笑着作答："要看他的造化。"

李佩琼年满二十，过了情窦初开的年纪，还从未表露过对异性的爱慕。在参加上海籍青年雕塑家邵丽丽（毕业于伦敦中央圣马丁艺术与设计学院，师从鼎鼎大名的雕塑大师纳基·卡尼塞罗）来长沙省展览馆举办的个人雕塑展时，李佩琼在李陠田朋友朱肖勇先生的引荐下获得了和邵丽丽的相识机会，他对邵丽丽提出了一个关于如何评价亨利·摩尔在1951年剑桥展出的《斜倚的人像》的问题。对方刚刚开口说："摩尔的作品重在大胆割裂的造型，给人带来一种对常规事物认识上的断裂，实际上，如果你仔细观看他的作品，会发现那更像某种前人工智能的观念垃圾……"李佩琼面对眼前那位清新可人的年轻女艺术家双手合掌摇了摇说："感谢感谢，我也有同感。"长辈的试探和撮合没有了下文。他倒是有一位学电力专业的朋友蒋烨如，两个人自高中时代就玩在一块，彼此相知，连衣服都可以共着穿。蒋烨如家就在他家附近不远，只有两三里路，他叫李陠田为陠田叔叔，来他家吃饭，坐在米色的单人沙发上看书。有时候他和李佩琼一块玩一个叫作《刺客信条》的游戏。他们在那个游戏中攻城略地，放火杀人，游弋在中亚霸主花拉子模国广阔的草原上。

李陠田不仅经商有道，运气也很好。他在2007年席卷全球的金融危机之前全身而退，保全了富裕生活，如今得以安安稳稳地坐在自己建造的大别墅中宴请认识和不认识的人，朋友和文人雅士，谈论着文学和艺术。他低价或高价买来的珍贵家具、古董、当代名人字画在三层小楼中陪伴着主人，供客人们观赏，正如他的一位诗人朋友陈富春所言：

"陠田先生不是举人，胜似举人，夜里在举人的木床上睡觉，白天招待举人的宾客。真可谓：谈笑有鸿儒，往来无白丁。"

"我们当请省书院的白馆长来写一幅字——记得这同样一幅字啊，文学大师也写过，就挂在京城某某大学高级饭店的大堂——李陠田先生客厅当有这十个字。"

李陠田倒不太在意非要有这样一幅字挂在家里，因为相比中国传统字画，他更爱西洋画。客厅中挂着难辨真伪的莫奈和高更，书房中则有两幅被他奉为至宝的画，分别是荷兰风俗画家弗美尔的一幅人物肖像，以及19世纪末美国画家惠斯勒的一幅《日落》图。弗美尔的《戴珍珠耳环的少女》和《倒牛奶的女仆》世界闻名，李陠田墙上的这幅弗美尔不在我们有据可查的三十四幅弗美尔的传世作品中，是一幅不完全着色的作品，像是半成品，因为它看上去也不是一幅完整的画，而是从原作中裁剪或撕下来的一部分，画的是一位穿红色礼服的女士的半张脸，旁边是一位俯身的仆人，仆人的下半身则被红衣女士的裙子遮住……不管怎么说，这幅画被数位西洋画专家、爱好者和研究19世纪西洋油画的80年代大学生见过后，有一小半人认为它应该出自弗美尔之手。而另外一幅惠斯勒，他的《日落》不如同时代的印象派画家莫奈那样有名，但也是别有风味，带有一种浪漫气质的古典美，当属19世纪绘画作品中的精品，风格介于浪漫派和印象派之间。

蒋馨也是李陠田家的常客，是李陠田沙龙中的座上宾。其实她没有什么特别的专长，自己开一个心理咨询工作室，给人做心理咨询，从不向人透露自己的年纪，看上去能让人猜到四十岁，和李陠田客厅中一幅古画中的女人有些神似，一眼望过去是那种典雅而有涵养的美人，一般人不敢奢望去爱的女人。美人至今未婚，也没有男朋友，和父母住在一起，有时还和她亲哥哥的儿子一块出去逛商场，或者全家人一块旅行，走在亲侄儿身边，看上去就像一对情侣，年纪差别并不很大，尤其在如今的社会，几乎不会让人感觉不般配。这位蒋馨女士的亲侄儿，就是前面提到的那位电力专业的大学生蒋烨如，当天他不在。说起来他有很长时间没有来李佩琼家里玩了。李佩琼坐在蒋馨前面，一副楚楚可人的样子，像戏剧里的小生。李陠田坐在离他们两个人不远处，却仿佛没有察觉一般。后来他站起来，坐到海斯勒钢琴前面，开始弹德彪西的《月光》，轻柔的钢琴声一颗一颗落到客厅中，弥散开来，给人一种天色将晚、昏昏沉沉的感觉。蒋馨小姐面对着客厅中的所有人，可人们都听不到她说话。面前那位年轻人如此温顺，面对渴慕又不知如何取悦的女人，他不知道该继续表达些什么才是迫切的——爱已经说出口，不可挽回了：该如何将自己装饰得更美好，以配得上眼前这位端庄的女人，或是笑一笑和她说，"请不要在意，您就当多了一位毫无所求的不成熟的爱慕者"吗？他提出和女人到父亲的卧室看看惠斯勒的《日落》，女人就站起身来，一手轻提起紫色长裙，随着他绕过沙发，走进李陠田那间书房。

弗美尔和惠斯勒出现在长沙人李陠田的书房里，因为他们之间还有另外一个共性：都是大作家普鲁斯特热爱的画家，他们两人的作品，不论人物画或是风景画（建筑），都偏爱使用暖色调——但惠斯勒画过一些青色系的风景画，李陠田书房中的那幅不足一尺的《日落》便是浑然的青色，冷清而又静谧，远处淡黄色的灯光点点，像是路灯或渔火，近处则画着一只模模糊糊的叶子般的小船，有点中国画里一叶扁舟的意境——喜欢使用黄色和橙色，擅长渲染，给人一种静谧的诉说感，这种感觉不论在《灰与黑的协奏曲》《白衣少女》或是《戴珍珠耳环的女孩》中都有表现，尽管惠斯勒相隔弗美尔又是一个世纪。而在普鲁斯特的长篇小说中，两位个性、情感和艺术趣味上比较接近的主角——温和的夏尔·斯万和普鲁斯特的化身、外交官的儿子马塞尔——都对各类艺术，包括绘画、音乐、雕塑等，情有独钟，也热爱收藏。斯万是弗美尔的研究者，他和情人奥黛特探讨弗美尔的人物画，奥黛特哪里懂那个荷兰穷画家，可她当着爱她的绅士斯万先生的面，和旁边马车上的破落贵族福什维尔先生打情骂俏，顺道也提到过斯万正在写的关于弗美尔的论文……奥黛特嫁给斯万是普鲁斯特的读者们的伤心事，人们都认为，奥黛特根本配不上斯万，她是交际花，可能还上过马塞尔叔父的床，那也是一位花花公子，到老了还拈花惹草……善良而可怜的斯万死后，奥黛特就迅速抛弃了曾经给过她名誉的"斯万夫人"的名号，嫁给了同样死去伴侣的福什维尔，她从前的另一个情人。

而此刻李佩琼和蒋馨小姐正在书房中看画。他们两个人都站在墙边一米处,画就挂在墙上,不但有弗美尔和惠斯勒,还有其他几幅画,人物画,风景画,都有,大多是欧洲19世纪的典型风格。

"据说惠斯勒代表着某种艺术趣味,或者说他就是艺术本身。"在父亲的房间里,李佩琼找不到作为主人的自如和确认感。当蒋馨仿佛疲倦了,正要走出书房的时候,他的脸没有朝向她,口中却说着关于那幅惠斯勒的画。也许他期待蒋馨和他在书房中再停留一会儿。门半开着,客厅中主人和客人们说话的声音缕缕传来,他们也在轻声说话。蒋馨说:

"那你可以多和我说一说这位画家吗?"

她默认了他无声的请求,又朝他走过来几步,离他很近,长裙只差一点便坠到地上,却刚刚好留着那么一厘米的距离,露出她精美的银灰色平跟小皮鞋。她大约有一米六八的样子,只比李佩琼矮一点点,如果穿上高跟鞋,便与他相当。蒋馨身上有一股自然花瓣的清香,那香气被李佩琼捕捉到,深入他的心扉。他向她谈起了惠斯勒。

他说:

"你看这画中的景色,应该是黄昏时分,在一个阴天,没有太阳。画面上没有树,只有一条沿海湾的路,画家面对着马蹄形的海湾。这场景多么适合散步啊!所以惠斯勒说过:

"'恰是市民回家的时候,观赏夜景正合适。'

"如果一对情侣走在这样暮色中的海边路上,他们最好手拉着手,肩并着肩,慢慢地走,细细品味黄昏的好时光。

"你说是吗?蒋馨——"

他没有在她名字的后面加上称谓。如果按年龄或者辈分,他可能要称呼她为姨。他的反问让人觉得似乎有那么一点点挑衅的意味。而如果有,那也是带着某种渴望得到回应的挑衅吧——甚至有一点女孩子的撒娇。也许正因为蒋馨年长他不少,让他此刻有了一点莫名其妙的孩子般的勇气,以为即便是少许冒犯——当然肯定是没有恶意的——蒋馨也不会生气。蒋馨说:

"看来你倒是好懂。你这个孩子——"

她温柔的声音像母亲一般,但也有几分像爱人的呢喃。她走到窗前,推开窗户,用老式铁钩固定好玻璃窗。风吹进了房间,吹动了她的长发和长裙。李佩琼还站在惠斯勒前面,他没有朝她走去,静静地看着那位美丽女人的背影,紫色的长裙在透过窗户的秋日阳光映照下,令房间里泛着微微的紫色,仿佛产生了某种女性的魔力,而这种魔力刚好只环绕在书房中,只被女人身后那位几乎已经着迷了的男孩亲身体验到——至于客厅中,他们已经有人在谈论接下来的晚餐,谈起了酒和菜肴。

斯万热爱弗美尔;马塞尔热爱惠斯勒;普鲁斯特爱弗美尔和惠斯勒两个人,正如李陏田所爱。而这一切爱,此刻都恍恍惚惚,而不如男孩对这位女人的爱慕。

李陏田说他也钟情于那两位作家的热情和静谧。我们倒不如说,他因为热爱——至少是想要热爱作家马塞尔·普鲁斯特,向往他的生活和作品中的生活,因而也爱屋及乌地爱着普鲁斯特爱的人与事物。普鲁斯特对古典音乐很有研究,李陏田便去听德彪西和瓦格纳,也喜欢古斯塔夫·马勒。这不,那天下午,有人就演奏了马勒,还有人弹起了德彪西的《牧神午后前奏曲》。如果不是考虑到能力尚不足,他可能会站起身来,号召大家一起跟着来段歌剧《佩利亚斯与梅丽桑德》!那样的场景发生在21世纪第一个十年的中国南方城市长沙,发生在香樟东路一片闹市区背后的私人建筑中,谁又能想到呢?李陏田虽然不敢指着门前不远处的香樟东路说,"看,我的土仑大街",却是长沙地区不折不扣的最热心的普鲁斯特迷之一,在他的书架上有中国大陆出版的全部普鲁斯特和有关普鲁斯特的书籍,包括普鲁斯特一本并未公开出版、由他请人专门从普隆出版社出版的普鲁斯特书信全集中试译的厚厚一本普鲁斯特书信集,那里头书写了不少普鲁斯特的内心思绪和日常生活,比最优秀的普鲁斯特传记作者莫洛亚从马塞尔·普鲁斯特亲侄女热拉尔·芒特–普鲁斯特夫人那里得到的书信还要内容丰富。

熟悉普鲁斯特的人都不会对这样的情景感到陌生。那是马塞尔·普鲁斯特少爷所过的和写下来的部分,是最令人留恋也让人觉得不会再有的一部分,欧洲美好年代的最后时光,鲜花、美酒和下午茶的时刻,机枪和炮声吞噬士兵也葬送旧贵族的最后的下午时光。那时,蒋馨和李陠琼还在李陠田的书房里。她看到书架上有一帧放在小镜框里的合影,是李陠田夫妇、李陠琼兄妹。照片中李陠田夫妇还很年轻,李陠琼大约十岁,一张稚气未脱的孩子脸。这张照片令她回想起过去的一些事情,她转头又望向窗外,避开了身边那张殷殷期待的面孔,这张面孔越发像他父亲年轻的时候……李陠琼隔着父亲的书房玻璃窗,从窗外摘了一朵半开的月季献给了蒋馨,那朵月季花如今正握在蒋馨小姐的掌心,还带着一点新鲜的刺。李陠琼知道那月季花的小枝有刺,他也被刺刺到,而他依然保留了那几根长在月季花枝上的刺——他要让那刺被蒋馨察觉到、感受到。

10月13日下午,也就是李陠田邀请了五六位朋友来家中聚会的这天,也是一个星期六。每个月总要在几个星期六的下午,向他的数位朋友发出邀请,来他家里聚会,也听音乐、谈论艺术和文学。他也将自己的聚会叫作"星期六聚会"。那些受邀者中就常有省师大中文系的汪杰教授、艺术学院的沈梅女士,以及中南大学文学院的陈启真教授，有诗人辛迪小姐——她是汪杰教授的学生，另外几位诗人，还有几位商人，都是风雅之辈，其中陈启真教授还是享誉国内的小说家，20世纪90年代就有两本长篇小说出版，震惊国内文坛，并在知识分子和大学生、机关公务员之间传阅，一时洛阳纸贵。在所有参加这些"星期六聚会"客厅中的人里，几乎要数他李陬田的学问最浅了——于是他甘愿做个好学的学生，不惜以美酒、美食和安逸的环境，再加上一片诚心，以及他作为老长沙企业家的热情，来招徕长沙乃至湖南本省的同道中人，大家周末相聚，聊聊天，听听音乐，谈论艺术，晚上再一块吃饭。李陬田给聚会定了一个小规矩：每一回聚会，都要有一个小主题，不论文学艺术，或是生活、哲学，大家抽出时间来围绕一个话题聊一聊。这个约定已经坚持了近三年。每到年初，李陬田都会给聚会受邀者一本自印的资料，里面是他书写的上一年关于"星期六聚会"的个人回忆。

　　天色渐暗，现在又到了晚餐时分。妻子正在厨房忙碌，他还特地从雨花区的湘与湘意湘菜馆请来一位掌勺厨师，付出了实实在在的酬劳——一千元人民币。菜只做八个，五样热菜，三样冷菜。热菜是：剁椒蒸仔鸡（两份），芋头蒸排骨（也是两份），紫苏焖江鱼（一个盖木盖的小铁锅），红苋菜豆腐汤，煎豆腐。冷菜有：酱板鸭，香辣坛子肉，金沙雪影（主要食材是红薯和椰丝，佐以果珍）。大厨师做家常菜，李陬田个人很是推崇。此外他还向MOCO西班牙餐厅订制了花式甜点和西洋冷餐，几样蛋糕和烤面包。有红酒、威士忌，也有白酒。他自己爱喝白酒，还专门请汪杰教授陪他一同喝，酒由汪教授从家里带来的，用一个牛皮纸袋子装着，两瓶。客厅连着饭厅，中间隔着一块挂屏，屏风中镶嵌着一块木雕。"这块木雕，乃是清代雕刻家查文玉大师作品——《竹林寻仙》。"李陬田曾经不止一次向第一次注意到这块屏风的客人介绍它。

路过一幅《竹林寻仙》图，宾客们随着主人的指引来到饭厅，稍作相让后一一落座，仿佛每个人都熟悉自己应该坐在哪里，往常就坐在那里的。李隋田家的饭厅设计也和别家不同，布置着两张桌子：一张大大的橡木圆桌，此刻摆放着由湘与湘意名厨烧制的家常菜肴，有白酒，也有红酒、果汁；旁边一张长条形木桌，是摆西餐之用，摆放着八张高高的靠背椅。主人先请客人们在圆桌的中式宴席前坐下，请大家不要客气，边吃边聊，自自然然的。席间有人提议，有美人，有美酒，有佳肴，如果不来一点音乐，岂不可惜。原先那位演奏马斯奈的男子又起身绕过挂屏，在《竹林寻仙》的背后弹起了钢琴。

他便是诗人立达。饭厅中客人桌前就餐，客厅里诗人在弹奏，钢琴声响起，一曲罢了，又来第二首。而后，立达依然回到诗人小鱼旁边坐下。大家夸赞他的演奏，问他师从哪位音乐家。他停下来坐直身板，谦虚而不失体面地说，自己是从布列兹那里领会来的。

席间稍许静默，坐在小鱼旁边的蒋馨柔声地说："是不是从前纽约爱乐乐团的首席指挥家？"他说，是的，又说自己有幸在纽约听过几场布列兹的常规演出，因此着迷于他。布列兹的卓越成就是将古典音乐和20世纪的现代音乐结合，在执掌纽约爱乐乐团时期的六年间，将亨德尔、巴赫、海顿、柴可夫斯基、德彪西、贝尔格等两百多位历代作曲大师的作品搬上舞台，让纽约的听众得以聆听如此恢宏的音乐。在他指挥的演奏会中，经常在上半场演奏比如莫扎特的小提琴协奏曲、拉威尔的《茨冈》、德彪西的《游戏》和《大海》，下半场则上演现代音乐的作品，以瓦雷兹的作品作为压轴。当时的纽约人还没有谁能想到哪家乐队、哪位音乐家敢做那般设计。布列兹将高雅音乐提前推向了未来，就如他逝世后人们在纪念肖像上刻下的那句话：

"我早已看透未来。可惜，你们不懂。"

诗人立达自始至终以谦逊的口吻对同桌的人叙述着布列兹的往事。而最后他还说："只可惜，我无法学到布列兹的精髓。"李陬田的妻子其实从前是一位音乐教师。她坐在桌前，一面夹着菜，一面开玩笑地说："我们这顿晚餐，是下饭菜搭配古典乐，还有各式美酒，面包甜点，真是蛮开心的。"大家呵呵地说笑着。李陬田说："是啊。可是，我们湘菜有什么不好呢？吃饱了更有力气工作和娱乐嘛。"

第一次来李陬田家的青年小说家何静说，他知道有两位朋友完完整整地读完了《追忆似水年华》，一位是青年文学评论家小徐，另外一位就是诗人立达。何静说，他们是真正的"普鲁斯特的读者"。他将那行字写在本子上，并在"真正的"和"普鲁斯特的读者"下面画上波浪线——真正的——普鲁斯特的读者。那时何静也在阅读普鲁斯特，已经读到《女囚》。可他还不是李陬田家沙龙的常客，原因之一倒不是他不住在长沙——他的家在株洲，株洲城到长沙坐火车二十年前就有四十五分钟路程——对在座的主宾们谈论普鲁斯特，何静谦虚地说，他并不算"真正的普鲁斯特的读者"，他研究普鲁斯特只是文学之路上应该通过的某个明亮的界碑，正如一位期望征服地球上所有八千米以上山峰的男子，洛子峰或珠穆朗玛峰都只是他目标中的山峰之一，他热爱的是那整个目标。大家跟着又对何静的谦虚赞赏一番，说年轻人有这样的见识真是十分不得了了，我们都等着看何先生的大作。何静的旁边坐着李陬田的公子李佩琼，李佩琼的对面恰好是他爱恋的蒋馨小姐。何静说话的时候看着桌子对面的蒋馨，而旁边的李佩琼也不时看着蒋馨，六只眼睛不时相对，各有各的心思而不能放到一起察觉。

何静初来乍到，他不清楚在座的都是普鲁斯特的书迷，也不便将自己阅读和理解的普鲁斯特都一股脑儿倒出来和大家一起分享。除了已经读了近半年的普鲁斯特，他对南美文学和福克纳都有深入研究，可以说，算是半个福克纳专家和半个聂鲁达专家。他不写诗，热爱聂鲁达是基于作家的人生经历。他还有一位小说家朋友，家里满屋子都是自己画的南美作家肖像，一度在国内青年文学圈中十分流行谈论那位小说家朋友的南美趣味和作家画，画中的人物包括科塔萨尔、聂鲁达、博尔赫斯、波拉尼奥。

提起绘画，李陬田坐在他的主人位置上说，下周三将有画家来他家中现场作画。

有人问："是哪位画家？"

李陬田说："邹海先生，大家都知道的，擅长人物画。"

又有人接着问："画的是什么？"

李陬田说："当然是画人像，模特就坐在我们中间。"

众人中相视一笑："莫非是您自己？"

李陬田说："不是不是——为蒋馨小姐画一张肖像，要画得像盖尔芒特夫人一般高雅。"

众人便说："哦——哦——蒋馨小姐堪比画中人啊！"

这样说着，蒋馨坐在那里面带娇羞，微微笑着说："陬田老师家里的阳台好看，他们说要我哪天坐在那里给邹海先生当一回模特，你看我，我就答应了。"

在座的宾客中除了小说家何静还没有到过李陬田三楼的阳台，其他人都去那里喝过茶的。有人说，那当日也想来看看邹海先生画美人。

李陬田就说，欢迎，欢迎，只是人不要多，免得画家和蒋馨小姐紧张。

李佩琼听说周三蒋馨还要来，就想着那天也要在家里。他第一个吃完了圆桌上的中餐，一个人转到旁边的条形桌上去吃甜点和水果。他的妹妹不常在家住，而在师大附中念高三，学业紧张。不到九点，晚餐用毕，李陑田出门送客，妻子收拾餐具，在厨房中忙碌。照例，每位客人临走前收下了主人赠送的礼品，这次是一人一小包茶叶，浏阳乡下做的红茶。

　　李佩琼跟着众人出门，送客人到门口，望着蒋馨美丽的身影没入一辆黄白相间的出租车里，也回家去了。他淡淡的哀愁已经别在她那看不见的背影上，随着她潜入朦胧夜色中。

2020 年

乙
幻觉

乌鸦

> 问：什么是灵魂？
> 答：灵魂就是离开躯体但具有理智和自由意志的活的生物体。
> ——关于信念的问答手册

亲爱的读者，现在您开始阅读的这个作品暂时以初始日期编号，正是作者眼前正在书写的，这个小说的编号也精确指向此刻我写下和将要写下的。现在——未来——过去都融于这几页纸张上面，作者本人的意志，附加码包含作者姓名、产生的场景，以及这位作者当天见到的十数个人物，黑衣红唇美少女、她的两个朋友、一位穿灰色西装的男士、一位佩戴橙色工卡的本楼上班族女士和她的同伴、一位手持一块红色当季当日可售咖啡及零食单的咖啡馆员工、一位脚踏鞋套的随着另外一位深衣男士走出的年轻男人……没有一个公式为它的结果提供标准答案。因为这是一部正在创作中的作品，就像一个人在未来驾驶单人飞船往宇宙深处探索，尽管他有了最初的准备，他的机器在有效能源和导航的驱动下已经飞出地球大气层，而在宇宙中会遇到什么，他很难预料。作品的名字可以包含更多的信息，运动的场景，推进的时间，甚至是音乐——循环播放的圣诞歌曲丰富着信息的可能性——如果作者依照如今正在使用的方法形成一套编码，沿用于他以后的全部或部分合适的作品中，也许多年以后人们只需阅读这段与作品有关的编码，就能大致阅读和了解作品的主要信息——包括一段关于灵魂的代码。

人们总说：一块从泥土中挖出的破布条记录着那个时代那块土地上的全部信息。

善解人意的读者通常会在阅读一部作品时与作者产生共鸣；一个优秀的评论家能在《卡拉马佐夫兄弟》中摘取短短三寸长短的文字去分析作者的写作心境；更有甚者，曾有不止一位文学教授说，一部长篇文学作品的成色在作者写第一句话时就已经明确下来了。那是文学宿命论，作品结构学，情节发生学。就像一家生产和销售瓷器的工厂，一位现场作即兴画的画家，如果观众或顾客有意愿，他既可以看到一个正在制作中的瓷器，一幅正在创作中的画，最终也很有可能见到主人和作者将那烧制好的瓷器、一幅完成的作品，放在店门口展示和销售——当然也有可能，您看到的是一个烧制失败而有瑕疵的瓷器，一幅最终无法完成的作品，我觉得不要紧，因为您目睹过的一切都发生过，而世界上本没有完美和完全完整的事物：一切都是理所应当地成为它现在成为的样子，不存在任何其他可能。

想到这些，读者，也许您会心一笑，有感于自己获得了什么。那位瓷器烧制者，那位画家，相信他们也不会觉得那一次创造是无意义的。如果我是其中某位创作者，我就会想：毕竟做了这件事情，路不是通向此处，就是通向彼处，死胡同也可以避风挡雨，作为一时休憩之所；每个死胡同也都有它自己的名字，将被熟悉这种语言的人说出来。

一位作者坐在自己用灌有蓝黑色墨水的钢笔写作的作品前面，一个头发在颈部微卷的女孩推门进来了：

一定是位美丽得体的年轻姑娘，和接下来着红衣推门进来的人不同，不需要虚构，虚构的未必比这真实发生了的更具有吸引力、可阐释性。这位年轻美丽的姑娘就在眼前，穿着白色泛青的T恤，柔和的布料衬出她胸部几近完美的弧形轮廓，白色小巧的脸，青黑色的头发挽着一个发髻，令人感受到她如此温润端庄的美。这样的美人出现在现实中，就在那里，虽然是转瞬即逝的，她很快会消失在咖啡馆的入口处，我们看在眼里，就已经认为她属于最美好的女性，而不必再如此这般用文字来形容她的身形、长相和气质，或者讲给自己的好朋友听，说某天某日在某地，见到一位那样美丽的女孩……

亲爱的读者，毫无疑问这是在您眼皮底下发生的一部作品推进的过程。如果您暂时没有别的可忙，暂时没有地方可去，那好，往下读吧。和您一样，博爱的读者和好学的作者都可能阅读过小说大师伊塔诺·卡尔维诺数部风格不一的作品中那平凡又独特的一部《寒冬夜行人》，也许那部作品就在某人的膝盖上，看上去很熟悉。现在摆在您面前的也许是两条天空中朝向同一个或相反方向运行的飞机轨迹，相似的风格，当然必须带着不同的讯息，坐着不同的乘客，飞往两个不一样的地方……这部作品也在向前推进，还没有一个最为恰当的名字。你可以看到这是作者在进行的即兴创作，他不打算打草稿、没有提纲，也不愿过多动用智力——还有人说：一个小说家最好是放弃智力，让作品自己随着意识流动出来。这样的事情不是没有人做过，一股大水在地上流动，不用人拿锄头或推土机铲出一条河道或水沟，只要不过早干涸，只要还能往前、往后、往四周漫延，它就将拓展出自己的道路来——之前只是一片水，后来就成了一条溪流，溪流可能汇集了另一条溪流，又汇集一条，最后成为一条河。

好了，现在作者将在此地为它命名。这部去向不明、内部物质暂时不可知的作品，它叫：

H0J8102–X3Buae–1–1–12–SUN

它符合一种不再重复且重复无意义的合理性，可以从中辨认出时间、地点、颜色、天气，以及由当时当地全部秩序汇集而成的某一段信息——它甚至是活动的，还在延续，一定会继续变化。它本身就是语言，也是信息。

现在时刻的场景已经消失了，而过去被记录下来。当天上午，作者在自己的房间里读了两部小说，其中一个是大师伊塔诺·卡尔维诺的作品，不是《寒冬夜行人》，而是另外一部结构同样特别且至今没有找到相似作品的小说《帕洛马尔》。这部作品当然可以被称为小说，它的第一卷和第二卷分别记录了一位名叫帕洛马尔的男性在海滨和庭院的所见所闻所思所感，他观察了乌龟、蚂蚁和鸟类（乌鸫是其中之一）。以后人对他的研究证明的他那杰出复杂头脑所构建的对普通事物的呈现和理解，乌龟的性交具有一种人类视角上的游戏性，而乌鸫的两性结合与繁衍是周期性的，它们每年可能更换一位伴侣，结合成一对新夫妻，也可能终生只与一只乌鸫为伴，完成一对夫妻需要完成的使命：交配，繁育后代，迁徙。一定会有某位或某些读者对卡尔维诺关于乌鸫的书写产生兴趣和联想，启发一位后辈作家的灵感：

为什么不能以乌鸫——而不是人类——为主角，写作一部作品？使用一种尽量合理翻译过的"从乌鸫语言到人类语言"的信息集合体，叙述一只乌鸫三年来的经历和它的精神生活。

完全可以尝试一下。这是一种灵感，来自伊塔诺·卡尔维诺作品的启发，和某天早上一个人出门吸入飞絮打出一个喷嚏的过程有一些相似性。尝试一下，即便失败了也不要紧。大多数时候人们都追求某件东西或某个事物的完整性，比如一部被认为只完成一半的作品并不能称之为作品，但我们看到初五的月亮依然叫它月亮，一部在中途停下来的小说也是作品，半完成的建造到七层的楼也能住人。

那么就开始吧，让我们闭上眼睛，想象自己随着作者的笔，成为乌鸫的灵魂，进入一只正在高空飞翔的乌鸫体内。

和作者一样，我们感受到了风。

作家在练习本上写下这些文字：

> 尽力尝试观察一只鸟（最好是候鸟，也许不是乌鸫，有人可能认为乌鸫看上去更像一种欧洲鸟类而不是东方的）较长时间内的活动和它的生存场景。观察要尽量仔细，多花时间且尽量找到多个观测点，不要急躁，耐心才有收获，仔仔细细观察它的外形，它们的生活习惯，这是最基础的（也许不是）。观察它眼睛的变化，一些随机发现的东西，观察它的作息时间、睡眠、群体生活、对气温和其他环境变化的反应。记录下来，做尽量多但不是无休止的准备。要懂得利用得到的观察信息，要相信自己处理信息的能力：
>
> 想象，合理构造鸟类行为。
>
> 需要查阅百科全书中关于鸟类的词条，并且了解对应鸟类已知的特征、习性——已知的知识是必要的，得出那样结论和描述的前辈都是杰出的专门研究者，比如莫斯科有关方面邀请本雅明撰写歌德词条有它当时最大的合理性。
>
> 简单地说，它将是一个关于某一只特定鸟的故事，

用完全区别于人类的视角——但又是人类能够接受的语言系统——来呈现（书写）。

这位作家当天上午同样阅读了一位好友的短篇小说，小说的名字叫作《少女颂》，这部小说将在一年后的夏天自某某刊物发表，在严肃作家圈和评论家圈引起一次小小的轰动。但它不是这部作品想要重点写到的。而我们这位此时正在开始代号H0J8102-X3Buae-1-1-12-SUN，名为《乌鸦》的小说创作。他正专注于此，不可能对别的分心，也不会去想那篇《少女颂》的命运。但《少女颂》同样在默默影响着他，他没有察觉。这是一件真实发生的事情，其中的一半信息至少可以被论证：不出意外，将会有读者在某本中文文学刊物上看到这个作品，"少女颂"，清新脱俗。这次朋友间的阅读对他来说是一种启迪，很快会在接下来咖啡馆的写作中体现出来。这位作家和他的作家朋友讨论过并且达成共识，认为"少女颂"是一个很好的名字，清纯，好懂，具有明显的美学特征和所指的空间性。他们曾就那部小说进行过短暂而有效的讨论，大约在上午十点三十分，《少女颂》与"一部典型的网络电影"画上约等号：

"一部表现俗气的小说"；

"虽然符合你的个人生活趣味，却与你往日的创作水平不符。这么说吧，它拉低了你的水准——当然，也不能完全这么说，毕竟它是你的作品，是你内心和写作水平的投影"；

"完成度确实是不错的，这是一方面。然而，你发现了没有，那位年轻的女孩推开门，从医院里走出来，呼吸新鲜的空气，看到街上熟悉的人群和树——你熟悉的榕树——这难道不是一种最常见的大团圆式的结局吗？你是一位优秀的小说家，你的《伶仃图》塑造了热气腾腾的世俗生活，它让人——包括我——

无一例外联想到作者你,那才是你的作品,是深刻的世俗,而不是这种文艺的俗气";

"也不尽然——";

"那么你说,与之前的那部《红星》相比如何?";

"当然比《红星》要好,我对这个作品还是大体满意的,《红星》更多的是一部即兴的讨巧的作品,一个无人涉足的符合主流审美、大部队将会合理蹚过的洼地,我去做了,多少有些投机,大家都欢喜";

"呃……《红星》让你得了不少奖";

"是的,奖金加起来已经超过三十万元。这大大超出了我的意料——但,可以告诉你一个秘密:它们依然比不上我的稿费。我写这部作品,是定制的。就是说,提前有人付了一笔稿费,他们需要一部这样的作品";

……

那段对话在午饭前结束,十二点他们结伴走在汇贤路上,树叶早已全落了,几只冻了的红柿子孤零零地挂在树上无人问津,鸟早已将它们啄开,或许那时已经成为空壳而保留着红色的柿子标本。这位作家认为他将要写作的主角为鸟类、视角也是一只鸟的小说是可以期待的。他在练习本上接着写字。他的心理活动和笔下的作品是同时进行的。

想到什么,他就写下什么:

> 成群的乌鸫在森林上空低飞。它们穿过松林、橡树林、枫树林。在天山以西;一千年前,在祁连山以西;乌鸫是自由的,它们在平原上栖息、繁殖,在山地的森林中生活。但在中国南方,因为近一千年来沿东海和南海边港口城市的日趋富裕,慢慢向西扩散,渐渐形成了

越来越多繁华奢靡的城市，这些城市又以江浙一带居多，江南八府城中又多闲杂人等，达官贵人子弟，盐商家的少爷，落魄贵族家不愿跌了面子的人，这些人中多不必做事情又没有学手艺的整日晃晃悠悠的，遛鸟的，在城墙下斗蛐蛐赌博的，逛妓院的，就是他们了。乌鸫在这些地方就多被他们像八哥一样养在鸟笼子里，逗它们叫，让它们学说人话。因此我们知道，如果乌鸫有自己的思想——它必然是有的——能够对它看到的世界有一个至少是直接的内心反映，那么，在中国南方的乌鸫，它们眼中和心中的世界，必然和天山以西的乌鸫不同。根据那些我们亲眼见过和从别人那里见到和听来的经验，我们几乎从来没有见过，也没有从书籍和照片中见到，西方人有过鸟笼。这是我现在的发现——似乎之前也从来没有见人谈到过这点。西方人，不论是英格兰、苏格兰和爱尔兰的人，还是法国人、德国人、希腊人、荷兰人、瑞典人、塞尔维亚人、捷克人、芬兰人，没有见过他们中的任何一个手提鸟笼的形象。但我想到一点，似乎在阿拉伯世界是有过鸟笼的。这也说得过去，阿拉伯的商人可能很早就横穿亚洲大陆到中国，伊斯兰的文化甚至也是中国文化的一部分。伊朗、叙利亚，以及中亚的一些地方，包括印度、斯里兰卡，我想这些地方可能有鸟笼子，八哥、乌鸫、百灵鸟，甚至喜鹊，都有可能被他们养在笼子里。铁丝制成的鸟笼更像是阿拉伯人的发明，而中国人用木棍、藤条、竹子，也能编成一个精致的鸟笼。很难说是谁学习了谁，鸟笼最初出自哪里，那需要考古学上的证据。中国南方的乌鸫可能一生都没有见过一棵真正的橡树或樟树，它们像市民那样生活在院子里，走在大街上。有人可能说得没错，意大利的乌鸫可能完全不必开口，而仅以无声的沉默就可以交流了。一对扬州城里的乌鸫很小的时候就被人用小棍子、口哨和玉米粒，来哄它们开口。有文人在笔记中写下，某年某月某日，在某个地方，他家的两只乌鸫分别在说话和诗词大赛中败给了某人家的另外两只乌鸫，这位文人一气之下连鸟笼带鸟都给扔到了路边的荷花池里，并命令随从不许打捞。从前我总以为乌鸫是西方的鸟，而我们这里是不会有的。因为首先它的名字就是西方的，带有哥特小说的神秘色彩。但我后来又知道中国也有乌鸫分布，只是多被驯养成笼中鸟。我当然憎恶这种行为，也连带对乌鸫也没有好印象，觉得它们是柔弱而缺乏野性的，也可能因为它们明黄色的喙和黄色的眼圈让人觉得软萌可爱，体形又不大不小——事实上欧洲的乌鸫能长到接近一尺长——正好抓来养活着好看。比如谁又会去养乌鸦呢？乌鸦是多亏了它的一身黑色，而绝没有一点好看的颜色，叫声又惨淡，人是连吃都不愿意捕了来吃的。看来，多少鸟儿被驯化成人类的宠物，自身也要找原因，这就像有的人不分青红皂白辱骂某女子不守妇道水性杨花，是因为她本身长了一副招惹人的皮囊。我希望见到的是野外森林中那林间空地上悠闲走动的三两只乌鸫。而我突然又想到，在现代文明中，人类也是将自己和同类困在自己造成的笼子里。比如我家附近有两栋相邻不远的楼房，一周七天为周期，星期一到星期五的早上八点到晚上七点是它热闹的时候，到了周末，那里楼门前的泥巴广场上便很少有人走动，晚上，两栋楼完全黑下来，没有一点灯光，正像那晚上笼中鸟的世界——盖上一层黑布,鸟便进入夜晚休眠的世界,那休眠世界更是人工可以造成的,只要为它罩上黑布,养惯了的鸟便以为黑夜来临,它便开始睡眠。人掌握着鸟类的生活,也掌握着自己的生活,就像我在咖啡馆看到的那些人,白天他们是一副职业而精神的样子,到了晚上,那写字楼内的咖啡馆便关闭,不再有任何一个人进入。

人越来越多,天色将黑,四束橘黄色的灯光洒在墙角,这位作家就坐在正中间的那个矮凳上。咖啡馆,现在是傍晚四点五十六分,背景音乐已经新添了一丝明快,放的是《野蜂飞舞》低音版。就要到下班时分了,大部分人放松下来,楼上的会议即将结束。咖啡馆,休闲场所,社交场所,没有人来打扰这位潜心思考和创作的作家,他的写作和思考是同时进行的,一条流畅的小河,河水发出有节奏的从浅浅的河底隆起的石块和河流弯道经过时发出的柔和圆润的声音。那是自然的乐章,和他此刻的心境相似,安然,沉静,甚至可以说是美好的。周围几乎所有人都在说话,门打开的频率加大,楼下就是健身房、商城、地铁和餐馆,楼上大部分房间的灯是彻夜不熄的,在这样越来越兴奋的首都最核心地段一座普通办公楼内的咖啡馆里,此时此刻没有那缓缓的童话故事,劳累了一天的人下班前不是来做王子和灰姑娘的。有人谈兴甚欢,他的一只手握着那杯咖啡,说话,说话,说话,说话间那握着咖啡杯的手越来越紧张,而那内急的人突然站起来快步走出去,其他人神色不变地依然在说话,几乎没有沉默的人——沉默虽然也是一种社交语言,有人就因为喜欢去舞厅但又总是独身一人,并且从不主动和人说话,他的沉默久而久之吸引了越来越多的人,女孩也有,男的也有,都来和他说话,和他碰杯喝酒。此时此地无人沉默。五点十分了，马上就要下班，就像这位作家的思绪一样，人们在这普通的工作日上班时间即将结束的时候打开身体的阀门——他们可不是来躲雨的，不是来等待即将开出的火车的，孩子的妈妈和热恋中的情人没有出现在这里。这越来越兴奋的火热的咖啡馆啊，就像《少女颂》中不经意间用作装饰的同事男女关系分析一样：在这不大的、人数并不多的公司里，在这群同事中间，已经有数人有过床上关系，他们心照不宣，白天在大门外长满曼陀罗的墙边抽烟，中午一起去吃午餐，但他们已经打开了身体的门，在彼此身上得到了性愉悦。这愉悦是那些准点上下班、有着规律的单身或伴侣生活的人无法进入也不会理解的。这部作品的作者说，他讨论了现代人对待关系、身体和性的态度。在某些人群那里，性并不是绝对的禁忌，一旦打开那扇门，神秘的灰色大厅里，人们将处在另外一个属于他们的世界，性变得健康、单一，与一次健身类似，是令人愉悦，给人好感而不是带来恶意和不适的。所以那性也是合适的，合理的，可以接受的。一个胖女孩也有与他人无二致的性感受，她也希望获得，希望将自己交给某个人去像挖煤一般用力开采。这些人现在谈论着彼此，表情像一滴滴在水面散开的油污，呈现出多彩的伞状的花环。在他看来，他们就是调色板上的水，当他需要做出变化的时候，就抬头看看，摘取那发生的片段，嵌入正在发生的小说里。他的中心思想依然趋向成为一只暂未成形的鸟。他不是一位熟练的驯鸟者，也不是最敏捷的观察师。那他是什么呢？这位作家的父亲是一位已经过世的太平绅士，兄弟五人，三人在外治学和做官，一人留在祖宅管理家务和家产，一人已经做了游走四方早已音讯全无的失踪者。他的母亲的父母都是读书人，是当地最后一所私塾的两位任课教师。他虽然还没有继承什么家产——随着人的迁移，生活习惯的巨变，这种继承家产的事情正在慢慢消失——身上却也没有显露出一点坏的品性，可以说是一位难得正派、富有德行的年轻人。他坚信自己有那一种文学上的天赋，坚信自己立下的文学理想。所以他在外既有一份得心应手的工作，也是一位小有声誉的作家。但他总还是不满，即便已经是作家了，也不愿成为那作家聚会上普普通通的一员。准确地说，他做着一个不起眼的朋友眼中温和的人，却总希望在自己那唯一理想的事业上成为一个独特者，一颗恒久发光的星。这是他偶尔会对自己说的话，提醒自己哪怕在醉酒时也不要变成另一个人，在颓丧时不要滑入深渊。

H0J8102-X3Buae-1-1-12-SUN现在就在他手上。他想起家中书架上那四本还未全部打开的书，名字分别叫作《山》《鸟》《虫》《海》。作者呢，告诉各位，他是一位活在18和19世纪法国的历史学家、被称作"法国史学之父"的儒勒·米诗莱。在他那卷帙浩繁的著作中，除了七卷本的《法国史》，也有这四本有趣的自然与博物学小书。他希望能尽快阅读《鸟》，那也是他父亲喜欢的书之一，曾在自家庭院和父亲的卧室聆听过父亲讲述其中的片段。这次他希望能从《鸟》中找到乌鸫的迁徙习惯。父亲曾讲过，同样是候鸟的雨燕，人们以为它们迁徙的时间是不确定的，是随着气候而变化的。但米诗莱的书里却说，雨燕的迁徙时间是确定的，某地某年某月某日某时辰，每回相差的时间竟不会超过一小时。"这造物的神奇哎！"他在心里感叹，"我的作品里主角最好是一只乌鸫。乌鸫，一只全身纯黑色羽毛的乌鸫，这种鸟可以从冰岛穿越地中海飞到撒哈拉沙漠，也可以纵穿大半个中国。"一只鸟有一只鸟的思想和它看到的世界，那世界未必和人类眼中的世界相同。

时节正值深冬，冷风灌进来，天几乎黑了，咖啡馆越来越像个小型食堂,人越来越多,那位作家坐在那里奋笔疾书,一部小说在脑子里生长的速度已经比他的笔快上一倍。

他,这个独自闯入处女地的寻宝人坐在一张仅有尺余的凳子上,靠着墙,墙越来越冰冷,他的脚已凉,两边原本空着的座位也有了坐客,一男一女,他眼里的余光瞟过去,看到一个年纪好大的男人和一个二十岁上下的女人,都像是一个人,没有同伴,也没有说话,各自捧着一杯咖啡。"乌鸦的眼睛朝天上搜寻另外一只乌鸦。"他心里随即想到这样一句。所有人手上都有一杯咖啡,这低廉的入场券人人持有,如此相似而又不可捉摸的场景。他听到有人讨论晚上九点钟去夜吧或是床吧。"床吧只接待双人进入的顾客","夜吧"只接待一个一个的人。他们决定去夜吧。随后如果有人跟着他们出门,会发现有三个人果真去了三里屯的夜吧。夜吧的前老板曾是他——作家——的女朋友,他们交往过将近三年,后来女友嫁到西班牙去了。他听了一会儿,心中一笑,又看了手表,将近五点半,该回去接严冬冬了。严冬冬,他的养子,在离他三百米外的舞校学舞蹈已有两年多。男孩学习舞蹈,这件事情如果他父亲在世,绝不会同意。

  我,一只在我从前看来是纯黑色的乌鸦,从一片浅的干草地上飞起来,停在一片树梢上,旁边是另外两种鸟,一只灰色的鸟,形状和不远处另外一只白色的鸟相近。

  我能辨认出它们,首先依赖的是对它们两者的观看和对比,第二是我沿用了自己的人的视角——现在我还没有忘记从前某些人的印记,人的知识和识别世界的方式。尽管我已经来到一只乌鸦体内——这是我从一个人走向一只鸟那决定和实现的过程中就认识到的——时间并不太长，我还有人的意识、人的思维方式、人解析和在内心形成印象的惯性。我没有镜子，但在一片很小的有水洼的地上飞过时见到过水面上我的倒影，并认出来那就是我了。我心里也有那样的意识：正因为我可能还留有三分之一到四分之一的人的天性，才会在一片水面上辨认出我自己，而没有使用完全属于我们乌鸫本身的视角和语言。我需要学习乌鸫的天性和习性，和别的乌鸫学，比如现在我俯视地面，见到的黑色的和水洼中的我长相差不多的那一只鸟，也就是我从前就已经认识的鸟。我和那只乌鸫是不同的，它一出生就是乌鸫，拥有乌鸫的心灵，由它的乌鸫父母抚养成长，而我则依然有着人类的灵魂，占有了一只乌鸫的身体。我的灵魂和乌鸫的灵魂希望合二为一，但这需要一个过程，这个过程我没有学习过，只是隐约觉得能够实现。

现在我变成了一只乌鸫，并通过一面水的镜子验证了我自己。我是自愿的，因此丝毫没有自己变形后的恐惧，也没有需要躲避的人。我已经独自生活多年，我父亲由我弟弟照顾，我妻子带着我们的女儿在国外上学，我一个人留在北京生活已有三年多。成为一只乌鸫，我只是从人的房子里走向了户外，蜕皮一般从人的躯体里出来。我不需要躲避什么，因为我并没有成为一只奇怪的鸟，而只是与一只原本就是乌鸫的鸟合为一体。我不像从前的作家和精神学家，我没有人格分裂。现在我需要的只是静静地等待我自己的变化，以及我眼前世界的变化——我相信并且期待着那个会发生变化的世界，因为人和鸟是不同的，人观测乌鸫、将乌鸫养在笼子中的时候，也不会真正换位到乌鸫的角度去思考。一只八哥可能学会人那样发声,但当路过,它叫着,"早上好",一只乌鸦保持沉默。因此有人就说,沉默就是乌鸦的语言——当然不是。首先要看我们如何定义沉默,就像我们如何定义白色或透明。沉默如果是没有发出任何声波,那么乌鸦的语言就不是沉默,这是我之前认为的。

但我现在停在一株树叶已经落光的高大的柿子树上,树上还剩下零零散散几个红透的小柿子,四周有别的树,有草皮,更远一些,我还能看到一栋房子,那也许就是我从前的房子……因此连我自己也意识到,现在我眼中的世界和从前似乎并没有什么两样,我只是能看得高一点,远一点,视角变化了,我能飞起来,在空中看得更远。但我似乎没有看得更为细致,眼前也没有什么新的事物。这就像是做梦,或者像是人类观测月亮,有人认为,月亮只有被人看到时才存在。我看到的存在还和从前差不多,也许细微的差别马上就要发生了,只是我还没有感觉到,也许已经起了变化,太阳全部的光谱将在我的眼中得到新的解析,也许它不是金色,不是白色,也许柿子不是红色,也许水不是清凉的也不是液体。我怀着一种心愿——这种心愿使内心造物主给不同的生物创造了不同的世界,或者使同一个世界被不同的生物解析走不同的部分,就像一个西瓜被切成三十六份,由三十六个人一一拿走,每个人吃到的都是不同的西瓜。这是一个很简单的逻辑。

当我想到这点,心中感到懊恼。我意识到内心的存在,头部便产生一丝刺痛。

也许是以人存留的理性我想到:我所见的真实存

在吗?那棵树是不是真的是一棵树?河里是否真的有水存在?……

他打算晚上先和严冬冬一起说个关于乌鸦的故事,也算是一种练习。但这个念头只是一闪而过,因为他眼下正在创作——甚至不如说,他是在发明——一个主角是乌鸦的第一人称小说。那不是一件容易的事,需要查阅资料,查阅鸟类学家关于乌鸦的研究。如果能找到不同时期不同国度的作家笔下一星半点的乌鸦描写则更好。那并不是不可能的。如果小说完成得顺利,也许乌鸦的故事会编得更清晰流畅。

讲故事不是他擅长的,他偏爱那种看上去不是故事的故事,中间有一些故事发生。他偏爱故事的意义,一个男人漫无边际地说话整整一夜,直到太阳上升照亮窗台他突然站起身不再说了倒头就睡。他收集到的是那个男人说整整一夜话那件事情。这件事情现在正悬在他的暗房里。他接了严冬冬,穿过冬日的报社社区小路回到家里,推门进去时仿佛看见——

妻子正在做晚饭。这一天气温骤降,夜里的最低温度是零下七摄氏度,外面一片清冷,微风刮着脸,还不是北京最冷的时候,落叶树的叶子都掉到地上,被院里的清洁工全部清扫了。相比之下,家里可真是温暖平和的港湾,他暂时忘掉了写作,换了拖鞋和妻子打招呼。厨房里升起浅色的雾气,那是妻子在做一条夏威夷海鱼。海鱼——人类——乌鸦。海鱼当然也有洄游的习性,最典型而被反复描述的可能是鳟鱼和大马哈鱼。一条大黄鱼可以穿越白令海峡,从中国黄海、东海擦身而过,在南太平洋深处度过夏天并交配产卵,而一只幸运的极地雨燕据说每年将做两次长达两万公里的远行,往返于南极和北极之间。妻子问他喜欢吃什么鱼,黄鱼?龙利鱼?黄脑壳?他说,最好是家里的焖大鲫鱼，作料要有新采的紫草（一种绿色到紫色之间大叶片的植物，有神秘的香味，叶子可入药、做菜、晒制乡村零食）。鲫鱼多刺，是最常见的鱼，味道非常鲜美。

他琢磨那篇已经在日记本上写了数页纸的小说。他在想会有哪些人对关于几只鸟的小说感兴趣。他倒相信多少会有人喜欢。那将是一种大地与天空、深渊与人的对视。人眼中的深渊难以丈量，冰冷，无限的黑色——深渊眼中的人呢？平面如纸张。渺小如鸟类。古人在地图绘制术中提示一幅地图上绘制的神秘生物越多、色彩越丰富，地图的价值越大，也象征着地图主人的身份越发尊贵。珍稀的西方中古地图上往往在陆地和海洋上绘有同种异形的生物，一为陆生，一为水生，仿佛一面镜子的两面。那种地图可能由巫师、航海家、地理学家、植物或动物学家绘制，有的基于亲身经历，有的来自他们的幻想或推测。曾有一幅巨大而华美的地图名为"世界之布"，它的原件早已失传，临摹本被一代一代的东西方教授、学者和诗人引用，讲述其中的含义与故事。在一本北欧黑暗童话中，深渊被描述为一面永远不会被填满的镜子，镜子有一颗无形心脏，心脏的活动决定镜子适合吞噬站在深渊前的人。每一个百年，都有不计其数的人在深渊前消失。那些在深渊前消失的人各自的故事已经全部装进镜子里。"深渊之镜"则在它心脏的控制下抛出人们的故事，吸引着尚在人世的人们来到它面前。那个童话里还写着，"那深渊之镜永远作为深渊在那里，是人类永恒的歌谣，有时又是集市上一面真正的镜子"。这样的故事吸引着孩童们纯真的好奇心。两百年前，这个故事同样被当作一种随时可能发生的对恶的惩罚的预言。一本19世纪末研究欧洲童话与信仰的著作中提到，它在北欧诸多国家以相近的版本流传过，稍有不同的是深渊之镜吞噬人的原因与时间不同。越是贫穷的人，越是相信它是真的。恐惧让人们小心翼翼地活下去，真诚与善良在穷人中得到更大限度的保全。

>乌鸫的眼睛可以视为一面深渊之镜。
>这是人的看法。
>乌鸫不负责反射世界，形成人的镜像世界。
>这是人进一步的看法。

他想到乌鸫的深渊如果成立，世界将至少有两个相同的部分，它们互为镜像，其中一个存在于一只乌鸫内部。一本书上的红色草莓看上去是必然存在的，一只鸽子（作为一种相近的说明）眼中完全红色的世界却是人眼看到的。一项研究表明，鸽子对人类世界的颜色毫无知觉，它们寻找食物和避免物体伤害的方式至今不为人知。乌鸫的眼睛是白色与黑色嵌套的，中间有一个小白点，这是人类能够看到的。从有据可查的三万七千年前最古老的地中海沿岸人类原始信仰启蒙至今，没有一项证据说明乌鸫是不好的、不洁的、不安的、令人恐惧的。给人类留下阴影的鸟类中，第一名是乌鸦。至少，在13世纪的一本手抄民间故事集中记载，当时的半个伦敦曾有五十年被乌鸦遮蔽天际，乌鸦的叫声让几代人无法安眠。另外他也曾在中国宋代笔记中读到，应天府的天空也曾遍布乌鸦。在北京的铁狮子坟附近，至今有无数群巨大的乌鸦栖息在树上，乌鸦的粪便在地上年复一年累积，可能已有数百年。一位诗人曾说，他见过乌鸫的坟地。乌鸫长相和乌鸦相近，不同的是它的眼眶是橘黄色的。它的心灵——灵魂——如果有的话，和乌鸦应该也是不同的。

他也见过几张乌鸫的照片，正如他写下的，乌鸫全身是黑色的羽毛，纯净的泛着亮光的黑色，嘴巴在淡黄色和黄色之间，眼睛也如前面所写。在中国人看来，乌鸫与乌鸦只一字之差。从外表上看，乌鸦和乌鸦也是如此相像。在黑夜中一只乌鸦常常可能被某些视觉高度敏感的人分辨出来：一只黑色乌鸦的形状在黑夜中显现。据古今多国数位修道士、科学家和动物学家观察和记载，一只乌鸦死亡的地点通常离它出生的地点不会超过十公里，大多数乌鸦终其一生生活在一平方公里以内的数个树木或房子之间。也就是说，一个村子通常有一个村子彼此熟识的乌鸦，一所教堂的乌鸦熟悉那所教堂的钟声，并将在钟声中长眠，和所有当地死去的人没有多少区别。乌鸦是倾向群居的鸟，乌鸦相对而言是孤僻的，单个或成对生活的。

看来卡尔维诺在他的虚构作品中关于乌鸦的书写可能是正确的：有时两只乌鸦傍晚时飞到这里来，它们一定是一对夫妻，也许去年就是一对，往年也是一对。而大多数乌鸦将在每次迁移中更换自己的伴侣，和不同的伴侣产下不同的小乌鸦。

卡尔维诺关于乌鸦的沉默的书写同样引起了他的注意：如果乌鸦不是通过啭鸣而是通过沉默互相沟通，那么它们沟通的是什么呢？沉默未尝不是一种语言。沉默，这人类语言中所指的无声的世界只是人类听觉意义上的"无声"。一个人沉睡在安静的夜里，他的房间里没有一点声音，他也不开口说话，那个人的伴侣也不说话，他们都没有鼾声。那时间里对人类来说沉默的空间确实如房顶山上一窝蝙蝠的会议时刻——它们可能在交流着什么。声音作为一种波动的信号，对于一个横跨幅度很大的声波来说，人类截取其中一部分，蝙蝠截取另外一部分。一个最最顶级的人类男高音在一首歌中将音调不断升高——升高——我们会发现，当他的声音高到一定程度，听觉意义上的声音会变得越来越小。当一个人接近人类音高的极限——据说曾有巴西人 Ge 达到过 G10——我们几乎已经很难听到他的声音。也许在那时，Ge 的声音已经进入一只乌鸦的听觉范围，他和乌鸦之间可能达成某种共鸣甚至交流。这是可以想象的事。我们有理由相信，只要身体条件具备，而不必借助人类发明的声音解析设备，人能和其他动物甚至植物进行语言上的沟通。两只乌鸦在天上飞翔，它们发出自己的叫声，人类只能做出习惯性的简单分辨——那是乌鸦在叫。而要对乌鸦的叫声做出解析，则通常不能凭借人类的感官，而需要借助仪器。更何况，真正的沉默，本身也可以作为语言，它意味着"此刻保持静默"。

他想到这里，便以这种推论性的可能去继续想象和书写那只他笔下乌鸦的世界。

我们再来看一份后来的第三方观测与分析笔记：

这只鸟失忆已有些时日，但在人看来，也和从前没有太多区别。除了寻找食物，实际上它本来也没有别的事情好做，就是在一块并不大的地方飞来飞去，方圆不足两公里。因此可能有一个看似关键的问题，即：在本段叙述中，作者是如何得知这只鸟失去了记忆，以及它曾有过什么样的记忆。这就像一位回忆录作者，当他在作品中绘声绘色地描写了一次聚会中几乎所有人的所作所为、他们的聊天记录，读者不禁要问：这位作者是如何得知那些人的言行并写在自己的回忆录中的？一个合理的回答是"采访"。但采访有一些局限性，比如那位作者是否有意识地在所有当时聚会的人都活着的时候就一一将当天聚会的事情回忆并记录下来了？他为何要记录下来那些？他早早就做好了要写回忆录、成为一个回忆录作家的打算了吗？

现在回到对这只鸟——那个"我"与乌鸦合二为

一的乌鸦，融入了一个人的灵魂的乌鸦——近期的行为。这些行为此刻被某个人观察到，便写下了这些话来记录。

那只乌鸦失忆的证据之一是它忘记了自己有一个巢穴，一只鸟窝。那是它的父母亲留给它的，自它出生，作为一种本能将自己的兄弟挤出鸟窝，慢慢长大，学会了飞翔，它的爸爸妈妈就飞走了。它就一只住在鸟窝里，鸟窝在一株樟树的岔口处，有一只人的菜碗大小。不知从什么时候开始，它便不再回巢，而总在地上走来走去，像只乌鸦，像只大喜鹊。后来才被判定为实际上它已经忘记自己有一个鸟窝，困倦了就可以回到鸟窝休息。原来一到太阳落山，天黑下来，它就和别的乌鸦一样不再四处走动四处飞，而是飞回自己窝里待着。后来它还在外面走来走去，人要通过特定的红外线眼镜或借助手电筒才会见到。它总是到了深夜，才稀里糊涂伏在草地上休息。

我们记得那只乌鸦原本有两个灵魂，一个乌鸦的灵魂——本来是不好探寻的，一颗人类的灵魂——那颗灵魂原本就属于一位作家。曾有很长一段时间，人的灵魂支配过那只乌鸦，并有过心灵波动。那种波动被人的精密仪器探测到，分析出来，并记录在纸上。记得当初，那位作家是希望做一个试验，通过某种类似催眠、想象或灵魂移植术，将那个人的灵魂嵌入一只经过了挑选的性格并不太固执的乌鸦体内。不久以后，正如部分人见到的，仪器收到了"我"的灵魂发出的讯息：试验一开始也是成功的，两颗灵魂、一只乌鸦的身体，并没有发生排异反应。然而没过多久，大概三个星期，乌鸦的身体感受到了异常的疼痛和抽搐感，人的灵魂讯息越来越弱。那可能是一种连带的反应。两个月后，那位作家的灵魂讯息完全静止了，乌鸫的样子并没有变化，一般人也不能察觉，但仪器是敏锐的，尽管有误差，但它能对声波、光波、电信号，甚至意识流动，都做出解析，它能感知人们刚刚认识不久的一对粒子之间的亲密性——量子纠缠。又过了一段时间——这在我们这次叙述上是很容易跨越的，那只有两类灵魂的乌鸫真正在行为上产生了反常性，甚至连熟悉那片地区的植物和鸟类的人都看出来了。

乌鸫不仅作息时间出现了倒错，它行走的姿势也有所改变。只要稍微观察它几分钟，就会发现它像一只悠闲的小公鸡那样踱步——再细细一想，原来是像人在行走！

也许可以推断出来，那只乌鸫开始有了作为作家的人的习性。是另一颗灵魂在起作用了。这是歪打正着的事。原本那位作家计划进入一只乌鸫体内，除了设备和方法已经成熟，使他足以基本达成那个愿望的就是他确实希望走进——而不是改变——乌鸫的身体，成为乌鸫的心灵的一部分，从而去感知那乌鸫眼中和其他感官中的世界的模样，感受乌鸫内心的语言和它们同类之间交流的语言。那本来是一件颇具挑战性的事情，好比几位初次踏入火星征程的地球人，在出发前就可能要做好永远无法返回地球的准备，那位作家也做了不可逆的将要一生作为一只乌鸫的准备，甚至有可能遭受脆弱的意外事故，被雷电劈死，被人类的子弹射杀，诸如此类。现在有人，也有仪器。他们观察到一只乌鸫仿佛具有了人的习性，并且是那位作家的习性，实在是既兴奋、不可思议，又替那位作家感到失望和惋惜：

恐怕他再也回不来了。

一只乌鸫的世界也随之消失了。我们看到的是一只乌鸫，而实际上它的身体里人的灵魂正在或已经吞噬了乌鸫的灵魂。

至于乌鸫的语言，只是一些转译而已，并不是一手讯息。

他想和严冬冬分享和讨论关于对乌鸫语言或灵魂进行分析的可能性。原本他只是想研究语言，这是他的初衷。他希望进入一只乌鸫的世界是为了借用乌鸫的感官和心灵观察世界。当他进一步深入，感到灵魂与灵魂、灵魂与躯体之间可能产生的影响和转化，也促使他思考甚至想象灵魂的可能性。这本来也是自然的事，因为他首先想象的便是自己的灵魂能脱离他的躯体，进入那只乌鸫体内。

晚饭后他推开严冬冬的房门，将米诗莱那四本博物学的书放在他面前，问他最喜欢哪一本。果然不出所料，严冬冬选择了《鸟》。他找到《鸟》中关于乌鸫的那一篇，用手指着那段一群迁徙的乌鸫之间如何保证没有乌鸫掉队、两只乌鸫父母之间如何沟通的话读给他听。"乌鸫果然是不会发声的"。一种完全沉默的鸟。读到这里，也是对他不久前书写的提醒——从米诗莱的书写来看，乌鸫难道真是不叫的鸟类？当他读到卡尔维诺写的乌鸫以沉默而不是啭鸣互相沟通的时候，他以为那是卡尔维诺的文学想象，或者某种瞬间观察的发展。而米诗莱也这样说，他是一位科学家。这有些不可思议——一只鸟不发出声音，它们之间又是如何交流的？我们印象中的鸟类都有自己独特的叫声，布谷鸟、猫头鹰、乌鸦、喜鹊、黄鹂、白鹤、天鹅……某些最早的人类就是以不同动物，包括鸟类的叫声，来为那种动物命名的。关于这样的事情多次记录在《山海经》中。而卡尔维诺关于乌鸦语言的书写也可能不尽准确，至少是与米诗莱的书写不同的，他是一位文学家，甚至不愿意重复自己的作品风格，他依赖自己极度聪敏的头脑，在作品中偏向于创造，在情感上却不做太多投入。那也是某些人诟病他的原因。米诗莱是一位历史学家兼自然科学作家，按照我们的推断，他可能更倾向于事实和论证，他笔下的乌鸦——同样是对乌鸦不会鸣叫——的描述要更为丰富而可信一些。卡尔维诺是一位真正的作家，没有传记表明他像他的同行纳博科夫那样对蝴蝶或任何一类动植物怀有浓厚而终生的兴趣。他偏向于信赖米诗莱的书写。然而他的养子严冬冬却对那页关于乌鸦的描述没有任何兴趣，他在写一篇英语作文，*The Boy Has a Beautifull Umbrella*。

卡尔维诺的乌鸦，米诗莱的乌鸦……这位作家的乌鸦。他们三个人的乌鸦各有不同，有两者互为矛盾。

当晚十点钟他又一次拿出日记本，坐在凳子上闭着眼睛。他需要自己先沉静下来，放松，放松，放弃对自身的感受，放弃自我意识。他催眠了自己，终于感受不到自己的存在，进入一种真空般的世界里。在那里他感到身体前倾、变得沉重，他长出了乌鸦的嘴巴、黑色的羽翼，终于飞了起来。飞翔是真实的，又有风了，气流将他托举，时而上升，时而下降，那是身体能够感受到的。他的旁边是自己的四十来只同类。

这可能是一个圈套，他认为不可能看到一模一样的自己。世界上只有那一个在活动的，便是他自己。他看世界一片混沌，没有形状，没有颜色，没有触觉，是空洞的又是拥挤的。他晃动自己，这个巡游者只有在十亿年后才会被发现，通过他想象过的物体的描述，他是一位创造出整个世界的神，是万物诞生之前的物与灵，存在之前的存在。他想到要以乌鸫灵魂的方式进入某只乌鸫体内，此刻他就有了那样的体验。当他意识到这一点，也就是他作为人类时的状态，已经有了乌鸫的意识，以乌鸫的眼睛接受到一个新世界的他对自己过去的回忆，使得他有些飘忽起来，仿佛自己成为一个真正的创造者，具备最原始神的特征。他也通过他所想象的人类——那被人类定义的物体重新阐释，被描绘在时间和空间里，在岩石上，地层深处，在海洋中，他看到自己的形状正如人类所说是一种鸟形的唯一的神。在一片从未有人类踏足的森林内部，黑鸟的形状被同种的树描述，成为上帝视角中神秘世界的一部分，地图册中未被标注的部分，通过另一只乌鸫的眼睛就可以看见。

乌鸫作为造物主的叙事，应该通过一只乌鸫的眼睛和它们群体的心灵记录和流传下来。

和严冬冬那天晚上的聊天，我还记得。在我向他说起乌鸫的故事，描述了乌鸫的长相，以及我的想象和计划之后，他突然向我提出问题。

严冬冬："爸爸，那灵魂是什么？"

严冬冬还只有九岁多。我听到这个问题，想到的是一个大人和一个孩子的对话，我需要以半儿童的心态进入。我没有想太多，就说：

"灵魂是指挥一个人活动、靠近心灵的东西。"

严冬冬接着问我："那它是一个什么样的东西？"

"东西"这个词并不好解释灵魂。他继续追问的时候我还是斜坐在椅子上，我们两个人的椅子是几乎平行的。那时我们两个人是一种聊天而不是严肃对话的状态。我感到严冬冬的问题并不大好回答,因为首先,它在我心里就是不明确的,很难解释。

我说:"灵魂是一个看不见摸不着的东西。但说它是东西也并不太准确,因为我们通常所说的东西是可以被人看见的。但我们也许能感觉到灵魂的存在。我的意思是说,冬冬,我们可以把支配我们一个人活动和思考的东西看作灵魂。"

你看,我依然在使用"东西",这个我自己也不能肯定的词。

严冬冬:"不是吃饭和喝水给我们能量,让我们能够有力气活动和想事情吗?你们还常常对我说,多吃点饭,吃饱了饭才有力气玩。"

我说:"是的,还有想事情。那也是没有错的。我们甚至可以把灵魂理解为一种力气。人的精气神,也与灵魂有关。吃饱了饭,人才有力气做事情,也有力气想事情。电视里面不是也用'奄奄一息'形容一个人吗?奄奄一息,就是人快要死了,只有一丝力气了。当那个人一丝力气也没有了,人就死了,灵魂也就没有了。"

严冬冬就接着问了:"爸爸,你是说,人死了,灵魂就消失了吗?"

"这个……可能是的。"我说,"灵魂可能随着人死而消失,就像我们常常说的,'人死如灯灭'。但是,灵魂也有可能是不死的。爷爷不是常常和你讲鬼故事吗?鬼,也可以看作灵魂。鬼在世间游荡,就是说,这世界上不仅有很多看得见的东西,还有数不清的看不见的灵魂。"

严冬冬:"爷爷说的鬼故事里面,鬼都是坏鬼,还有狐狸精、老虎精,还说鬼是吃人的。那你说,灵魂也会是坏的吗?"

"当然不是。"我说,"这世界上到底有没有鬼,爸爸也不知道,因为我也没有看到过。可以说几乎谁也没有看到过鬼。但鬼到底存在不存在,这个不好说,就像灵魂到底存在不存在,我们也很难证明。我们不能指着某个东西说,看,这就是灵魂。谁也没有那样的本事。我们只能说,你看,是他的灵魂在指挥他思考问题。一个人喜欢做好事,你们老师会说,那个人有一个高尚的灵魂。是这样的吧?"

严冬冬:"老师好像是这样说过。但我其实对鬼更感兴趣。因为老听爷爷讲各种鬼故事,我现在也怕鬼,我睡觉的时候可能会用被子将脑袋蒙住。"

其实我小时候也是胆小怕鬼的,经历可能和现在严冬冬的情况差不多,我爷爷也喜欢讲鬼故事给我听,我爸爸也可能是听着我爷爷的父亲的鬼故事长大的。这种鬼故事隔代传说以至代代相传,我也从我爷爷那里听了那些鬼故事。我们家附近有一片狭长的家族墓地,我总是害怕经过那里,怕有鬼从里面冒出来和我说话,或者拍一下我的肩膀。然而慢慢长大,有很长一段时间我又不信有鬼神存在。

我不打算继续和严冬冬探讨鬼的故事,那样我们两个人可能都会产生恐惧感。爸爸也不是对自己孩子讲鬼故事的合适人选。

我说:"冬冬,你觉得鸟会想事情吗?"

冬冬说:"会啊。"

我说:"那你是怎么知道的?"

冬冬说:"因为人会想事情,鸟也应该会想事情,鸟有脑袋,也有眼睛。"

冬冬的解释似乎是合理的。一只乌鸦和一个人有相似的器官,人能思考,也能说话,有人的语言体系,这些复杂的程序我们认为是由人的大脑激发的。乌鸦也有大脑。"麻雀虽小,五脏俱全",我们没有理由认为乌鸦不能想事情,它们看到变化的世界会无动于衷——事实上当然也不是,每一只乌鸦都有自己的反应。

我说:"爸爸也是这样想的。"

我希望看到他哪天能写一个乌鸦的故事。孩子的世界和心境也许不同,我在做小孩子的时候也有过许多后来被认为是既天真又有些幼稚的想法。我就和他说:

"冬冬,你也写作文,读了很多童话书,哪天你写一个乌鸦的童话吧。你可以展开自己的想象,想到什么就写什么。你要是写好了,说不定还可以参加小作家比赛呢。"

冬冬平时不太喜欢作文。他更喜欢画画。他迟疑了一下,说:

"好吧。"

没过多久,我们就结束了那次对话。我想,即便他用画画的方式表现出来,也是很好的。而我尽管可以设想各种可能性,展现更多的知识,但我现在希望研究乌鸦,我便观察乌鸦,想象乌鸦。我认为自己的灵魂可以进入乌鸦体内。我还幻想着,乌鸦可能有一个完全不同于人类的世界,这是可能的。我试着要去体验和描述那个世界，但我不能确定，我常常会自己推翻自己，或者陷入思想和想象的局限性或空白中。

与孩子的交谈不会比进入乌鸫的世界更难，然而这位作家对它满意吗？如何从人过渡到乌鸫，似乎可以通过意念的转换，而那只被一位人类作家灵魂侵入的乌鸫——融合了一些人的意识——又如何完成与人之间的哪怕是意念的转换？尽管被他写下来了，但那想象中的世界依然是熟悉的、人类的世界。人通过语言认识世界，缺失语言的世界在人内心是寂静无声的，未经描述的。就像人习惯将人的神塑造为人样，我们进入乌鸫的世界，将会看到乌鸫样的乌鸫的神，说乌鸫的语言，见乌鸫的世界。"乌鸫所见的世界——世界的形状和颜色会是那样的吗？"人看上去真实的世界在乌鸫那里将是面目全非的，反过来大概也是如此。

作家想要探寻新世界，新世界却不因作家的意志出现。一个物种自有的世界如何能被另一个物种打开，这种设想看似容易却从未真正实现过。他安慰自己时，深夜降临了，所有人都睡着了，妻子在遥远的异国，严冬冬在童年的梦中，他回过神来，又睁开了眼睛，看见自己不过是坐在桌子前面。

他努力回忆自己刚刚进入的世界，那是幻想的未触摸到的。他回忆起曾经在一本故事书中读到那位作者所写的故事片段。一位老人在临终前反复发出不是他的方言和一生中掌握的其他语言系统的声音，像一条蛇发出的嗞嗞声。他已经失去了意识，却不断如刻录机般重复那段嗞嗞声，那无人能懂的声音。有人说他是在呼唤自己没有回家的女儿。有人说他在为自己做最后的祷告。他的一个三岁的孙子在床前哭着让爷爷继续讲故事。他喂的狗和捡来的猫在屋子里面走来走去。一个乞丐从外面走进来，伸出手说他饿了请施舍一点吃的吧……这个故事就是那位作者借一个乞丐之口讲出来的。他认为乞丐识破了老人临终的话，那段喳喳声是一则简短但完整的故事，就出现在关于老人的故事结束后的备注部分。而我们的作者感到自己并没有进入乌鸦的心灵，没有找到乌鸦的语言，他觉得自己失败了，不愿继续下去。他坚信这个不完整的故事没有经过精确的转述，一方面它中断了，另一方面它不仅完全没有发生过，也不是被翻译过来的。他陷入深深的熟悉的沮丧之中：

为什么自己不是那个通灵的乞丐？

亲爱的读者，你们能理解并安慰他吗？在这样一个深邃的夜里，合上一本最近在读的新书，又读完了一封早已无法验证真伪的别人的长信。想到每一次失败的尝试和一封被抛弃的人写给他从前情人那并不粗俗的现任丈夫的信含有相近的意味，我倒愿意今晚临睡前给这位同样可爱的作家写一张短笺，请他不要沮丧，重新审视那个作品和他自己吧！请他忘掉那个必须出现乌鸦的故事，给自己的小说打上最后一个句号。信任那一切发生过：

一个人曾经成为乌鸦。

飞行中它被猎枪击中，跌落在森林深处。

2020 年

雪山镇

> 我死之后，会有什么新闻？
> 请告诉我，该葬在哪里，
> 能吹到东南风？

大门缓缓关闭时，回望那身后广阔的、铺着褐色和暗红色石块铁器般的戈壁滩，见它更像另外一个世界朝我们敞开的怀抱，封闭了出口的放逐地。

从此我踏入格夏卡区①。它的名字以朱红色印刷体写在那已经关闭的外面世界的大门之上，每个字都有一平方米那么大，令进入其中的每一个人抬眼就能看到——在它的背面，也就是我们面对的大门，同样一座高高的大门，则书写着"雪山镇②"三个字，颜色是白色，朝向真正的、

---

① 格夏卡区：经向当地朋友请教，"格夏卡"，音译，大意为尊贵的人的临终之时。经此解释，也就很好地理解格夏卡区的设置意图。
② 雪山镇：可理解和想象为世界边缘之镇。它本身包含某种乌托邦色彩，只是看上去并不那么明显。生活在那里的人——我们所指乃是格夏卡区之外的世人所见的"雪山镇"——很有神秘性，他们的生活和遗传与东方人不同。本文没有描述，是因为当时车队中的人不能和当地人有亲密接触，也没有了解到他们的生活。哪怕是雪山镇那么一条小小的草绳一般摆放在大地上的街，也有大量让外人瞠目结舌的离奇故事，足以写成一部大书。而这部真正的《雪山镇》，不知何时，将被何人写成。

一去不能复返的雪山镇。

一块牌匾的两面，两种颜色，两个不同的名字，分割的是两个世界。一个人不能同时看到"格夏卡区"和"雪山镇"。当他从雪山镇的门牌下走过，进入格夏卡区，雪山镇的大门就永远对他关闭——外面的人永远面对神秘的"格夏卡区"而无法进入，里面的人抬头见到的都是"格夏卡区"，远望着那来时路：雪山镇。

这正是我们这些人希求和最终抵达了的世界。

我看到大门几乎已经关闭，外面那片无垠的大漠正在合拢、消失，如一艘大船沉入海底……雪山镇也留在了外面。我在心里默念着：

再见了，我的世界。

再见了，我爱的人。

我已渐渐习惯格夏卡区的平静，习惯了这里的时间。

又是一个夏天的夜晚，和往常一样，我吃过饭，在外面散步后，又回到这里。当我决定写这最后一部关于我的作品，不早也不晚，书写的速度和思想频率相当，尽管思想几乎还要快一点点。伸出无形的手去捏住思想的球形穹顶，希望它们与我的手同步。当我停顿下来，感受到来自身体的活动，伸出真实的右手抚摸自己颈部，那里除了跳动的血管，还有熟悉的活动肿块——它被药物限制生长，依然在长大，在活动，汲取我的生命，但没有阻碍我的行动和思想，几乎没有。

坐在这里，想到个体时间的尽头，我的临终之时，仿佛已经看到，正如太阳升起，太阳落下，尽管是在这里，他们说，已经延长了我的生命。这也是经过我和家人同意的。

一开始我并没有计划好写作这部作品，至少不是现在，因为当初——那是很久以前了，我明显感觉到身体在改观，时间在发展，甚至可以说，如果从前我曾将一生分作五段：童年、青少年、壮年、中年、老年，那么我现在可以将人生多分出一段，这一段还没有完全定义好，却已经存在了。这"第六段人生"，不在中年或是老年之后，而是一段"多出来的人生"，它可以嫁接在任意一个格夏卡人的任何一个时间段。对我来说，它就在我的壮年之后，中、老年之间出现，使得其中的一段延长。

我已经成为一个格夏卡人。

正是被拉长的一段时间，让我在此地生活从容，被一种希望充满，开始了最后的书写，同时度过我的生活。有时感到难过，可我并不悲观。我曾在那张领到的说明书背面写上名字"严清秀"，敲开遥远的大门。

地点：昆仑区[①]

在这里，每个人都单独住在一间房子里。

昆仑区的楼房平视颇有异域风格，从空中俯瞰，像一间间工厂厂房。每栋楼房只有三层，屋顶是灰色。每层有一条长长的走

[①] 昆仑区：据说是已经失传的汉代书籍类目书《河图括地象》中记载有"昆仑山"：地南北三亿三万五千五百里。地部之位起形高大者有昆仑山，广万里，高万一千里，神物之所生，圣人仙人之所集也。出五色云气，五色流水，其泉南流入中国，名曰河也。其山中应于天，最居中，八十城布绕之，中国东南隅，居其一分，是好城也。这一词条被晋代极其博学的书生张华（232—300年）收入其博物书籍《博物志》中。因张华活跃在世间的年代与两汉相接，他的说法至少在书籍传承比较为可信。《河图括地象》已失散，而张华可能亲眼阅读过此书。格夏卡区内的昆仑区之命名，第一采纳了古昆仑周围之城是为"好城"，而格夏卡区也离如今我们真实所知所见的昆仑山不远。

廊，走廊两侧各有六道门，其中十道门打开后都是和我所居住的一模一样的房间。楼梯间布置清新，墙面是淡黄色的。

这里便是昆仑区，格夏卡区的一个社区。里头住的都是病人，殊途同归，人人都是慕名而来。

昆仑区内有一座小山，叫作小昆仑山，它的形状像成年女人的一只乳房，是锥形的。当我来到山上，在山腰远眺，会看到更远处一些房子、树木、草地，成片的房子颜色和形状统一。原因很简单：这些房子都是一批一批在同一时期内、以相同规格建造起来的，因时间不同，而被设计成不同的样子。这样一来，格夏卡区看起来颇有层次，并不单调。

我住的那片房子是昆仑九区，它由六栋相同形状的三层小楼构成，楼的外墙是一种青灰色砖头的表面，没有粉刷。昆仑九区的外面还有十几个相近的楼群，都以"昆仑"命名，共同组成一个几千人的中型社区。

昆仑社区整体颜色接近灰色，乃是各种不同的灰。从空中看去，和周围大地的环境几乎融为一体，让人不易察觉。就是在这样一片一片标准楼群中，我们得以直视死神降临。

这里甚至没有正式的医院。

还有人将它包含的一切视为一座庞大的医院。

从前在乡下，人们出生、生活和死亡，大多和医院搭不上什么关系，要么熬着，病了去卫生所开点药，也有上门的赤脚医生；死，人们更愿意死在家里。我不记得我那原来家乡所在市第四人民医院是什么时候在镇头镇上建立起来的，也没有在那里看过病。我两位爷爷、两位奶奶，他们都是在家里去世的。我也出生在家里。

而今我坐在这里，看到时光流逝，住在分给我的房间内。一室一厅一厨一卫，日常作息，自己做饭；我有书桌和书架，书桌上放着笔记本电脑和记事本、笔筒，书架上有几十本书。如果此刻要我回答那个全世界著名的问题——

如果你将流落到一个岛上，永不反悔，允许你带十本书，你会带些什么书?

答案就在我的书桌上，比答案更多出来一点：一套博尔赫斯全集，其中每一本我都翻阅过一千遍，而从未全部读完；从童年便开始阅读的《一千零一夜》，少年时开始阅读的《十日谈》——它们都是因打发时间而生的书籍；描述一个虚弱者的美好时代的《追忆似水年华》——它也是一个掘之不尽的人文宝库；法国作家菲利普·阿丽耶斯的《面对死亡的人》；一部两卷本的《诗经》；三部个人诗全集，两本我朋友的书……有时候我感到时间的流逝、时间的短长，和一个人心情有关：当我心情好的时候，就觉得时间不经意间已经过去了，尽管做了不少事情，见到了一些人；而心情不好了，时间也很不容易度过。日子就是那样熬的。

我看到桌子上一枝早已干枯的月季花被风吹着，那干成脆纸样的黄白色花瓣随风微微摇曳，仿佛要破碎，要掉到桌子上，并且它实际上已经开裂了，却仍然差不多是昨天的样子，没有继续干枯，几乎已经丧失掉全部的水分，不会更干燥，没有变新鲜——桌上的月季花永远都不会恢复新鲜了，这是我知道的。而当我心情不佳的时候，就感到自己比这月季花瓣还要衰老得厉害。

人物：姜永华

有人说，格夏卡区世界各地都有，只是叫法不一样。

启程前往格夏卡区之前，我收拾好东西。按照格夏卡说明书①上写的，带一些书籍、笔记本电脑、几件纪念品、一个自制锦囊②。衣服只穿一套，带一套路上备用。

当我收拾好东西和家人告别，妻子已经哭成了泪人。她独自坐在床上，只穿一件背心一条短裤，双手垂着，在那里哭，哭相很不好看。我知道一个人伤心难过的时候，和人大吵大闹的时候，就会表现出和平时大不一样的神情，有时变得丑陋，有时变得可悲可怜。我见过妻子那种独自哭泣的样子。从前我们吵架，当她觉得我欺负她的时候，就是那样歇斯底里哭泣的。我站在屋子里不忍心看她，又不知道怎么安慰她。女儿长大了，她在外面上学，不知道家里发生的和即将发生的事情。以前她经常看我和她妈妈吵架。从大约六岁起，她几乎从不安慰我们，只为我们拉过一次架，那是在她四五岁、我们还住在另外一处地方的时候。我和她妈妈在客厅里大吵过后，她妈妈坐在那里哭，女儿走过来，拉着我的手说："爸爸，我们去外面看星星吧——"

---

① 格夏卡说明书：在北上广深及国内其他数个大城市中的某些三级医院有一个不起眼的部门，与临终关怀有关，通过对收治病人的诊疗，对那些生活能力较好的病人，到最后无可救药的关头，将向病人及其家属出具一份"格夏卡说明书"。这是一种临终选择，而且并不是人人都可享有的。病人和家属可以根据自身情况，经再次详细评估后，考虑是否接受格夏卡说明书的条款，从而确定获得一份正式的入驻邀请书，在数日后准备进入格夏卡区。关于格夏卡区已经在前面介绍。在格夏卡说明书上，如下几条值得重点关注：
凡进入格夏卡区者，皆为格夏卡区邀请之人；
凡进入格夏卡区者，格夏卡区将为其终处所，一经进入，便不可返回；
需是一个主观上的好人；
需抱有一个可描述、可实现的理想，作为个人的最后事业；
在不加以干预的情况下，余生不超过十二个月；
拥有较好的独立生活能力；
需缴纳一笔费用，金额视情况而定；
将与格夏卡区签署一份"格夏卡协议"。
② 锦囊：内含一小瓶毒药。

以前我生活懒散，不求上进，看问题偏激。她就和我吵架，撕心裂肺地哭。我很难过，也反省自己。

看着妻子熟悉的样子，那么楚楚可怜，她已经四十五岁了，却像多愁善感的少女，又是脆弱的母亲。我走了过去，坐在床上抱着她，双手拥着她的双肩，我亲吻她沾满泪水的盐一般咸的脸，亲吻她的眼睛；我的头搭在她肩上，闻到她头发的味道，那是多年熟悉的味道。我亲吻着她的头发，自己也哭了。我的黑色箱子已经在客厅，东西都收拾好，这可能是永别了。

永别吧——永华！

我又站起身来。

给女儿写了一封长信，就放在她房间的抽屉里。

女儿自三岁以来画过的画和她的作业本、父亲节和我生日时给我画的卡片……我保留了很多。从那个保留了女儿成长和赠予纪念的木箱子里，我带走了一些画、作业本和节日卡片……想到走后妻子和女儿的生活，这情景已经预演过多次。从前我们最恶劣地吵架，我心里已经打算好恐怕以后要离婚，她也将那样独自哀伤和悲痛：我不知道离开以后妻子会怎样难过；她一个人能带好女儿，陪她成长，能料理好自己的生活吗？妻子的独立生活能力一般，多少年来在北京，她尚且不能辨别方向，不认路；她不知道每年去我们另外一套自从买来就租给别人而需要我们去缴纳物业费、取暖费的房子坐几条线的地铁才最近——以前，要么是我去，要么我们两个人一起去：她是多么依赖我啊！尽管我不是一个多好的丈夫！

我心里难过极了。女儿已经长大了——我不能看到她的恋爱和出嫁了！尽管那肯定是一个父亲不愿意看到的！……我为自己难过。原本我写下这些之前，并不是抱着最沉痛、追悔莫及的心情动笔的。一个人看来并不能把握自己的情绪啊！何况我连自己的生活、自己的人生也未能把握好，不然，又何苦落到如今这个地步？尽管外面一切看上去那么自然，和从前的环境有区别却也看上去不过是另外一个城市，尽管我隔壁和对面，其实都住着和我在某种程度上有着相近宿命的人——他们各自都在接近自己生命的终点，而选择了延续自己活着的日子，决断了从前的一切，又在解救自己的。我也放弃了自己从前生活中的一切，放弃了妻子和女儿，父亲和朋友，也放弃了不清不楚的尘封了、断绝了的情分，过去的温情、光荣和丑陋，只是为了一种连我自己也只是听闻而没有见过的最后的生活——

那最后的时间。

我从家中出来。按照申请入驻格夏卡区说明书上所写，它将帮助一个人延长三到十倍的生命时间。这正是格夏卡区的意义所在，也是它吸引世人的唯一原因。

时间允许，我可以说一说它的原理，那并不复杂——在格夏卡区，是另一个时间场域，仿佛一个看不见的磁场，它那里的时间是地球上其他正常时间的某个倍数。一个最简单的比喻：天上一日，人间一年。格夏卡区的情况正好用这句从前神话中的时光差来理解。只不过它对时间的设定是：

格夏卡区的三日到十日，是其他一般地方的一日。

至于是三日还是十日，为了方便理解和接受，它被人为设定为三日、五日、七日、十日——不是自然形成的时间，而是可控的时间。如果是自然形成的超越正常"人间"的时空地带，那么可以想象，它将为类似寻宝人所追逐，一个人发现了，第二个人，第三个人……第十个人……更多的人趋之若鹜，最后不是形成一个被统治的区域，就是最终毁灭它。而人为控制时间的格夏卡区，因为有了一把"钥匙"，如有必要，它可能随时停止时间的变化：你可以理解成它有几个按钮，有一个最关键的按钮，就像控制核电站事故的最终按钮——可以让格夏卡区在面临失控的紧急情况下瞬间恢复为一个普通不过的西部区域，有人可能在下一周就会死去，而不会等到三个月以后。

我认为，就像它所描述的，将时间拉伸为原来时间的三倍、五倍、七倍、十倍，对面临绝境的人也是比较合理的，因为我们要认识到一个人的生命有限，无限修补、人为延长归于徒劳，忒修斯之船不能无休止地被建造。

患绝症是符合进入格夏卡区的基本前提……节制是一种美德。格夏卡区的存在，是给节制者的最后礼物，最后的栖身地。在这里，一个人可以继续完成自己将要而未完成的事业——

除了签署一些知晓和善后的、无法撤销的协议，还需要缴纳一笔费用。我觉得这也是必要的。要收获，必须有所付出。任何一个家庭、任何一个国度，都不必对所有人敞开大门。一定的进入规则也让某些人有所选择：认识自己，量力而行，顺其自然地追寻自己的命运。退一步说，格夏卡区也只是非常清晰地给我们一段已经划定好的时间延长倍数，这段时间的长短，尽管我们是可能选择的，但是它与我们各自的身体状况、未完成的事业，以及将缴纳的钱款有关。如果身体和事业允许，一个人可以将弥留的半年延长为一年半，或是最长的五年。十倍延长有最严格的要求，不仅需要缴纳的金额是最高的——高达一百万人民币或十七万美金——还需要你有一项称得上杰出的可能完成的事业。我希望自己能以那样一份事业的结束作为我一生的句号。我选择了七倍延长我的生命时间。按医生对我最乐观的估计，我将有最多四十二个月左右的时间。

四十二个月，我会做什么？

我将收获些什么？

我会怎样离去？

就像妻子以前总问我，为什么在社交媒体上说那么多？为什么要说自己今天写了多少字、明天写了多少字？为什么要和人说你又没有了工作？……我想解释，却又不愿意解释。我想我有说什么的自由，就像我已经默认了人们接受我或者误解我的自由。我并没有伤害人，只是在自己的阳台上说话、做事情。我不想说话，不愿解释，可心里还是会问一问自己：

我为什么会那样做？

我真的需要那样做吗？

我不想和人说。我不想对妻子解释。可我自己也要让自己糊涂，或者蒙蔽自己吗？离开之前的那天，我再一次和妻子说："我想写一部全新的作品，那将是我自己。"妻子那天晚上竟然没有再反问我"为什么不能留下来陪我们"。我可能还有三个月，或者乐观地说还有半年。我还能为妻子和女儿做什么？又能为她们留下什么？多年来的陪伴还不够吗？一定要看着对方离去吗？但我也对自己将要孤独地面对死亡时的感受没有把握——很痛苦吗？比童年时在卫生所打预防针要痛一百倍吗？独自离开会感到悲戚吗？……我和妻子长久地拥抱在一起，我们都光着身子，还接吻了——我们已经很久很久，简直不记得多久没有赤身裸体面对彼此了，我们上一次接吻的时间可能要追溯到十年前……不记得从什么时候开始，我们亲热的时候，过夫妻生活的时候，我几乎总是穿一件上衣——那代表什么？意味着某种保留和拒绝吗？妻子倒是喜欢脱光了衣服。现在我羡慕起妻子的纯真来。我是她此生至今——也许终生都是——唯一一个男人。有时候我甚至会为此难过，觉得她为什么从前不多谈几次恋爱，为什么不像别人那样多多品尝恋爱的果实？为什么她始终能坚守住自己？如此所想的我又是多么令自己羞愧啊！可我也常常在愧疚之后安慰自己：我也是一个人。有人提倡为了快乐就去爱。还有人提出，为了快乐，即便没有爱，也可以和人上床。他们都没有错，我不能证明他们的想法是不可以的。也许我跟不上时代了，我的思想也陈旧了。当我看到那些人自然地暴露自己的身体和内心想法的时候，我相信那时的她们是坦然的，纯真的，她们就是希望那样，并且那样去做了——当我们相拥着最后睡着的时候，我没有做梦，第二天睁开眼睛，妻子已经早早起床，做好了我们两个人的早餐。

地点：火车上

我出门就是在那天，2019年7月31日，也是我生日后的第三天。

我走在去地铁的路上，六号线转四号线，在宣武门登上集合同行的小巴车，到了南三环大红门外的南苑机场，准备从那里坐飞机先到兰州，从兰州转坐火车，而后坐汽车、徒步，往西边再行两千多公里，才会抵达最终目的地。小巴车每排只有一个座位，每个人独自坐着，我也没有找人聊天。几乎没有人聊天，只有司机和一个我叫他老冯的人，还有另外一位女士，他们坐在前面偶尔说说话。等我们到了南苑机场，老冯就来和我们告别。他长着一张坚硬的黑脸，那张脸我再也不会见到了。

当日下午四点多钟，我们乘坐国航CA1221，两个多小时以后飞抵兰州中州机场。没有和兰州更多接触，又坐上另一辆车，直接去兰州火车站，再往西行。一路上都是在夜里穿过，等到我睁眼醒来，天也亮了，却只是微微亮，仿佛还是四五点钟——而时间显示为六点多。

在火车上，我们睡在卧铺车厢。我，以及我的同伴。天已经亮了，他们陆续从低矮的卧铺中起身，从钢筋床里伸出头来。后来我们吃了点早餐，只有水和一种干馍馍，味道也还不错。

火车一直往西行驶，窗外已经是一片灰白色、灰黄色的荒漠，偶尔能够见到土堆和几丛同样是灰色的植物飞快划过。我想到曾经读过的书，想象过探险家马可·波罗、斯文·赫定、斯坦因们经过和描述过的土地；我在从北京经山西飞往兰州时俯视过枯燥的、荒芜的大地，大地上有干涸的远古大河流经的痕迹；我想象过诸如白杨和黄杨那般耐旱的植物偶尔出现在无垠的戈壁中……如今我正途经那片土地。

坐在窗边，我才看清对面的两个人，一男一女。男的和女的说话，后来又找我说话。我看着他们两个，也没有了分别心。那女人徐娘半老，看上去还有五六分姿色。重要的是，他们两个大概也和我一样，是带着各自将死的消息来的，因为在北京的小巴上我们也一路同行，那时车上中后排没有人说话，都是沉默。

经过一夜睡眠，有人已经恢复到短暂的平静中，仿佛在做长途旅行，有人习惯独处，有人忍不住要找人说话，而我也习惯性地坐在靠窗的椅子上，看着外面移动而几乎没有树木作为参照的土地：近处的土块飞速移动，远处大地的形状慢慢像转盘一般变换着位置，必须仔细盯着才会发现它们的相对移动。事实上，就比如此时，当我们几乎失去了参照系，运动中的人竟然很难判断自己是以什么样的速度运动，又是到了哪里，而只有偶尔经过一棵也许已经枯死数百年的杨树，或是一个远远的业已废弃超过一千年的古堡的遗址，才能感受到自己是在移动，而不会认为身边的一切是静止的，大地、地上的古堡与树在运动。还没有看到动物，没有骆驼、羚羊和狼，没有沙漠鼠类。我想着，也许能让我们"将一段时间延长"的不是某种真正的技术，而是给我们制造某种幻觉——即，一个人判断自己所处的时间和时间的长短，如果不是完全凭借感觉和内心的参照（比如不间断、以相似的频率数数字），便是因为参照的外界事物发生着变化：日升日落，春去秋来，大雁南飞……另一个人的衰老……如果我们来到荒漠，我们接近北极圈，从前的参照事物要么消失不见，要么失去了原来给我们的习惯性坐标，也失去它们相对于时间的意义；在外界环境几乎失效的情况下，对感觉的影响和控制变得更为重要，甚至可以成为唯一影响"个人时间"的事态。如果一个人永远处在白天，永远处在一个季节同一种天气；如果一个人总是处在变化但无规律的人群中，处在一个花团锦簇而没有任何指示牌的园林里，我们将如何判断和感受自己的时间？

但我还是猜测，格夏卡区的运行规律并不是改变人的感觉，干扰人的意识，否则，我计划要做的事情，即，书写一部关于自己和给自己的大书，便几乎不可能完成。因为感觉可以变化，梦中的时间可能长过白天清醒的时间，而一个人创作和书写的速度不会因为某种意识干扰而有巨大的改变，人的行为毕竟表现为一种物理运动，要在豹子和树懒之间进行行为切换我认为是几乎不可能的。所以我想，也许那里是另外一个世界，有另一套全新的时空法则。正如如果真有造物主，如果真的存在上帝，那么人类不能理解上帝，不能理解上帝在创造万物之前在做什么，以及他为何制造出一个并不完美的、充满善恶的世界，而不是一个美满的、平和的世界，就变得可以解释了——对那个创造者而言，读者永远不可能完全理解他，因为他从源头、从根本上超越了我们。

相似的事物陈列在外面，在我眼前的是比电影中美国西部世界还要荒芜、寡淡无数倍的环境。因为与外面隔绝，火车带着我们沿铁轨飞驰，即便外面有野草、有伏倒的树木，有野兽,我们也很难靠眼睛捕捉到。因此我也觉得乏味,只能靠胡思乱想来打发了一段时间,慢慢地就感到困倦,却又不愿意总是在睡眠中度过。

关于睡眠,我有长篇大论可以抒发。我所有的时间不多了,希望自己尽量不要将它们耗费在睡觉上面。从前我们熬夜,有一个声音会提醒我们,"早一点睡吧,对身体好"。而到了如今,对"身体好"的希冀已经不必要了,如何从睡眠中抢回来时间,是我们关心的。我翻开了随身携带的一本书,是斯坦因的《西域考古图记》,书中有无数影印的纸片,有中文的,也有其他我不能识别的类似字母拼音的文字、蝌蚪文,真是令人眼花缭乱。对那些可以辨认的汉字文本,我能从中仔细读到一些内容:香客对佛寺的捐赠记录、佛像故事,部队行军记录,以及地方官府的法律文书。我一面读着,消耗着时间,一面又联想起曾经读过的斯坦因的另外一本书,《西域考古记》,两相对比,心中又产生了矛盾——作为探险家和考古学家的斯坦因,还有和他前后踏入西域的西洋人伯希和、斯文·赫定,他们既是历史的挖掘者、文物的抢救者,同时又兼着盗贼的性质。而如果不是他们的探险和通过艰辛、狡诈的寻觅和诱导,将那些中国和西域各国的古代文书、木板书信等加以发掘,乃至将它们运到西方的博物馆,也许它们将毁于后来的战乱和社会与政治运动,或者还将继续埋藏、散落在西部的荒漠与戈壁中,逐渐被岁月与风沙侵蚀,成为地球碎片的一部分。也许我正途经古代战场、城邦和村落,而只能通过这些薄薄的可以继续复制的书页,在旅途中吸收的知识,通过一本书、几张照片,展开对过去时空的想象——过去其实就在车窗之外,和现在没有太多区别。

我们的目的地就在和田地区,可能不在城市里——至少不在地图上的城市里。我曾路过一个湖泊，也在我们的左手边，在茫茫沙漠中。湖水是深蓝色的。那湖泊一定很深，说不定湖底还有另外一个世界——这是我无边的畅想。因为新疆地区远古时期曾是一片海洋，我们路上也见到过不止一处戈壁中层叠明晰的地层，那是地球数十亿年来自我生长的遗迹。在那样的地方见到一个如此幽蓝的湖泊，难免让人惊呼大自然的奇迹。湖泊的底部也许就是当年的海底，也许那片湖泊是远古海洋的遗留，湖底还有远古海洋中的鱼类和奇异的生物也说不定。到了如此地步，我宁愿相信神迹，相信幻想，相信神灵的创造和未知的力量。我还相信神迹将会显示在我自己身上。

在库车附近，在一片荒漠中远远地可以望见房屋和树。我们的车子停在那里，仿佛是在等待入境的批文。等了许久，车子又开始启动。我们这些同行者已经分乘三辆汽车，每辆车可以坐八个人。一开始我以为将要抵达目的地，后来才发现并不是。司机是三位少数民族，都不说汉语。我们仿佛进入了异国他乡一般，四面是不熟悉的土地，几乎也没有碰到什么人，而开车的是三个有着中亚人面孔的大胡子男人，两个白胡子，一个黑胡子，他们都有一张长脸，头发很短，并且有些卷曲。路，是沙土路，也许沙土的下面是一条水泥路，却被沙土盖住了。我们的车子扬起一片尘埃，当我从反光镜往后看，后面除了一辆我们自己的白色车辆，便是一片迷茫。

此时已经不大能辨别方向，天依然是白天，太阳没有我在北京常年看到的那么明亮，而呈现出一片明亮的白色日晕。因此我们仿佛走在一条环形的路上，不知是在往东，还是往西。我能分辨的是，左手边是荒芜的沙漠，一片灰白色，右边的土地倒是隐约还有一点生机，看得到褐色的岩石，偶尔还有一丛一丛的低矮植物：看来我们是在沙漠的边缘，在戈壁上行走。

这是我从未有过的经历，心中不免有些激动，想拿出本子来记录，便从书包中找出了笔记本和笔，在上面画画写写。那一路上并没有无线网络可用，我的手机成了计时器，无法通过网络查阅当时当地的其他信息。直到后来，也就是抵达格夏卡区之后，我领到一台笔记本电脑，用上了公寓中的网络，才从卫星地图上找到当时大概经过的地域，恰恰乃是阿克苏—喀什—和田那一段呈半圆形的路段，中间便是广袤而毫无生机的塔克拉玛干沙漠，新疆的腹地。

我们的汽车足足开了五天四夜，中间也有停顿。我观察过那些不熟悉也不会再见到的中国西域——两三千年来亚洲的十字路口。而我经过的阿克苏地区，也许沿路正是那位千里寻子的王道士途经之地。这都是我后来才意识到的。

王道士离我远矣！

我们已经永别过了。

人物：王道士

王道士，五十多岁，穿着简单，青色道袍，从高台县出发，打算去新疆寻找他失散十六七年的儿子。

我问他具体要去什么地方。他说一定会去的地方是阿克苏地区的阿拉尔市，那是当年他还是俗人时与一位在当地的锡伯族姑娘相好的地方。姑娘的名字他已经忘记，她的人也许已经不在阿拉尔，因为当时她也只是在阿拉尔一家饭店打工，直到后来写过一封信给他，说他们之间有一个孩子，男孩，不姓王，随他妈妈姓何叶尔，汉名何蓝。姑娘随信给他一张她怀抱孩子的照片，那时孩子看上去只有两三岁。

阿拉尔处在塔克拉玛干沙漠北部边缘，属于人可以生活的地带，当地有个景区取名"沙漠之门"①，意为进入大沙漠的必经之地，这是我后来通过网络查阅到的。

王道士长得白净，还有点胖，也许长年的修道生活并不坏。我问他为什么如今想起要去寻找自己的儿子。他说，上个月的某天，他突然意识到做道士的疲惫了，内心感到孤独，看到道观中的大树常年叶生叶落，而自己的修行仿佛也没有更多长进，除了人胖了一点，多少年来没有什么变化，从前拥有的突然觉得都失去了。他想起自己那个不知姓名的儿子，就像传奇书上写的一般，于是决定：出一趟远门，如果能找到自己的儿子，就还俗去过新的生活，如果不能，也要在外云游两年再说。这是一个浪漫的想法，他就那样做了，像我一样，如今已经在路上。

他取出一块金属质地的太极图吊坠给我，说是见我人不错，留个纪念。那块太极图看上去还是新的。我推辞。王道士说，他还有好几块，路上准备送给有缘人。既然那样，我也连声称谢，将太极图放进自己衣服口袋中。王道士和我都将在终点站乌鲁木齐下车，然后各自转车去往目的地。我想，王道士可能并不会有真正的目的地。他的儿子还能找到吗？他到了阿拉尔，恐怕真要做个四处游荡、心中留一份执念的出家人。也许他一无所获，终有回去的一天，尽管回去也并不是回到一个家庭，乃是他早已厌倦的道观——

而我将一去不复返。因此不免羡慕起他来。

王道士坐在窗边，我也靠窗坐着，和他面对面。后来他讲得

---

① 沙漠之门：塔克拉玛干沙漠至少有两个沙漠之门。北面的沙漠之门，以及南面的沙漠之门。南面的沙漠之门位于雪山镇附近，即格夏卡区之门。这一道门乃是通往临终世界的门，并不对普通人开放。而北面位于阿拉尔地区，也有一道"沙漠之门"，乃是出入塔克拉玛干沙漠的地方。如今此地已经辟为游览地。

疲倦了，想说的也基本上讲完了，我又无话可说，他便不再说话，一手托着腮，斜望着窗外。王道士独坐沉默的样子十分朴素，半分常人，半分道骨。再后来，他和我打了个招呼，说往前面走走，就再也没有回来。

我又继续坐着，直到中午时分，才吃了一碗面。快到玉门或柳园的时候，列车减速，发出长长的啸叫，我走到车厢连接处，通过洗手间半打开的窗户，看到外面沙地上长着一丛一丛半人来高结着红色小果的灌木，也许是戈壁天门冬，或者是某种准噶尔无叶豆，又或者，干脆就是枸杞吧。只有在列车减速，或是停下来的时候，我们才可能发现外面别样的颜色、可辨认的植物。

如果你翻阅过沙漠植物百科，或在甘肃、青海、新疆等地的沙地上走过，也会看到不少植物。你会发现，荒漠中有许多开红花或结红色小果的植物，它们名字各有不同，而都以红色居多，即便叶子很少，也要开红色的小花，结出红色果实，仿佛是为了给人引路，或是以醒目的红色证明自己存在。大地原本是冷静的、灰暗的，却会让植物长出绿色的叶子，开出红色的花，结红色的果实，实在是一种难以言表的创造。当我们再次想到造物主，也只能感叹它的万能和不可知。

在车站只停了几分钟，卧铺车厢中不见有人上来，我们朝同一个方向继续行驶。整个旅途中，白天漫长，直到抵达乌鲁木齐，时间已经显示为晚上八点多钟，太阳依然悬在天上，让人觉得也许那段光明的时间真的是延长了的、多余出来的——可能这也是为什么格夏卡区会出现在西域这块广阔而神秘的土地上。

我尽管与王道士已经分道扬镳，机缘巧合，后来又遇到一位特别的人。她是一个女孩，或者说，她曾经是个小女孩。她并没有亲身出现在我面前，而是将自己的一段故事写在一张纸片上，塞在列车的一处地方，像大地的漂流瓶一般漂到我面前：

我很早就被自己的母亲抛弃。家里女孩太多，必须卖掉至少一个。我是中间的那个，不大也不小，那时还没有干活的能力，妈妈就挑中了我。我的妹妹们在地上爬，脏兮兮的。我学做饭，还没有灶台高。我扫地扫不干净，被妈妈骂。她们去摘沙棘果。有一天，我妈就把我卖给了一个中年男人，他牵着一头驴子，和我妈在厨房里商量了一阵，就把我给带走了。

这个悲戚的故事用蓝色圆珠笔在一页纸上写着，塞在列车洗手间洗手台下方一个破洞里，被我抠了出来。我继续读着：

后来我开始学耍杂技。那个男人是耍猴的，有一头骆驼和一头驴。骆驼驮着日常用品、两把黑铁枪头、铁环，一些其他耍把戏的刀具，我坐在驴子上。一开始什么也不会，后来我学会了踩高跷、打钞；我叫那个人高伯伯，后来叫他爸爸，现在成了他的老婆，但是没有名分。他已经老了。

昨天我们在一个很穷的村子里表演，演了两场，总共只有七八个人观看，只收到十几块钱。有个老太婆给了我一袋土豆，大概有四五斤。看戏的人少。给的钱也很少。没有获得太多同情，可能因为我们都是成年人，又不缺胳膊少腿的。其实我也不需要同情，只是经常觉得没有意思。唉！不知道怎么说好！

故事只写了三段，几乎没有故事。这是一趟普普通通从兰州开往乌鲁木齐的列车，来自四川，它的起点是成都。从四川，经甘肃、青海，到新疆，在路上穿过数千公里土地，时间是一天一夜还要多。在这样一列超长途列车上，在破旧的列车第十一节卧铺车厢的洗手间，不知被谁悄然留下一个回忆般的故事，恰好又被一位必定一去不返的乘客看见……那位姑娘写下了这些，又将它遗弃，我愿意相信它是一个真实的故事，也许是作者本人留下的，或是遗弃者另有其人，另外一位读者，也许它是一封书信的一部分，一本日记中的一页。有的日记作者会因为某种原因撕毁或撕去日记中的某些部分，比如小树[1]曾给过我一个她自己的日记本，上面抄录了一些美文和箴言，还有一页写给我的信，几页被撕去的已经无法看到其中内容的日记。

  我只能想象一个辛酸故事的开端和结束，就像在旅途中看到窗外两个人骑着一头驴子经过，他们很快就落到列车后面，消失不见了。

  我想我不应独自占有这个故事，就将读完的纸片又叠起来重新塞进那个孔中，以便分享给下一位故事漂流瓶的获得者。它依然在那里，等着下一个人去打开，或者被列车清洁员收走，作为

---

[1] 小树：在我入驻格夏卡区之后秋日的某天，一位女士来敲我的门。我开门见到她，便一眼认出了她，即便那时她已经看上去有五十岁，容颜比我仿佛还要苍老一点。她留着短发，穿一件淡黄色的连衣裙，上身加披一件无袖毛衣。我在开门面对她的那一段时间，大约三秒钟之后，我们彼此看着对方的眼睛露出笑容——然而我竟突然想不起她的名字，只好以笑容作答。她还是那样敏感，看出了我的尴尬，用她那我熟悉的班主任的方式朝我伸出一只手，说："你好，单丁丁，我是小树啊。"单丁丁是我从前为自己取的名字，因为我敬慕大诗人但丁。而她就是我二十年前的恋人。多年未见，也没有联系，最后没想到相逢在格夏卡区。后来她和我讲了一些关于她的故事，看到我的名字，想了很久，还是决定来看望我。我在格夏卡区的最后时日是在她的陪伴中度过的。后来我也听到格夏卡的钟声为她敲响——关于那些故事，会出现在一部叫作《格夏卡区》的书里。

垃圾汇进垃圾袋，扔到这列火车途经的任意一个可能的站点，永远被埋没掉……然而那个故事的写作者还将生活在某处，也许还在过着如她所写的跟着一个老男人耍猴把戏的人生，最终成为一位愁容满面的女人。

人世无常！有的人会遇见两次，有的人我们终生不相识。

地点：终点旅店

后来我们就到了位于和田的雪山镇。

雪山镇三面环有沙漠，朝南的一面，远远望去郁郁葱葱，更远处还有绵延的山，山上有积雪，白茫茫一片像是奶油冰激凌、雪顶蛋糕，是我亲眼所见。

我们在雪山镇停下来时，下午七点多，也不再行车了，其中一位司机用外语一般腔调的汉语告诉我们："今晚住在这里。先吃饭。"

所有人从各自车上下来，纷纷活动身体。在我们车上有一位看上去足有八十岁的白发老人，脑门颇高，但没有谢顶，像一位德高望重的语言学家。我见到他觉得颇为亲切，仿佛他乡遇故知，本想和他打招呼，却没有开口，看着老人缓缓下车，走在我前面。我们住在一家维吾尔族人开的旅店。那旅店对我来说是新奇的，仿佛乔伊斯笔下的希望旅社，名字也令人印象深刻：

终点旅店。

一栋二层小楼，木泥石结构，外面是灰泥糊的墙面，房屋的基部由石块垒成，上面是土质的砖，房子的四个角上，每面墙的中部和一、二层交接处，都埋入一根木头作为固定装置，和我的家乡涧口的老房子差不太多，只是我们那里更多的是红砖和黄色的土砖。旅店老板，一个男人，也会说汉语，依然带着外国人般的腔调。不同的语言，不一样的习惯，连身体的特征也不同，这些生长在和田的人，自三四千年前甚至更早，就有着高加索人种的特征。我曾在一本书上见过一位据说是四千年前西域美人的遗体，洁白的面孔，清晰的五官，看上去就像刚刚睡着的瘦削的西方女子，甚至会令人禁不住产生爱慕之情。在我们住的那间店里，厨娘和两位餐厅服务员也正是那样的女子，客房服务员则是几位蒙古面孔的女人。不可否认，西域原住民确实有更为惊艳动人的外貌，高挑的身材。我想，是因为她们需要骑马，需要在戈壁中、在大漠上奔跑，世代累积，身体变得更为舒展。看到那样美丽的女人，就在那家我们短暂栖身的旅店，我也产生了非分联想，很希望在她们来到我桌前的时候，能够和其中任意一位说几句话，博得她的欢笑。想到马尔克斯在《苦妓回忆录》的开头还写道，在八十岁之时，他希望拥有一位少女，作为给自己的生日礼物——人类的热情和对异性的，尤其是年轻美丽异性的渴望，乃是终生的啊！即便那时他们已经失去了性爱的能力，像一根潮湿的朽木，是很难再真正点燃了。然而对我而言，我还没有年老，只为见到美丽的女人难过。

饭后不久，我便匆匆回到房间，为免徒添伤感。

终点旅店里的店员们见到我们并不觉得新鲜，仿佛习惯了这样的客人到访雪山镇，在他们的旅店住下；又仿佛这家终点旅店是特意为我们这样的旅客而建造的。

清晨起床，雪山镇不远处的雪山变得比头一天下午更为清晰。我很想脱离队伍往雪山边走走。

多年来，我就对高山怀有渴望，家里准备着帐篷、防潮垫、单人睡袋、户外背包、登山鞋和徒步鞋，一个帐篷旧了，就新买一个。每年我都渴望能去外地旅行，能往高山上攀登。然而那样的机会寥寥。十多年来，只有一次途经玉龙雪山，远远看着；一次随朋友在云南一处出产老虎的地方进行文学采风，我登上过当地一处半原始森林中某座长满大树的山的顶峰，站在护林员的瞭望台上吹风，看到四面都被深绿色的大树覆盖，让人难辨方向，分不清森林中长着哪些大树，可能藏有哪些野兽。我时刻准备好出门，又总是待在家中。

  如今雪山镇的雪山就在眼前，没有人邀请我同去，我心中怏怏不乐，一个人从旅店走出来，在小镇上溜达，出门就到了街上，扭头看到自己站在一条笔直的街的中间部位，它向两边延伸，分别在不远处停了下来。如果我能在那一刻攀缘到空中，就会看到这条街像一根草绳被放置在大地上，摆得很平整，两侧像结绳记事一般，结出二十多幢一层两层的房子。在我原来生活的社区，楼房之间的路边上到处都有一些棉花枝般的植物，开一些白色和粉红色的花，那些花也如雪山镇街上的房子一般，是成串开放的。我从任意两栋房子之间的小巷穿过，就能走到那条街一侧的身后——它的身后再没有其他的房子，往外延展就是茫茫戈壁；另一侧也是如此。在这个只有一条街道、两排房子的镇上，我感到一丝轻松。

  队伍还没有下达再次出发的通知，我便利用那闲散时光继续散步，一栋一栋观察着雪山镇的房子。它们应当有蛮久年头，有些泥垒的房子像是古代的，也有些红砖房。一些房子的转角处，墙砖有的斑驳破损，有的形成光滑的弧形角，都是风蚀的痕迹。镇上唯一比较有现代气息的是一间邮局，门前挂着一米多高的墨绿色牌匾，写着"邮局"两个大字，而"邮"字是繁体，写作"郵"，两个汉字的边上写着一排不知是维文还是藏文的"邮局"。

  走进邮局，时候尚早——而天色实际上已经大亮——里头并没有前来寄信或邮递其他物品的人，寄送物品的柜台前也没有人。以一扇木板相隔，旁边是邮政储蓄柜台，里头倒是坐着一位女孩，穿当地的服装，胸前戴着一枚熟悉的墨绿色邮局徽章。

我注意到在雪山镇有两排电线杆，都是我们八十年代乡村竖立的那种碗口粗水泥电线杆，没有木质电线杆。也许远处那片树林是近二十年来的产物也说不定。在镇上，连荒漠中偶尔能见到的胡杨和白杨都没有，没有高大的树木，只有一些沙棘、低矮的丛状植物。在这样一个远离现代化的地方，网络啊，银行啊，邮局啊，甚至电力啊，仿佛都是多余的，因为人们自给自足，过着有限度的生活，钱放在自己家里，世界就在眼前，油灯照到的都是熟悉的地方，必需品是水和食物，少量生活器具。镇上也有三两家餐馆，其中一家主营烧烤，另外则是面馆。余下的还有五金店、棉花与皮毛加工店、食品店。

我用普通话和先前那位邮局的女孩打招呼，说"你好"，她也能懂，以"你好"相答，还问我有什么需要办的。我说没有，只是看看。我问她多大了，她有些委婉地回答，"十九岁了——"。她也有深陷的眼眶和洁白的脸，脸上有一些斑点。

在五金店，我花五块钱买了一把小小的锤子，看上去是铜制的，并不那么坚硬，也许只能用来敲打小木头、木榫之类。我喜欢收集一些小物件，身上还带了一点现金。我想钱以后未必有什么用处，随心所欲，能花则花掉。在面馆吃了一碗面，宽宽的，比较硬。吃一碗面，又花了三块钱。我不知道这边的物价是如何确定的，以前曾听人说新疆、西藏这样边疆地区的物价并不便宜，因为农作物有限，现代物资则更多依靠内地输入，光运费就十分昂贵。但这里的东西却比较廉价。其实雪山镇的人完全可以在历代镇长官的主持下制定自己的度量衡和价目表，他们的生活方式可能更适合称为现代人眼中的乌托邦。当然，这也只是我的臆想，是我在当时散步想到过而在如今又重新思考的。

我原以为，雪山镇也只是途经之地，稍作停留便会启程。一路上我们曾经露营过，遇到村镇也会停顿休整。就在我散步了一个来回，又回到我们停留的旅店之后，同伴给我传递了一个消息：

当晚依然留宿雪山镇。

没有谁宣布别的安排。我们一行似乎没有领队，这是一个奇特的队伍。因为没有人问起，每个人关心和所思所想的是自己抵达目的地之后的情形——然而也只能凭借想象，因为格夏卡区在外相当于病人最后的诊所，最后的放逐地，并且也只是极少部分人可能选择的，除了被那特定医卫部门出具的说明书，没有任何关于它的描述和报告——对此行和可能的领队，以及三位司机，甚至包括我们在兰州之前的随行人员，都寄予了完全的信任。

第二晚我们依然住在那里。直到晚上十点天还没有黑。我已经渐渐习惯，精神颇好。我住的房间同时住着六个人，同车的另外两个人被分到另一个房间，包括我先前注意到的那位像是语言学家的白发老人。这六个人，当时我还不知道他们的名字，更没有谈起过各自的细节，职业啊，家庭啊，何故前往格夏卡区啊。既然我并没有兴致谈论和分享，我觉得他们也未必有。

晚上，有人提议打扑克。

我将身上的现金几乎全部输掉。

通过打牌，我们对彼此有了进一步了解。

人物：拓跋红

一位老人加入到我们的队伍。他是真正的领队，当天下午就安排我们去了一个地方。

三辆车一起出发，车程一个多小时，正是朝着南面雪山的方向。途中经过一片绿洲，经过一个湖泊。绿洲中有两处成片的方形房子，有绿色的田野，也有树，环境比我们之前待过的雪山镇要好些。我们没有在那里停留，也不知道那处有人居住的绿洲的名字。老人一路对我们寒暄，问我们是否觉得辛苦，是否习惯那里的天气，又介绍自己，说他姓拓跋，名红，一个古老姓氏的后人，乃是从格夏卡区派出的特别使者。

这样一来，他给一行人加入了某种历史性和神秘感。

我坐在车上，后来又走在路上，跟着他们，绕过几座岩石小山，来到几座连绵的雪山面前。车子停了，我们又往前走了十来分钟，再次见到一个蓝色湖泊，湖泊边，在老人手所指的地方，是成片的坟墓，每一座坟墓都彼此相连，以露出地面一尺来高的几乎同一材质的墓碑区隔。我们都被这样的场面所惊，像是参与集体葬礼一般，将我们带到一个死者的聚集地，原本平静的队伍立刻变得嘈杂起来。有人摊手，问"这是怎么了"，有人连连叹息，想到自己死之将至，悲痛的神情骤然出现在脸上，连身子都佝偻起来。我没有说话，心里也觉得似乎有些不吉利，缓缓走近墓地群，看到墓碑上都有一个名字。除了名字，还有人的出生年月日。其他信息，包括亲人、立碑者、祭文，一概都没有，倒是清清净净。我大致已经猜到这些长眠地下的人的来历。

不多久，拓跋红老人站在人群中开始介绍：

> 我不知道诸位来之前的身份，但知道大家来此地的目的。人生在世，到了最后的岁月，该怎样度过？我将要引导你们去的地方不是极乐世界，也不是永生之地。我们都知道了，那里将是人生终点，你们继续偷生一会儿。

我们都看到了。眼前这些，埋葬的就是从前来到格夏卡区的人。他们和你们差不多，来自我国各地，主要以中东部为主，有南方人，有北方人。我想他们也曾到过这里，情形和此刻差不多。当他们第二次来到这里，便是以死者的身份，化作一捧骨灰。他们在这里享有自己的名字。

这个地方不错，有山，有水，为外界所不知，没有游客，也没有居民。来到这里只与天地为伴，与日月同光，也算是修成了一种圆满。你们看到的这个湖，叫作镜湖。它只有一个中文名字。愿你们喜欢此地，而不要为它烦恼。当你们再次来到这里，将是一片宁静，镜湖与诸位做伴。

我和你们差不多，从前也是慕名且不得已而来的。

和你们可能不大一样的是，我成了一名志愿者。因此我可能以活人的身份再一次来到这里。这像不像导游呢？

也请大家多多包涵。不要笑话我。我老了，很快名字也会写在这里。时日无多，还能做这件人所不能之事，这是我的福分啊！

拓跋红讲完上面一席话，一行人又变得安静，被他所言感染。人生无常，如今却已定命数，平静地看，也是一个值得期待的体验。望着前面茫茫的墓碑，可见的大约有一两千块，不远处还有一处小山伸出来形成的转角，墓碑经过转角，往小山的另一面延伸，像贪吃蛇，不知还有多少。

从前在电视纪录片上似乎看到讲述过大象墓地——"象谷"的故事，说非洲的象老了，也会预知自己死之将至，便徒步去往大象最后的处所，一头大象自然死亡的理想之地，一种古老的、血统的、灵性的召唤。在"象谷",四处都是象的尸骨,让人看了觉得胆战,但也不十分悲哀,而产生一种肃穆感。大象尚且懂得回到象群的最终墓地,何况是人呢?

这块镜湖的墓地没有鲜花与松柏装点,除了静穆,便是苍凉。人群一阵肃静,后来便上车离开。也许这是"入门礼仪",相当于给新员工的入职培训。我在车上又思考了这些,心中期盼的还是尽快能抵达目的地,正如老象走到象谷,那样我便安心了。

车子在路上摇晃,我闭着眼睛,一面思考,一面养神,内心在博弈着。车内依然没有什么人声,拓跋红也不在我们车上。本想问问他目的地还有多远,那里的情况怎样,然而他也不在,即便在,了解了似乎也没有多大意义。就那样昏昏沉沉的,还想象着即将进入的神秘地带,想象着那一道门,是否会给我们一个进入时空隧道的感受,像电影中表现的那样,能从另一个时空见到我们彼时彼处的亲人和爱人,想要伸出手去却够不到他们,也无法再与他们对话。直到车子停下,我们都下了车,见到眼前是一片开阔地,远处是一片建筑坐落在向两边绵延到尽头的群山的脚下。老人拓跋红对我们说:

"到了。

"欢迎各位来到格夏卡区。"

没有盘问,只是由一位老汉(看门人)和另外一个人一同收取了三位司机上缴的单据,大概是我们的名单。不多久,就将我们放行,通过一扇和某某大型厂矿大门相近的对开约有十米宽的大门,集体进入了格夏卡区。

持续近十天的旅程就此结束,也离开了连日逗留的终点旅馆。

而如果我能重回镜湖,将会看到那位王姓道士正在找寻而可能永远不会找到的人:何叶尔蓝。

何叶尔蓝是在格夏卡区走完最后时光的。那时他还很年轻,只有十七岁。因为镜湖的墓碑上并没有死者的画像,我们不知道何叶尔蓝的长相。可这样特别的名字,这世上恐怕也不会有第二个了,我确信他就是王道士所要寻找的自己的儿子——多么可惜啊!王道士也许终其一生都不会找到自己的儿子,更别提与他见上一面。至于在年轻的何叶尔蓝身上发生过什么,正如世界上更多的人死于无人察觉的因果,太多的事情在无人知晓甚至不必发生的时候发生。关于他的去世,我想,我们就顺其自然吧,逝者如斯,风沙和地下暗流早已吞没了他。

地名:格夏卡区

在抵达格夏卡区的当日,我们就分到了房间,像大学生入学一般领到了生活用品。我住在昆仑九区。我的对门是一位乳业公司的副总,女性,叫作欧阳玉梅,也有五十岁年纪。我的隔壁各有一人,分别是中学教师张掖先生、归国华人李素雅先生——他也是一位企业家。隔壁的隔壁也都是有名有姓有身份的人。

我在他们中间不算突兀,此刻正在操持着我的专业——作为一位比较知名的作家,我也曾受到过敬重。青年时期就有过作为作家被书写进文学史的心愿,到如今不知是否能实现。我能写的故事已经在外面完成,我的作品也都交给了他们。在从前的生活中,我曾有数次,或是与妻子争吵,或是个人内心的隐动,甚至对文学界和大众读者的"反抗",我也希望以从世界离开的方式,创造一个悲剧,让他们(此时并不是指我的妻子和家人)永远失去我这位有天赋而富有悲悯心的作家——我希望能过一种几乎完全自由、放松的生活,离开世俗世界的烦恼。

有人可能会嘲笑我的天真。

有人会劝我:"一个人的生命只有一次,不要开玩笑。"

相似的情形无数次发生：

1989年，诗人骆一禾离开，人们纪念过他；

2004年，诗人谵烟离开，人们纪念过她，我为她默哀过；

2017年，诗人外外离开，人们纪念过他，我写过悼念诗；

2018年，我的朋友、诗人陶春霞离开，人们纪念过她，我们哀悼过她，我写了《悼亡》；

2019年，作家无名氏离开……

我熟悉我同行的故事。有人追寻意义，有人迫于无奈，有人把握不住自己。如今这些来自不同地方的比较有身份的人在格夏卡区相邻或对门居住，各自只短暂拥有一个房间，尽管依然保有了自我和精神，但从前的一切物质性的财富都与自己无关了。我并不为那种失去难过。我的房间——以及每个住人的房间，都有一台电子日历，日历没有年份，同样分为正反两面，各有字符显示。我见到它的时候，它的一面显示为"伏月"（即6月。余下的还有：7月新秋，8月仲秋，9月季秋，10月孟冬，11月仲冬，12月严冬……）2日，另一面是计数的秒表，显示为00：32：45，为我进入格夏卡区度过的前32分钟45秒——至关重要的格夏卡时间[①]。尽管有些残酷，但这时间表合情合理，我们既可因此清楚统一的月份和日期

---

① 格夏卡时间：格夏卡区的时间与外部时间不同。其不同主要有两点：第一，计时标准不同。格夏卡区的一天，按标准的格夏卡时间，有三十六个小时。第二，每个进入格夏卡区的人，都将分到一个时钟。该时钟根据每个人的情况各有不同，不同之处在于对一天的划分。第三，思想干预也是感受格夏卡时间——包含了"延长了的时间"——必须考虑的因素。其实从技术上分析，格夏卡区并未将时间的延长像它所说的那样控制为三倍、五倍、七倍、十倍。这些倍数实际上一方面有赖于各自计时器的计量；另一方面，计时器的时间尽管已经体现在数字上，但要转化为特定的人内心的时间，还需要一种思想自觉。格夏卡区的机制将让具体的每个人各自接受自己房间内的时钟，在内心对格夏卡时间形成认知。也就是说，时间不仅是相对的，也是主观的——当然，也有其客观性。

（实际上另有蹊跷），也知道自己度过的时日。有月而没有年，月乃是按照中国传统的节气区分和命名的，又考虑到"年"在格夏卡区并无强调的必要，过好自己可以数计的时间，知道当时的节气，一个人就活在时间里。

有人禁不住号啕大哭。

我坐在自己的房间里默默劝慰那人要安心静气。

每栋楼都有自己的食堂，就在一层。傍晚时分，我与隔壁的两位先生一同下楼吃饭。伙食不错，是雪山镇那条街上的小餐馆所不能比的。我吃到了卷心菜、牛肉炖土豆和四季豆，主食吃了米饭。这一顿吃得较多，因为连日来都没有好好放松饱餐过了。后来我在外面散步，可见有人三三两两地走，有人独自在走，还有人在跑步。放眼望去，这里都是成年的人，没有孩童，也不见年轻人，都是中年和老年的人。这让我心中不免凄凉，仿佛叹息自己的不幸，最终不得不在一个迟暮的世界中度过——有些事情我也许永远不会知道。但这种心情应该尽快褪去。其实不论谁的脸上，我见愁容满面的很少。既然来到这里，便是幸运之事，第一要做的是放下，接着坦然面对，并且还要积极——"格夏卡区说明书"上早就写着，这里不接纳"顺其自然"的人和懒汉。

数日后，大约是在孟秋时分，当我已经渐渐熟悉此地，向那一月新抵达的人介绍几处好地方，第一个便是它：

格夏卡图书馆——那里陈列着过去每一位来到此地的人最后做出的成就，都以文本的形式记述和保存。只有去世的人才有资格在格夏卡图书馆拥有一席之地，也只有活人才会去翻阅它们。当我们站在终日明亮的格夏卡图书馆，光从头顶穿过洒在球形大厅。它是卢浮宫新建的穹顶，是地下的万神庙，吸收着日光和月光，每一部作品都几乎被均匀照耀，它们是格夏卡的遗产，是无字碑，你只有通过特殊的药水——眼泪通过图书馆门禁落下——才会让它们的大义对你显现。除此之外，图书馆还有一个通用书籍副馆，在那里可以读到来自外部世界的书籍，供格夏卡的居民查阅。

第二个地方：格夏卡博物馆——和格夏卡图书馆对应，博物馆保存着——我们就将来到此地的人称为"格夏卡人"吧——格夏卡人的最后所做之事的实物展示。它们和图书馆的文本展示有对应关系，却不是一一对应。每个人来到此地必然怀抱着一个最后的计划，那个计划将在当事人临终之前终止，不论完成与否。而后，会有人收集和评估已经去世的当事人所完成的事业，并以文字的形式记录下来。一个作家、一位音乐家也许不会留下更多的物质财富，他们的全部作品将记录在纸张上。而另外一些人，因为他们的事业建立在某些物质基础之上，因此得以有具体实物的方式体现。

我的中年迹象正在加速褪去。我想象格夏卡区也许是一个来自地球但脱离了地球的人类文明保存区，可能已经是一颗漂流在宇宙中的某个独立星体，以标本的形式保存了地球上的某一类人类文明，留待其他文明发现。还有人说，按照某种造物主的规律，一种文明在它毁灭之前绝对无法飞离它所在的星系，这也是人类至今无法确证外星人或外星文明存在的原因。世间万物有其生息的过程，因为活在时间里，它们终将消逝。脱离时间的事物，正如那不可逃离所属星系的生命，乃是不可观测不可感知不可预料的，它们不会在一个不属于它们的地方出现。我将其视为自中学时便产生了的浪漫幻想。当我结束一天的工作和生活，躺在自己的床上，睁开眼睛，也许在入睡前的短暂间隙想到的就是这些。后来我都会进入睡眠，有时做梦：

在梦乡中我所见更多，
穿过楼顶，在天上飞，

我飞过格夏卡区来到外面，

看到草甸、高山；

在西藏某地，

见到了我的朋友；

我飘在空气中，

我是灵魂，

因为不能言语，

我和他们单向交流。

无休无止，

每次都在沉睡中结束旅程。

早上我醒来了，

打开窗户，

一株枣树高高竖立在窗前，

风吹着它翠绿的叶子。

夏天到了，

它没有结果。

初秋7日下午，我在房间内做笔记，一阵洪亮的钟声响起，接着是广播：一位格夏卡人去世了。广播播报了他的简短生平，他曾经是一位大学数学教授，两个孩子的父亲：

赵树桐教授于2017年暮春21日来到格夏卡区，已于初秋7日上午7时3分辞世。他将安葬在镜湖N2901号。他的最终作品《朴素集合论中的奇幻原理》已经完成，择日安置于图书馆。我们对他的光临和离别表示纪念。

这就是我在格夏卡区听到的第一则讣告。

2021年

不存在的旅游家

酒后所言，亦真亦幻。那件事开始只是一个有关出版的计划：我们打算写一本堂吉诃德式的书，讲书中一个游侠般的主人公，是一位爱好旅行者；而他的名字呢，甚至我们就叫他"游侠"，因为他本来就是虚构的，世上根本就没有那样一个人。

而根据Z老师的设想，游侠的朋友，他的同伴，却是真实的——Z老师将给游侠配备一位真实的司机，生活在现实世界，可以追根溯源，生活在云南。就这样，在我们当天的设想中，游侠、那位云南的司机，作为搭档，他们将一路旅游——记住，不是旅行，其中的差别我们还会提到——走过一个又一个地方，路线大体上是我们安排好的，路途中可以随机有一些应变，但经过变化之后，依然要回到计划好的路途上，从一个地方去往下一个地方。他们旅途中发生的事，所见所闻，将会被记录，由回忆者——这个人必然是那位司机——叙述出来。我们当初的目的，当然是编写一套旅行书，不是简单的旅行手册，而是旅游故事书。

我的朋友Z老师也许将做一番塞万提斯式的事业。虚构的故事以真实的行动为前提，最终它们将化为一项事业留存下来，其中亦真亦幻，谁又能说清楚？而在桑丘的年代，人们倾向于信赖塞万提斯的书写，认为堂吉诃德可能是真实的，因为他们所经过的地点大多存在，就在人们周围，他们穿过的高山依然在人们眼前。而如今看来，堂吉诃德骑士是虚构的，尽管他是一位骑士，而他的仆人和伴侣桑丘被认为是真实的；真实的桑丘陪同虚构的堂吉诃德在大地上旅行，行侠仗义，除恶扬善，在高山的脊梁上露天而睡，在夜里听鸟兽的鸣叫声，在酒馆中无意间识别并捕获了三个强盗，认出他们原本是杀人不眨眼的恶魔，只是那时恶魔已经很久没有做坏事，潜伏于现实社会中恍如普普通通的中青年，但酒精让他们败露了自己的本来面目，表露了他们多年的习惯：在酒精的作用下，他们谈起一件往事，相信今天的人们依然有所耳闻。

说有一回在莽虞山山洞中点燃篝火的那一次——

还记得吗？那一次他们正要去为不久前被害了的老大报仇，要将一个十分窝囊但因为得知自己将不久于人世而无意间用一个包中装有一本《希伯来圣经》的白色手提袋将他们那位老大击昏的三十来岁男子杀掉——他们中的一位无意间发现了那位因为击昏正在行凶的老大而被当地一位游手好闲的人正好撞见而传扬出去并被当地官方树立为"某某年见义勇为典型人物"的男子L，L的头像和事迹刊登在一份小报上。他们中的那个人，就是除了被击昏的同伴之外的流寇中威望最高的那个人，也是最为心狠手辣的那个人，一次在饭馆中吃饭时无意间看到桌垫下面的报纸，在那张刊登了男子L助人为乐、行侠仗义事迹的报纸上认出了L。那个心狠手辣的男子姓C，他们都叫他"C老二"。C老二在茫茫莽虞山山洞中召集了从前的同伴，在一堆点燃的篝火中对他们说：

"我们为大哥报仇的机会到了，那小子现在已经是这里今年的见义勇为标兵，他打了我们老大，还导致老大被抓起来判为死刑丢了性命，现在我发现了他，就绝不能这样便宜放过他。我们，要去把他干掉……"

他们在山洞中商量行凶的勾当。就在计划刚刚被提出来没多久、执行方案和分工计划正在讨论之时，其中一个同伴竟站起来支支吾吾说家里母亲生病了，需要钱，需要照顾，他这回不能和兄弟们一起干了。当他将自己的忧虑和决定颤颤巍巍说出来的时候，那群人中最凶狠的那个用一把斧头直接劈到了希望退出计划回家赡养母亲的同伴头上，顷刻间将自己的同伴杀死，令死者没有半点分辩的机会。

在那个胆小的同伴死后，他们继续讨论为老大报仇的计划。而此时已经损失了一个同伴，尽管那个同伴平时实在不怎么得力，做事情总是犹豫，脸上喜欢露出忧愁和迟疑不定的表情，他喜欢跟在他们的后面，因此真正做事情时出力也最少。现在那个同伴因为一件还没有来得及做的小事丢掉了性命，而他们几乎没有将他的死当一回事，没有人为他惋惜，也没有人提出现在少了一人事情可能难办了。他们像几乎什么也没有发生，任由那个已经死掉的人仰面倒在他们旁边，头朝向山洞之外，朝向灰茫茫的黄昏大山，血从被斧头劈开的头上流出来，浸润了头发，流到地上的泥土中，已经慢慢从红色变成暗红色，在头发和头皮上开始板结了。

流寇们继续商量着杀人报仇的计划，并将这个早就计划好但实际上后来并没有做成的事情在饭桌上借着酒意说了出来，被真有其人的桑丘和并不存在的堂吉诃德听到。堂吉诃德骑士也借着酒意立刻提着刚刚磨好不久但并不锋利的佩剑起身，走到那伙正在谈论着往事的流寇跟前。

他拔出他的佩剑，口中说：

"你们刚刚说的话已经被我全部听到。我知道你们是一伙坏蛋，你们企图杀死一个行侠仗义的好人，尽管没有做成那件事，但你们现在必须受到惩罚。我要将你们拿住，送到官府。现在你们没有必要反抗，我手中的剑正在你们眼前，谁胆敢动一下，企图逃跑，这把剑的锋刃就将落到他的脖子上。我希望你们不要妄想逃跑，在我堂吉诃德眼皮底下，在我的剑跟前，还没有一个坏蛋溜掉！"

堂吉诃德昂起头，左手背在身后，右手握着长剑。他吩咐桑丘去通知店主，让店主遣人将抓获一伙即将再次行凶的暴徒的事去通知警察局。警察局就在饭馆斜对面不远处，饭店的伙计在店主的授意下很快放下手上的事情，拔腿小跑去警察局报案了。

伙计小跑出门前还恰好经过堂吉诃德制服暴徒的桌子边上，一边跑一边向堂吉诃德点头致意，并向那几个坏蛋狠狠瞪了一眼。堂吉诃德那回果然又做了一次侠客，将那伙潜藏已久的坏蛋认出并抓获送交警方。后来堂吉诃德骑士继续和仆人桑丘一道在大地上游荡，做一些行侠仗义、只有古代游侠才会做的事情。而这些事情都被作家塞万提斯写到一本书上，那本书不但永世流传，成为数百年来人人知晓的经典故事，就连书中所写的堂吉诃德和桑丘游历过的地方，也已成为历代的名胜，或是原本便是圣徒出生之地，因为他们的到访而更为人所知。

我的朋友Z老师说，他想做的事情也和堂吉诃德的故事及塞万提斯的事业差不多——尽管也许不会成为经典，这是我们当时也没有巴望的事。

他想创造一个热爱旅游的人物，让这个人物在全国各地旅游，一路旅游，一路写下自己的亲眼所见和道听途说的故事。

Z老师说，那些故事，会从一场持续时间至少一年的全国大型征文中产生。他打算从超过一千个故事中挑选一些全国各地的好故事，将那些故事经过改名换姓嫁接到他准备创造的那位堂吉诃德般的人物"游侠"身上。这样一来，游侠就成了一个经验丰富的旅游者，身上发生过并且收集过大量奇闻逸事，听起来就像真有其人其事。Z老师还摸着自己短短的黑胡须说："必须写得跟真的一样，让读者们从书上看到后就被吸引住，就想跟着游侠故事中的足迹去那里也亲身旅游一趟。我们要干的就是这样一件事情：设计一个游侠角色，这个人是虚构的，可以不存在，但他有几个同伴都是真实的，其中一个是司机，一个是好朋友。我们让这三个人到处旅游。当然，我们要提前计划好行程，旅游地点必须精挑细选，是那些真正风光好的，或者说当地有奇风异俗值得一去的，并且他们那处地方要有一个比较想做事情的旅游局，旅游局的领导需要是一个想做出实事来证明自己业绩的官员。那样一来，我们就能通过游侠的旅游故事，说服热爱旅游的人去游侠故事中的旅游地旅游，我们就能从那些旅游地的旅游局中获得报酬——我们还能从我们精心编写好的故事中获得利益，因为这些故事肯定会被编成几本书，这几本书在市面上一经销售，我们就能从中获利，虽然钱可能不会太多，但起码可以说是创业的第一桶金了。"当他说起这些，我们正在一杯接着一杯喝酒，酒精在我们的体内扩展，向头部攀行，令我们更加兴奋。

Z老师和我们说着那些，我也觉得颇为有趣，也许值得试试。抱着即将成为故事的合伙人、为此负责的态度，我提出一些认为更好的建议。

我说："一个虚构的游侠故事如何才能吸引现在的读者，让这些读者不仅会阅读这本游侠故事集，还会跟随故事去那些旅游地点旅游，会在那里消费，我要给您打一个大大的问号。一个读者可能不会信任一个堂吉诃德般的人物，因为时代不一样了，现在的人已经不太相信英雄，更难相信一个看上去便像虚构人物的游侠的英雄故事。想一想，那些我们通过征稿搜集的故事虽然经过挑选，经过我们的改编，让它们发生在这个虚构的人物游侠身上，但这些故事会自相矛盾，或者说这些故事全都发生在一个人身上可能太多、太不可思议了。我想现在的读者可能有自己的分辨能力，他们更愿意相信一个已经被大众所知、有很好公众知名度的人物身上发生的事，会信任那个看上去已经十分专业并且对他所从事的事情很热心的人身上发生的事情，以及那个人顺道推荐的东西。"我还就此列举了我知道的美食家C先生的事迹。

我说："C先生正是这样的人物。你看，他经过几年的努力，现在已经成为全国公认的美食家。他推荐的餐馆，人们果真就会去吃饭，去消费，他推荐的菜品人们会十分愿意去尝尝。他亲手演示的某一道菜的烹饪，很快就有大量的人照着他的烹饪方法在自己家里学做……C先生在美食界被高度认可，这不就是您打算做的事情的翻版吗？"

Z老师摸着胡须，默默点头，欲言又止。

我们都知道，C先生的事情是真的，他是个真实存在的人，他做的所有关于美食的事情也是以他自己的名义来做的，并且这件事情已经做了四五年。所以，他的美食节目《吃遍中国》已经家喻户晓，他的名字和《吃遍中国》的节目招牌已经是全国餐饮业争相关注和希望获得点名的金字招牌。一个餐馆一旦被C先生光顾，甚至被《吃遍中国》节目制作成电视录像播出，那个餐馆必然成为当地生意最为红火的餐馆之一。C先生这几年带着他的美食节目团队在全国各地四处游荡，在餐馆中品尝当地的美食，当他认定某道美食或某家餐馆的时候，就将那道美食或是那家餐馆制作成一期电视节目，录制成视频，在《吃遍中国》中播出；他还会推出美食日记，图文版的，名字也叫《吃遍中国》，只是"吃遍中国"前面还加了"C先生"三个字，也就是《C先生吃遍中国》。他的美食日记也被当成美食圣经被读者们争相传阅，和电视节目同样地流行。

我说:"您看,您希望做到的不正是美食家C先生做成的事情吗?C先生做的美食家,而您希望游侠做一个旅行家——毋宁说那可能是您自身的投射。可游侠一眼看上去就是一个虚构人物,他的真实性将会被您收集的嫁接到他身上的眼花缭乱的故事给描画得不真实——一个叫作'游侠'的人要做到在一本故事集中、在并不太长的时间内去全国各地旅游,并且亲身经历、亲眼所见或道听途说很多各式各样的故事,这样的经验可能会过于丰富过于传奇,并且,即便是可能的,要去嫁接这些故事,让这些故事互相之间符合逻辑,比如时间地点的逻辑,人物性格的逻辑,也是需要花费很多精力改编的。因为您说了,这些故事实际上来源于一些征文比赛,故事是从不同的人写的故事中挑选出来的。不同的人写下的故事,故事汇总的人物,它们可能会五花八门,要从这些五花八门的故事中挑选出适合发生在同一个人身上的故事是很不容易的。您——或者说我们吧,我们可能会耗费很大的精力来改编这些故事……

"那么,您看,我们自己本身就是作家。您以前也去过很多地方,您说过,过去十多年去过两百多个市县。我认为:为什么不将您自己打造成一位旅游家,而要假借一位看上去就很成问题、令人怀疑的游侠去做这些事情呢?

"游侠是不存在的,我们如果将来要举办什么线下的活动,要邀请游侠出来召开新闻发布会,去一些旅游景点参加什么活动,为新景点的发布剪彩,那这位游侠先生肯定要作为一个真实的人出现——既然他可能已经是一位真实的旅行家了,我们就需要他真有其人,有一位实实在在的看上去就像旅游家的人出现。那么我们为什么要去虚构这个人,而不让这个人干脆就是您本人呢?

"您是具备这样的条件的。第一,您全国知名,各地的文坛都知道您，都邀请您去参加过文学采风活动。第二，您是一位作家，本身就有优秀的作品，有自己的读者，您写作能力很出色。那么您为什么要去虚构一个旅行家，并且要征集别人的故事呢？我看——我建议您，不如自己来亲身经历旅行，自己来写故事，故事的主角就是您本人。旅行当然要花费很多时间和精力，您可能要准备接下来的好几年都一心一意做这件事情。当然，您看，我也很热爱旅行，我可能也希望加入到您的项目里面来，但我只会来协助您，比如我可以辅助您写一些以您为主角的好故事，都是为您量身定做的，读者们一看就知道出自您的手笔，来自您亲身去过的地方。并且，您从前这些年就真实去过很多地方，那些地方，那些景点，那些经验，不是可以信手拈来的吗？您大可以回忆过去，将从前的经历写出来，成为一个一个故事。

"您看！这不就已经有了第一步吗？如果换作别人，他可能还必须亲自动身去很多地方，去过之后，也不一定能够得到当地旅游局或文化部门的接待，他可能很难体会那个地方景点的精髓。而您不一样，您作为贵客被邀请过去，领略了当地最好的景点、景点中最好的风光、最动人的故事，当地旅游局肯定派出最好的导游陪同您去最好的景点旅游，就像故宫，故宫不是有并不对公众开放而可以特殊招待某些贵客的景点吗？我就曾经被邀请去故宫一处隐秘庭院，从东门进去，经过一片园林，那园子里到处都是古朴的松树，旁边当然是故宫的宫殿，园子里几乎没有什么人，而只见到几个专家和园艺工人模样的人在那里走动——我去参观过一个大殿，沿着旋转的现代修建的楼梯在大殿的二楼一张很大的桌子边饮茶。那个大殿是一般游客从南至北所无法游览到的。我的意思就是，您完全可以写自己——您可以筹划做一个您亲身参加的旅游节目、出一个您自己旅游故事的系列丛书。

"为了让丛书和节目丰富多彩，您当然要写很多别人的故事。您可以写一些名人，一些当地的文化大家和隐士。我想您只要坚持做，做上两三年，这个节目就可能成为一档观众众多的节目，您将成为旅游家。而我，我和S，都可以成为您的幕后团队中的一员。何乐而不为呢？不仅能做成一件大事，我们还可以因此到处旅游，工作和爱好相结合，这是最好的事情了。我擅长做传播，S擅长做策划，擅长游说。而您，您只要以自己的身份到处旅游，并写一写旅游故事就好了。很多事情可以交给我们，交给我们的团队来做。我觉得这实在是一个很好的想法，是一个非常可行的项目。因为您也介绍了，这个项目将是旅游出版社的项目，他们必然是要支持的，并且他们也有多年的出版经验，有众多读者，有市场。我们完全可以将他们的图书读者作为我们的第一批读者，我们的原始读者。只要做出事情，只要您去旅游，我们开发出一档旅游节目，做一个在线的旅游媒体，或者，就是自媒体吧，这是我们能做的事情，并且可能是旅游出版社并非特别愿意做的事情。

"您也看到了，在这个特殊时期，所有人都不方便出远门而几乎待在家里的情况下，策划生产在线产品是大势所趋了。哪怕是通过互联网的方式，通过连线和直播，来欣赏某处的美景，也完全可以满足许多热爱旅游者的愿望。互联网将打开所有人的眼睛，世界将通过其展现在所有人面前——我曾通过谷歌地图欣赏过喜马拉雅山脉和珠穆朗玛峰，见到过珠穆朗玛峰上皑皑的白雪和一小块裸露出来的黑色石头。世界屋脊当时就在我眼前，我的手指轻轻滑动，喜马拉雅连绵的雪山山脉尽收眼底。嗨！当时，我记得我几乎闻到了冰雪的味道。而对于旅游出版社来说，只要他们自己还没有做，就必定十分渴望要做这件事情——所有的出版社都面临这样的需求，这种从亲身经历、亲眼所见的线下产品需求，转型到互联网上的需求——必须尽快到网上去！时间不等人啊，他们比我们还着急，而我们恰好可以为他们做这件事情。这个我是专业的，我做的就是互联网方面的工作，毫不客气地说，我是互联网传媒专家了。"

当时我也越说越兴奋了。现在回想起来，我说了很多话，有一些奇思妙想，还有些是来自我的经验和判断的。一旦遇到我感兴趣的并且擅长做的事情，我的思维就会很快，思路会变得很清晰，听起来很不错的想法就会源源不断地冒出来。

当时我也被Z老师的项目给吸引住了，忍不住自己设想了很多，甚至说经过我们的探讨，经过我贡献出来的我擅长并且已经做过很多年的网络传播经验——再说我的学习和理解能力也很出色——只听Z老师介绍了一会儿项目，只说了一个初步的想法，我的点子就一个接着一个，越来越深入地冒出来了。

Z老师喜笑颜开，他说："看来我们这件事情可以做啊。这是一个好项目啊。"

我也说："是的，我也认为这是一个不错的项目，正当其时，现在很多地方都在找这样的项目。"

而S则说，他不是一个能够轻易被说服的人。

在那段时间里S的话不多，只是偶尔说几句，都还是我专门停下来，让他也说点什么的时候，他才慢条斯理说点看法的。后来S越来越沉默。而我们一开始聊的是文学和生活，那时他高谈阔论，正是平时令人熟悉的他。当我们谈起他并不感兴趣的事情，他就显得沉默，但也并没有表露出别的，就像他说的，他是一个不会轻易被某件事情说服的人，虽然他还是一个很容易动情的人。我曾几次见他因为某个过去的人物流泪，见他为友情流泪，在酒后哭，像诗人那样抒情。

再后来，S突然站起来，说："我们走吧。"

他说那句话的时候就像维特根斯坦在挪威修建小屋时说的

那样：

我将一事无成，

并且永远成不了。

我们便真的离开Z老师的家，带着醉意，走了出来，时候正是深夜，而旁边依然灯火明亮，路上四处是走来走去的行人，仿佛黑夜中也有一个世界，一群人换了另一群人，大家彼此既熟悉又陌生。夜色和灯火交相辉映的路边有营业的餐馆，有烧烤摊，还有卖气球和鲜花的人。深夜中人们都变了另一个颜色。有情人和年轻的哥们儿从我们身旁经过，而我们当时正坐在Z老师家门前社区外路口那个圆形的水泥球上休息。那时我还清醒，S已经醉了。

2020—2021年

灰色梦中

这些情景一直像梦境一般。

这些人很多没有名字。

他似乎只能在一栋房子的二楼眼睁睁看着那一切,房子和树,几条灰白的路。它是一栋灰白色的房子,楼梯也是灰白色,第二层便是天台。那天台不是西式的天台,而是罗马式的,开几个很小的口,像瞭望塔。他站在那里看见三个人站在树荫下面:莎士比亚的后人、一对我忘记名字的家长,还有他们的孩子,一个即将成年的女孩。

他们站在那里说着什么……刚刚就在他梦里,他是这样认为的。当他仰面躺着闭上眼睛的时候,他们才出现;他觉得有必要见见他们,他睁开眼睛,他们又消失了。他做出一个类似主考官般的判决,他们就沿着一栋家属楼北面的路往西走。那楼家属楼他也熟悉。他的判决或者提示看上去对他们没有影响。他们继续走走停停,像是一直说话,但说的什么,他没有听到。

这是第一个地方,是他对自己的第一个感受。

梦是无声的。

房子是迷宫。

这是成片的被大树和路隔开的房子,由无数栋五层建筑组成的住宅群。如果仔细数一下,是二十七栋，五排，六列。其间有一间小型超市，一片长着树木和矮草的绿化地，一片带有东西方向两个水泥拱门的小型花园。超市中出售最普通的日常用品，包括水、零食、牛奶、洗漱用品、各种住宿塑料用品、烧料厨房用品，没有服装、玩具、外国商品，没有行李箱，甚至连小商店最常见的避孕器具也没有。超市中的小隔间同样为商户，出售鲜花、日式卤煮，有一间小型廉价成衣定制店，一间手机与电脑维修店，两间文具店，其中一间文具店出售美术用品。无须假设，这片住宅群的主要住户为学生、教师及其家属。

这是一片生气勃勃的住宅区，是一片祥和的少有犯罪行为的住宅区，老年人的安乐窝。这片住宅区不对外公开，基本上不销售住房，里面的人一半是永久居民，另一半为四年或三年一拨的学生。在白天，偶尔有急救车或老旧家电、旧书收购小贩经过，但没有补锅、修抽油烟机和磨菜刀的人。老人很多，他们需要休息和散步，他们的孙儿们需要安全的成长环境。这里的人过着一种被减少的生活，当然其中部分是学生的缘故，而那些居住在其中的教师和家属也不得不随之过着与他们类似的生活。住宅区中没有正规餐馆，竞争力小，一家最普通的以盖浇饭和面为主的快餐店可以一直开下去；附近没有大型超市。人们生活在这里，晚上常常有唱歌和喝酒的声音从某个窗口传来，那是年轻的人们在唱歌，是青春最亮丽的气息。楼下小路上每个时刻都有情侣在亲昵和告别，有时能够碰到风流浪漫的事，两个年轻的学生在树荫深处亲吻、吞噬彼此，发出轻轻的声音。年轻人的生活是微风、粉色、潮湿，是一天三次的高潮。

三个人出现在超市西边宿舍楼的拐角处。他们呈三角形站在那里，是三个穿着灰色调衣服的成年人：两个男人，一个女人，男人都在四十到五十岁之间，女人则是四十岁上下的样子。他们可能是在此处做工的工人，但仔细看又不太像，因为他们身上没有做工的痕迹，反倒有些废品收购员的慵懒。在住宅楼的间隙中有些一层建筑，作为单车棚、水果店，还有工人们的住宅。工人中有园丁、快递员、清扫工，大致就是这样几类。

三个人站在那里说话，显然不是学生，并不突兀，穿着甚至有点邋遢，但在他看来，他们是正正经经、普普通通的好人。他们无事可做，就站在那里，没有说什么话，嘴唇偶尔动一动。他记得有个声音从他们身边飘过，并在那里停留了片刻。那个声音传到他们耳朵里，在梦中他们经过了五六轮一个人翻身所需要的时间，就一起离开了。他们离开以后，那里空无一人，但他始终觉得有事情正在发生并且已经发生过，这件事情没有具体的目的和经过，看上去就像是被拉长了时间的有气息的路。

梦是无声的，他期待有人说话。那三个已经离开的人应该说点什么。三个人是一个稳定的行为集体，他们可以交流，可以做出决定后分头行动。他们无所事事的时候可以聊天，既不会感到无聊，也不会有二人空间的尴尬。他们必须是熟悉的，要么十分熟悉，要么互相信任。他做出过推测：他们可能是收到过某些搬家信息而希望在某栋楼下等待收拾旧物的人。对于那些专门以收拾搬家住户遗留物品卫生的人来说，他们通常不需要为所得支付任何金钱。搬家的人出走心切，他们希望尽快在新房子里落户，留下的就是他们放弃的、不再希望据为己有的物品。他们留出了从他们离开到下一个住户搬进来之间的空当，在这个空当中，房间不上锁，陌生人可以进出，可以搬走里面的东西，只要不对墙壁进行涂抹，不在里面随地方便。对于这点，这片住宅区中的人拥有的素养使得他们不会做出不洁的行为来，即便有困难户，有生活拮据的人，他们依然需要有尊严的生活。因此即便是空房子，不上锁，下一户进门时大体上还能保持干净。想到这些，仿佛他在这里住过很长时间，熟悉这里的一草一木，这里的人和动物的气息。这种感觉像是回忆，又像真切发生着，他觉得三个人的希望最后落了空，最后他们不得不离开，因为没见人从房子中搬离的迹象，没有声音，也没有人。他们可能来错了时间，或者来错了地方。有理由相信，他们是具有某种超出一般人能力的人，这种超出的能力也许来自他们的天赋异禀，或者是生活中日积月累的经验性感受。某一次的扑空不等于一直扑空，否则他们无法生活下去，也就不会尚且得体地出现在那里，他们早已改行做了别的。

这样一来，他们就渐渐消失在了虚空里。什么也没有发生，可他却认为自己一定见到了某些可回味的事，而不是那三个人出现又消失那么寡淡。他也曾一个人到处闲逛，有好几回夜里九点多钟还换好一身干净衣服出门，去那种了大片芍药的园子里走走停停，还要路过一勺池，路过天鹅路，见到好些人绕着一块足球场跑圈。每年春天末了、夏日太阳渐暖的时候，芍药园里的芍药就开满了白色和粉色大朵的花，简直如贵人一般，有一种温婉的大气。他呢，不算很喜欢看花，只是走着走着，就去了那里。有时候他也见到两个或四个人影就在不远处亲昵，也要有兴致地看了又看。他的一个朋友曾和他说起，在一本书里读到个大作家的故事，看那作家青年时期的生活，就想起了他，觉得他们很像，都有一种天真的出神感，就是那种随时可能脱离人群又在不知不觉中回来了的人。他记得他和三个朋友曾在这里的某栋楼住过，那栋楼东边有一排杨树和一条小路，西边有一排月季花，月季花在秋天最温暖的时候开放，总有人在它们前面合影。他和朋友在那栋楼里的一套房间里聊天、喝啤酒，有很多次从傍晚一直喝到深夜，还有几次他听到楼梯间一直有人上上下下经过。这是一段快乐的时光，他不记得什么时候离开过，什么时候又开始回忆起来。也许一直就在这里吧。在这里他没有生过一次病，没有麻烦过别人。

不管如何，这里是一片商机不多的生活稳定地带，交易和被交易的可能性低于绝大多数生活小区。它们不被称为小区，而被叫作"静园""宁园""康乐园"，以中间一条条稍宽的水泥路作为分隔。他觉得人们住在这里会产生一种昏昏欲睡的感觉，所以一天中学校的铃声会响起来六次，每隔两个钟头一次，每次是半分钟。一定和普鲁斯特的回忆差不多，每当他醒来，坐在窗子前面，又觉得自己困了，他就回到床上，拿起一本书来读，很快书就会落在手边，他又睡了，再次醒来时有白天也有深夜，就像他的朋友马拉说的，他过着那么神奇的生活，很容易睡着，又很容易醒来，一个人坐在桌子前面写东西。他想他也许就住在静园。

第二次，他始终站在一个较高的、类似于空中的位置，见到那三个人走后，在那方块形住宅区的迷宫里继续找到了另外三个人。不同的三个人，两个年轻的女性，一个年长的男性，他们的身份可能是两个学生和一个老师，在一栋楼某单元的楼梯间内。

没有太阳，也没有灯，仿佛空气中自带着一点点灰色的光明。他们三个人就在那幽暗的楼道内站着，这场景就像刚刚发生过。墙没有颜色，或者说只是灰白色。两根电线从楼梯天花板垂下来，中间打着几个结，没有开关，也许可以发现一盏看上去长年不熄的灯，让人想起13世纪的吸血鬼亚当带着远道而来的夏娃在坦吉尔（一个英国老城，已有超过五百年没有经历战火，城中人们安居乐业，有不少古老的房子和活过一百岁的老人，据说也有文艺复兴以后遗留下来的鬼魂）的夜色中闲逛，见到成束的电线时亚当总要骂上两句："现代人的余孽！可恶的现代人的余孽！"那时这三个现代人如果站在他熟悉的住宅区楼道中讨论莎士比亚某些作品的代笔者，一定也是一件有趣的事：明黄色的灯光，灰色斑驳的外墙，成排静止的树，没有一只鸟。

他们就站在那里，隐约在说话。他回忆过，并没有听到，没有真正的人声。可仔细去听，仔细看那三个人的动静，会发现许久以后他们一起下楼，就在楼梯口，一个女孩朝向另外一个女孩还有她可能的老师挥手。这时她在说："我走了。"非常平静。她的老师也在门口朝她挥手，对她说："到家了来电话，代我向你妈妈问好。"而她往前走了几步，又回头说："四个小时以后就到家了，您上楼去吧。"他们说话的声音消失在空气里。而他呢，他在捕捉声音。

年长的男性和没走的那位年轻的女性一起上了楼，他们都熟悉的另外一个年轻女性消失在种满了法国梧桐树的最外侧双行道的尽头。他看着他们，以为这是一个故事——故事就这样结束了吗？故事与故事的隐喻在那阴暗的时空里像一个大脑压迫症患者头颅内的思绪波，一股接着一股，轻和重，灰色和黑色，略有一点痛感，他闭上眼睛时感到事情一直在发生，有人一直在说话，或者静物也在诉说或溢出一些什么，但他睁开眼睛——即便是在梦里——一切又都不可捉摸，消失不见了，故事中的小鬼们一哄而散，织梦人模模糊糊站在远处微笑。他怀疑自己的眼睛，重新闭上眼睛时，事物又慢慢显现出来。

一楼的门开了，一个小男孩样的人探出脑袋，年长的男人摸了摸孩子的脑袋，一只手轻轻搭在年轻女孩的后腰上——恰到好处，能够感知到女孩的体温，又没有碰到她白色的衣服。

他们都进了门，门又关上。现在他眼前又只剩下一栋空房子，空房子的周围是一片空房子，静谧如画。

事情就那么结束了吗？

可他脑子里曾想到过：这样就足够了。就像爱情，现在很少有人追求结果,很多时候只拥有过程的人反而是有福的,爱永远不结束。他不是一个爱听故事的人,与故事相比,他更执着于感受。他们没有说什么特别的事,没有做什么特别的事,就在那门口站了一会儿,和之前那三位看上去像懒散的拾荒者或者又不是的两男一女一样,可他觉得他们的出现就够了,虽然他从高处看见了他们,追随了他们,他也曾记得一个古老的预言——今日的欧洲已经没有故事发生,她也许可以像至少七百岁的女吸血鬼夏娃那样从欧洲连夜坐飞机飞往底特律,穿过大西洋,第二天早上她就出现在丈夫亚当面前,他们戴着墨镜相见,穿过白天,又在夜色中碰头,全部的故事都是回忆或对过去的想象,而当天的事仿佛在夏娃提着(吸血鬼的行李?)行李出现在开门出来的亚当面前时,一切都消散了。他没有更多的期待了吗?他这样告诉自己:楼梯间传来脚步声。脚步声又渐渐消失了。

那——年长的——男教授的事情就那样结束了?他们为什么会出现?

一年前一次多人聚会上,他曾听两位朋友谈起另外一位以写好教养的富家千金故事著称的女作家朋友的写作与生活趣闻。女作家皮肤白净,也喜欢穿白色的连衣裙,腰间扎绿色的腰带。她的腰纤细如澳大利亚桉树,她说话的声音柔和中带着永恒的追问。她总能细致观察到她所见到的事物,她总能察觉到一些人与自己的某种联系,因为那种可能的联系,她的笔下曾出现过女教授、女学生、女画家、女钢琴家、一个大家族的长女……她们都和某位男主人公有一种高贵的联系——甚至那未曾显现的也会被她察觉:她心细如发,情感薄如蝉翼,面容又十分坚定,她对待自己的朋友也很周到,对陌生人、陌生的读者,都抱有得体的善意——人人见了都喜欢她,仿佛她能化解失意,甚至没有经历过失恋，她绝不像福克纳先生笔下美丽但偏执的艾米丽小姐。她常常平静地像说别人的故事那样叙说一段第三个人（不在场者）的往事。当他们偶尔说起这位有趣的女作家，便一起快活地笑起来，有人就会说："我们去邀请她来一起吃晚饭吧。"

他记得从两位朋友那里听到过她的小说里曾写到一则几个学生和老师的故事。其中一个老师有一间全黑的房间，房间里总是放着一束白色牡丹，牡丹开得很大，铺满半张小桌。故事由牡丹开始，最后又以牡丹结束，牡丹花从不发声，学生在沉默中离开，每个人都是那么得体地保全了自己。他当时想到的也许是：

同样一束半干枯的牡丹花依然放在房间里，新鲜的花很快就要送到了。

就那样慢慢地消散了。他在天上飘，看到一个男人的身影进来了。细看来如此熟悉：那是他的父亲。那样消瘦的身体，那种走路的样子——他总是背着手，三十多岁开始就那样走路，就像自己已经是全村人的长辈，数十年来，人们都叫他陈老师。但有人说，背着手走路的人是有罪的，前世是个犯罪的人，此生也要戴着看不见的手铐走路。他的父亲身体前倾走在那条灰暗的路上。他来做什么？

他的行踪没有透露给任何熟悉的人。他的亲人和朋友中没有人知道他现在在哪里、在做些什么。他的父亲和母亲甚至不知道他现在的处境和职业，以为他还在那家国营的电影厂做电影方面的工作，拍电影，或者别的什么事情。以前他像拍电报那样给家里写信，既准时，又简练。他唯一要做的是发出长期的问候，寄出一笔一笔钱物，或多或少，有时是心意，有时是生活所需。这个方法可不是他发明的，据说一百多年前主持前清优选孩童留学西洋的官僚组织就做过同样的事：有专门的人定期以不同的字体模仿孩童们的口吻给他们各自的家人写信，一方面满足了家人的牵挂，而另一方面，他们早就对孩童们有言在先，留洋期间绝对不许与家人联系，只管专心学习，数年后学成回国。他曾在广东江门一个宗族文化博物馆里看到过类似的书信。现在他看见了自己的父亲。他父亲身体健康，他爷爷是地主，他父亲从小受到照顾，没有受到过饥馑的折磨和熟人的攻击。前年他还曾成功逃过一劫，白天在一条省道上从一辆运输山羊的长途汽车上被甩出车厢，只是折断了两根肋骨，头部有轻微损伤，加重了肩周炎，总之是幸运地活了下来。这位年过六十的老人自那以后再也没有出过远门，从前那个果敢、固执的男人不见了，他成了一个脆弱的甚至有时候喜欢耍性子的半大老头。他是如何找到离家千里之外的这里？在疑惑的同时，他跟着父亲的身影一直走。他看见他在只有三米宽的路上走，从一栋楼绕到另一栋楼，穿过东九楼，东十楼，左转往前进入西九楼。他走走停停，不知道要去哪里。模模糊糊地，就在他快要睁开眼睛的时候，另一个瘦小的身影出现在一栋楼中间单元的楼梯入口处。

随着他父亲的走近，他也慢慢看清了：那个人正是他的母亲。

他母亲早已不在人世。

他首先想到的是他回到了从前，看到了他们两个人从前的样子。他母亲穿着一件红色的不得体的外套，外套明显大了一些，看上去空空荡荡，就像在衣架上晾了一件衣服。他的母亲和他父亲碰了面，彼此拥抱并用手抚摸了对方的脸。之后他们站在那里，都站到了单元楼房的台阶上。他看不清他们是否都在说话，但刚刚的举动让他大吃一惊：他的父亲母亲从前是含蓄的，他从未见到他们宣泄自己的感情，从不见他们有亲昵的动作。从前他生活在乡下，觉得乡下人也许就是那样生活的，他甚至也没有意识到一对夫妻（至少）从不在外人面前手拉着手是不同寻常的。

直到后来他进了城,在城里看到亲密的恋人和年老的在公园里跳舞的人们,他觉得他的父亲母亲可能从来没有真正理解过人类的情感和可以拥有的快乐。现在他们在异乡——也就是在他生活的城市相遇,拉着彼此的手并抚摸对方的脸,就像年轻夫妇清早的告别和傍晚的再见,像中年夫妻异地劳作后在传统节日相聚……他几乎是含着泪水看着他们,就像自己默默站在他们面前。

树叶轻轻摆动,他没有听到他们说话的声音。但事情就那样发生着,父亲不是无缘无故来到这里的,母亲也不是突然出现的,他们慢慢走近他的视野,直到母亲从怀里拿出一尊人形的东西。他渐渐看到了,那是一尊土地神,是那尊由他的父亲母亲、他村里的邻居、他的姑姑和伯父……他们共同供奉的土地神,保佑他们平安的,祛除他们疾病和鬼魅缠绕的。母亲就那样开口说出了两句话:

"你要保重自己的身体。你要我们的媳妇每天清扫好后门的路,因为我每天都要去河边走走。"

他父亲背对着他,没有声音传出来。他们两个人在那里站了很久,就像真的很久不见的一对夫妇那样。他不忍心去打扰他们,没有和他们说一句话,就那样看着他们。后来父亲原路返回,母亲回到她的楼里去了。原来父亲不是来找他的,而他的母亲竟和他住在同一个地方。他想走过去和他们打个招呼,问问他很久不见的母亲这是为什么,可他终究没有去,还是停留在原地。他似乎想到了答案,而答案倏忽间又消散了。他总还是愿意相信这是他真实的母亲和可敬的父亲。

他看见父亲走同样的路回去了,消失在路的尽头。

他心里说:"爸爸,再见吧!"

等到父亲的身影完全不见了，路的尽头再也没有一个人出现，他又回到那栋熟悉的楼下，想看看他母亲到哪里去了。他像一条带着闪光尾巴的金鱼，在幽暗的楼道中游动，没有声音，没有嘶嘶的声音，也没有风的声音，没有人的脚步声。妈妈到哪里去了？他在想。从一楼到了五楼，五楼通向天台的入口自动打开了，一道灰白色的光照进来。他沿着光的方向上去了，他眼中看到的一切在下沉。天台——他还从不知道这宿舍区楼房的天台是开放的，上面一片空旷，除了厚厚的树叶和树枝铺成的自然的地毯以外什么也没有。风吹着，头顶就是银杏树、杨树和桦树的树冠，他从来没有在这个角度观察过这熟悉的树和楼群还有头顶的天，他看见天幕是深深的幽蓝色，很美，很让人动情。呜呜——他吸了一口空气，又深深吸了另外一口。

"妈妈——"他在心里喊着。

"孩子——"他竟似乎听到了母亲的回应。他又喊：

"妈妈，你在哪里——"没有人回答。

他的妈妈已经去世了，她死后是他站在妈妈的卧室里，看见她冰凉凉地躺在地上并排放着的木门板上，身上盖着两床被子。他看到有人为他妈妈换上死后的衣服，妈妈的乳房完全干瘪了。他忍不住大哭了起来。

很久以后，连风声也没有了，就在那睁开眼睛后又重新闭上眼睛的一瞬间，他离开了他的母亲出现和可能依然生活的地方，一瞬间又回到路上，重新在半空中看着那一片沉寂的宿舍楼。他想到的是：

妈妈已经去世了。

他也死了。

关于这点他不愿意相信，但一些隐喻性的细节暗示了出来。

当他什么人也没有看见的时候，希望伸出自己的双手，但他的眼前始终空空如也，什么也没有，不论他在心里如何用力，如何希望将双手伸出去，他也看不见自己。回想起他见到他的母亲时并没有听到她提到他的名字，只是提及了他的父亲和妻子。他在想他的妻子并不是一个多么细致的人，怎么会记得每天将后门通向河边的路清扫一遍？但他想到的是他自己：也许他已经不在了。这是他亲耳听到的启示。他不知道自己是何时何地死掉的，他明明还睁开过眼睛，只是什么也没有看见，而他闭上眼睛的时候，一切又都再次清晰。罢了吧！他想。当他再次回到路上，等了很久都没有一个人再出现。

故事终结了吗？

他不好肯定。他的目光继续在路上游荡，风吹着树的叶子，但没有风的声音，没有群鸟的叫声，更没有人说话的声音。这是一片怎样的世界呢？如此寂静。可他先前不是也听到过学生与老师的对话声，他父亲与母亲的对话声？他还对他母亲喊出过"妈妈"。他的妈妈回应了"孩子"。……也许是幻觉。一切都是幻觉吧。有是幻觉，无也是幻觉。他想到也许是这空气、这缥缈在他眼前的灰暗的时空，是这时空中看不见的手控制着这一切，抓住声音，放出声音，如果它们愿意，也许可以抓住物体、释放物体——不，事情本来就不是这样的吗？黑夜可以将一切可见的吞没。他知道自己是个不切实际的人，有好几年，他妈妈不知道他在外面都做些什么。有两年他没有回家探亲，好在那两年家里平安无事，他妈妈还在棉纺厂钩半成品的针织手套，一个一毛钱。后来倒也不同了，他在一个电影厂的杂志社做了编辑，编制就在杂志社，有社保，看病只需要自己掏三两成的钱，也就过上了稍微稳定一点的生活。再后来他也成了家，他妻子有个好单位，养家无虞。想到这些，他不禁想哭，却感觉不到眼泪流下来。他的眼前一片混沌了，便是什么也没有，什么也看不见了。

短暂的失明。

"当我处于烦恼之中，它来到我的面前，为我指引方向，顺其自然；

"伤心的人来到这个世界上，必将有一个答案，顺其自然；

"如果我们要分离，也将有一个答案，顺其自然。"

他的心里出现了这段话。这是一段歌词，熟悉甲壳虫乐队或演员贾宏声的人大概知道。这段歌词曾无数次抚慰了他，使得处在困境或难过中的自己变得好过一点。这是好事，一个人应该有所寄托，如果没有，一个人至少应该在独自一人时懂得劝慰自己。他的妈妈就是一个固执地生活的一根筋的女人，他常常看到她独自坐在门前发呆，有时候十分钟都不会挪动一下手脚。结果她就早早去世了，除了一页纸，什么也没有留下。他给她买的一个淡蓝色的包就挂在床上，他给她的一串从雍和宫求来的手串就在放水杯的桌子上。"这个女人从来没有拥有过自己吗？"他父亲总说，和他妈妈二十多年的夫妻，没有红过一次脸。所以他在外地听到母亲已经去世，就在家里死掉了的消息时，他什么也没有追问，回到家里就趴在他妈妈已经冰凉僵硬的身体上哭，哭了多久他不知道。

他默默念了几遍那段歌词，眼前又慢慢开了，有了光，是昏黄色的，房子、树木和道路一点点显现，还是和原先看到的一样。他想到应该离开了，可另一个想法又告诉自己：

再待一会儿。

仿佛什么事情还要发生，什么该来的人还没有来。接着他就真的看到又有一个人出现。是他的弟弟。看样子还和很多年前从山海关回来时的弟弟一样，没有发胖，没有穿一身干净的衣服。

他弟弟也在路上走,在住宿楼间穿来穿去。他同样无法走近,总是和弟弟隔着一棵树那么远的距离。弟弟身上背着一个大包,大得和他的身体差不多。他弟弟是个强壮的人,扛东西从来不落在别人的后面,以前家里的重活大多是由他弟弟来做的。他在想弟弟是不是又没了住的地方,是不是身上又花得没有一块钱,是不是来找他投宿了。他应该去告诉弟弟,他就住在这里,真真切切,在七栋十七号,他应该领着他上楼,领着他上楼去。

就在他着急的时候,他看见弟弟真的在七栋前面停下来了。过了一两分钟,一个人真的下来了——

但不是他自己。他竟第一感觉那个出门迎向弟弟的人应该是他自己。不是,是另外一个人,一个人,一个小孩子——竟是他的小儿子,身影也是那么熟悉,他清楚儿子习惯用右手抓头顶的样子!

多么悲伤啊!他竟然看到了自己的儿子。很久没有见到儿子了。他不记得什么时候带着他儿子来过这里了。他是独自生活在这里的。他看见儿子欢快地接到了自己的叔叔,两个人很快往楼梯里去了。他也就看不到他们的身影了。后来他看见四楼朝北的一个房间打开了一盏灯,看见了人影在晃动。他甚至闻到了山茶油辣椒炒鸡肉的香味。看来弟弟已经习惯或者接受了他的不在。他看见了光,那是他那天看到的第一盏白色的灯。

现在他几乎更加相信自己已经死掉了。他问自己:"我怎么死的?"

一个声音回答说:"被毒死的。"

对于一个男人而言,这是最古老的死法。

后来天就亮了。

2020 年

印象

彩票车到来的时节

一

彩票车将要开来的时节,比当年乡村杂技团巡演还要叫人兴奋,全镇人用欢乐去迎接它。一爷又在摸自己的钱袋子,他还要去摸奖,一而再,再而三,总期盼着能中点什么。

彩票摸出来的不是现金,都是时兴的或实用的东西,大到汽车,小到牙刷,已经不是头一回了。

一爷那时年逾耄耋,不再靠劳力挣钱。他也有收入,便是他大半生累积下来,尤其是他不再当家、老伴也去世以后,那十来年存起来的养老钱,大头存在银行里,有微薄的利息。至于他到底有多少存款,我们也不知道,只看见他不缺钱花,手里还攥着钱。至于那钱用来做什么,当然不是买棺材板,他的杉木红漆棺材早已经准备好,安安静静地停在二楼那间屋子里,随时可以取用——他从不将"死"字挂在嘴边,忌讳和自己谈论死。他总说,还没到时候,他还且活呢。

一爷的钱袋子,附近的人都说,是一种象征。

谁都知道一爷有钱,他的钱花不完,不知有多少。

他每天早晨吃一个开水冲鸡蛋,中午喝八宝

茶，晚上要吃肉。一爷结过两回婚，娶过两个老婆，给他生下大约十个孩子（具体几个居然没有谁说得清了），长大成人的有三男五女，一大家子人。儿子生孙子，子孙开枝散叶，逢年过节，老老少少都来孝敬，钱啊，物啊，麦乳精、鸡蛋糕、水果，从来没有空的时候。他还常常拿些水果给孩子们吃，隔壁家的也分得到。

所以一爷不光长寿，福气好，人缘也好，大家远远见了他，都"一爷——一爷"喊得叮当响，生怕他听不到。小孩子喜欢围着他转，讨他的零食吃。成年人们喜欢和他开玩笑，问他最近哪个儿子好久没来看他了，问他最喜欢哪个嫁出去的女儿。一爷总是乐呵呵的，他说他记不清啦——他哪里知道。

还有人走到他面前来，故意大点声音和他说："一爷，听说桥宕头理发店又来了外来妹啊，你老什么时候去看看？"

对这种没正形的玩笑，一爷就会假装生气，举起一只手来："我敲死你个二流子！"开玩笑的人也假装凑过脑袋去让他敲，而后或拍拍手，或扛着锄头走了。

一爷之所以对摸彩票感兴趣，因为他家那台威力牌洗衣机就是他九四年摸到的。当时的洞口村，电视机将近普及，几乎家家都有了，而洗衣机还不多见，也许是女人们尚且习惯手洗衣服，浏阳河清洁的水就在附近，井水来得也方便，两三家人共用一口井，就如同一个生产小组有一两头公家的耕牛，大家一块儿用，也都是免费的。再说，连衣服都交给机器来洗，那接下来是不是做饭也不用人做啦！家里的女人们平常可就光剩下打牌的时间了。一爷好运气，他花二十块钱，就中了二等奖。洗衣机搬回来的时候还有人打了爆竹。

因为摸到那台洗衣机，一爷专门叫儿子将自来水管接到了屋门口，洗衣机放在屋檐下，每到洗衣服，洗衣机就开动了，将衣服在滚筒里甩得哐哐响，五十米外牛爷家都能听见。

听说镇上又要开展大摸彩，他早早提醒孙儿，上街记得叫他。他身边最小的孙儿小蔡已经十二岁了，手里也有零花钱，他应着爷爷的话："好嘞，爷爷，到时候我们俩一起去摸彩票，我也有钱。"一爷也说："好好好，带你去，说不定小孩子走狗屎运，手气好。"

彩票车要开来的消息很快家喻户晓，三爷和四爷这对邻屋住着的兄弟当然听说了。也有人问他们兄弟，他们家女人这回打算花多少钱去摸彩票。兄弟俩笑而不语。他们女人便说："那总要拿一张大票子。"别人又说："一张怕是不够。"女人接话："那要问我们家男人。"

他们是村里的富裕户，红砖房建得早，屋子大而结实，上下两层，四行三进，楼上楼下有三个套间，套间都带着自己的客厅和卫生间，还有四间单间，可以做客房，但很少迎接客人，一个大客厅，两间饭厅，三间杂物间，最东边那一间已经改造成车库，里头可以停辆小汽车，但是当时还没有买小汽车，一直空空荡荡，只堆放着一些杂物，也许先填一台小三轮也说不定。在他们正屋背后，还有猪圈和牛圈，有鸡鸭棚子，有菜地。这一切是从爷爷和父亲那两辈人手里就开始悄悄积累了的，他们爷爷过世的时候，据说还找出来一袋子银圆，有好几斤重，还有一些纸张发黄的地契，早已先他爷爷作古，成为废纸。经过父辈、他们这一代，还有他们的儿子们数十年劳作，走鸿运、擅理财，率先奔向小康生活，给自己盖了大房子，兄弟和睦，姑嫂客气。他们成年后分家而未相离别，依然同住一个大屋檐下，不像别家兄弟那般将老屋拆了，各自选一个地方建自己的房屋，有时还要因为分家不均而争吵，从此兄弟反目。

彩票车要开来了。据说发售的彩票有一百万张，特等奖是一辆桑塔纳2000，比上一年提高了档次；一等奖三辆奥拓汽车，就连二等奖,也有一大排的铃木摩托车,至于小奖,不计其数,只要去摸奖的,谁不中点什么,只怪他手气不佳。

兵马未动而粮草先行,彩票车还没有开来,奖品还没有陈列到镇上彩票点,全镇人已经闻到了那些奖品新鲜的香气,仿佛听到了撕彩票那令人激动的微小而热烈的声音。所以男女老少,不论钱多钱少的,大概没有人想错过这样热闹的机会。

花钱买个手气,一年才两回,就和搞双抢一般,一次通常在5月,另一次是在秋收以后,都是闲暇时节。

二

5月15日,镇上赶集的日子,也是"镇头镇1996年夏季彩票节"开幕第一天,据镇中心三角碑附近供销社营业员项春花讲,她从来没有见过那么多人。

从清早七点半开始,到傍晚六点,人挨着人,人挤着人,连男人们的脖子上都骑着人。项春花说,那天她足足看见了十万人,整个镇上的人怕是前前后后都各自来了两趟,正街上,通向电影院的巷子里,大桥上,店铺里,哪哪都是人。

离项春花的门面不远,在三岔路口摆摊卖油粑粑和白糖饺子的人说,当天他和他老婆用光了两桶菜籽油,卖掉的油粑粑不计其数,白糖饺子粘掉的白糖有十几斤,到最后太阳还没落山,场(镇头方言:指赶集当日的集市)还没散,他们决定收摊回家,放钱的袋子里已经装了一布袋子钞票。临到回家前,卖油粑粑的男人还在项春花的门市部给他老婆买了一套时装、一个自动热水瓶,放在板车上拉走了。

"热闹非凡!热闹非凡!"

从人堆里挤出来的人在跟自己说话。

"我活到现在,这是头一次看到镇头有这么多人!"

有老头子挤不动了,躲在电线杆子旁边一边大口喘着气,一边和自己也上了年纪的老太婆说。

有人在传着听到的广播里播报的中出来多少奖项,有人在遗憾说今天没有中到,打算明天再来买。

第一天,谈论头奖桑塔纳2000的声音很少。第一说明桑塔纳2000还没有被摸到(有人说彩票组委会不会那么蠢,他们相信大奖至少要控制到一个星期之后才会被摸出来——过早开出大奖的话,很多人要泄气了,至少不会有那么大劲头将摸彩的希望维持到最后一天),第二是说一天内不断产生的新奖项,那些幸运的中奖者和不那么走运的人——说只差一个字没中到,可有人马上来嘲笑他,说这次使用的十二生肖头像彩票,大奖是龙头——的故事。

有人从裤兜里摸出几张已经撕开兑奖区的彩票,上面印着一只老鼠。

"都是老鼠。"

老鼠意味着谢谢参与,"谢谢参与"四个字就印在老鼠头像的下方。

不单老鼠,兔子也是。

有人站在路旁一张一张撕开那些彩票的兑奖区:"老鼠——老鼠——兔子——兔子——还是老鼠——还是兔子——"那些一口气买了一整版彩票的人被自己不断撕开的老鼠和兔子弄得一脸丧气。

也有人从一版彩票里撕开一只狗,或是一头牛,一匹马:

他们中奖了!狗是电热毯,牛是洗衣机,马是摩托车!

"看来动物越大,中的奖便越大!"

马路上到处是被丢弃的老鼠和兔子彩票,一张张钞票像鱼饵那样被鱼咬走了。

上午，顺着人流走，走到位于镇西头新修建的环线，正在建设中的小广州饭店附近那块大空地上，所有人都会看到平地而起近一丈高的领奖台，台顶搭着大凉棚，凉棚前一米高、二三十米长的红色横幅上用单张方形黄纸写着"镇头镇1996年夏季彩票节"一行大字。迎着领奖台的是一张印刷的整幅招贴，上印着汽车、摩托车、彩电、洗衣机、生活用品等图案，向人们预告着陈列在附近真实的奖品。

领奖台上，货真价实地摆着一长溜的电视机、洗衣机、热水壶……那些都还不是大奖。大奖在领奖台边上，又另起了一个一高一低的台子，也像领奖台。高台上停着辆黝黑的全新桑塔纳2000小汽车，稍矮处是一辆红色奥拓，汽车上都挂着红花和彩带，打扮得跟婚车一般。各十台红色和蓝色的铃木摩托车按两排排在汽车两侧，组成摩托护卫队。其他不计其数的奖品则大多储存在颁奖台后方同样搭起来的库房里，等着幸运儿们去领取。

和我一样，后来无数人回忆起镇头镇摸彩票的日子，总会情不自禁提到1996年那一次大摸彩。它和后来于1997年迎接香港回归组织的那一次端午节全镇龙舟大赛相媲美，可谓"前无古人，后无来者"。1997年的龙舟大赛已经成为绝响，是镇上至今最后一次龙舟大赛。此事说来话长，日后我们有机会另行再说。而1996年的夏季摸彩，则实实在在是空前的，即便是后来连年举办过数次彩票节，不论奖品、中奖率和参与人数，都没有哪次能和那一次相比。有人说，那是1996年的盛况，却也不能不说是一种遗憾。快活的日子忽来忽去，终究还是归于平淡。

随人流抵达摸奖现场的人终于加入到熟悉的盛景。

彩票销售柜台是围绕领奖台呈半圆形的桌子，桌子上也铺了红布，里里外外，竟有三层之多。彩票摆在桌子上，像一朵朵花正在开放，等待着男女老少们带着钞票来采摘，给他们大小不一、甜度不同的花粉。花粉都是甜的，前来采花的人没有一个不快乐，脸上不带着那种或严肃或开怀的笑意，而只有少量最甜的花蜜，会被极少数最幸运的人带走。都说一个人的好运如同他的命运，以面相那难以言说的预言写在脸上，可没有一个人，哪怕是镇上算命最准的那个瞎子，敢于打包票说，谁谁谁在撕开那张彩票之前，就已有中彩票的面相，尽管几乎所有从镇上每一间房子里走出来，在彩票柜台前伸出他们的手掌，一边交钱，一边接到那沓可能埋藏着好运的彩票的人们，他们脸上都或多或少挂着希望，他们很容易就因参与到那希望里而哈哈笑了起来。

"穷人没有希望，正如流浪汉不必有房屋。"这样的箴言在彩票节预告发出的那一天起就注定不会受欢迎。如果那些天有人在街上闲逛，在某天结束当日彩票销售的日落时分，穿过镇中心大街，路过新街，在老桥头那家丁字路口延伸到河边老街的第一个门面稍作停留，可能会听见那个不常露面、挂着一截木拐棍的棺材店老板轻轻的自语——

"穷人没有希望，乞丐没有房屋，可人人都要入土，就这事公平。"

但不要担心，有人欢乐就有人悲哀，世界总是在起伏中达到某种平衡。镇上的棺材店已经不知开了多少年头，那房子和那店主都是老的，待售的棺材和卖棺材的人都在木质两层的屋子里，屋里通常没有开灯，尽量不招人注意。那无力但也并非不吉利的声音想必从屋子里飘出来就已经消散，没有人会听见。

"幸运的人，魔鬼也会多给他几天时间。"

三

当天上午八点多一点,就在副镇长刘香君剪彩并宣布彩票节正式开始、请大家尽情摸彩,并祝每个人都幸运的发言过后不久,作为第一批站在彩票柜台前拿到彩票的人,那些一周以来参与彩票现场搭建的工人中就有数位中了奖。

据说,作为他们劳动报酬现金之外的额外奖励,人人都被彩票节组委会赠送了一整版——二十五张,共面值五十元的彩票。他们被告知,彩票的成本将从组委会的经营费用中摊销,二十五张彩票,和其他正常销售的彩票在中奖概率上没有任何不同:就看你们的手气。

在现场,他们拿着各自手上一张盖章的兑换凭证,兑换了那版属于他们的整版彩票。

而他们中就有多达七人陆续宣布中了奖——

"猴子!"——自动热水瓶!

"狗!"——电热毯!有两个人得到了电热毯。

"猪!"——一箱旺旺牛奶!有两个人各得到一箱旺旺牛奶。

"鸡!"——最小的幸运儿,撕开金鸡头像的人将获得一支中华牌牙膏,或一盒马头牌肥皂。仅有一个人没有得到。

八个身上灰尘还没拍干净的民工,七个幸运儿和一个拥抱了幸运儿的人,在不远处宣布并分享了各自的快乐,虽然不是洗衣机,也没有摩托车和小汽车,毕竟不花一分钱就得到了奖品。没多久,他们消失在不断更新的人群里。那是第一天,最热闹的一天!

认识一爷的人,也会在当天下午四五点钟的街上见到他老人家。和大多数上街赶集的人不一样,一爷下午三点才动身上街。

那天是星期一，孙儿有课要上，他好说歹说，才和四爷说好，叫他上午不要动身，下午跟他一块儿去摸彩票。

一爷，四爷，两个老头，并不是兄弟，只因为早年生产队时期按队上能干劳力年龄排的序号叫起来的。四爷小一爷十几岁，当时六十多，和走路蹒跚的一爷相比，他算是年轻力壮的老头，平时种田种菜，干活儿还是把好手。一爷独自不愿上街，四爷家离他家不到两百米，平时还喜欢来他家走动，他答应和一爷一块下午去，两个老头这才动身，缓缓走在去集市摸彩的路上。穿过禾苗遍地的田野，经过镇普乡村公路，他们一路走，一路聊着天，说起去年摸奖时的情景。

一爷家那洗衣机是他在九四年秋天的彩票节上摸到的，生产小组中，独独他摸到一台。老头儿提起这件事情，总忍不住提高声量和别人说几句，说自己运气好，选到了那张二等奖的号码，差一个"9"字就没有填对。四爷边走边听他说，夸他越老越有福气。他们互相开玩笑说："今天带了多少钱摸奖啊？"一爷伸出一根手指头，说："一张老人头。"四爷摸摸口袋，笑而不语。

两个人从村里慢慢吞吞走到桥头，快接近镇上时已经快到四点，路上人挤人、车挤车，热闹程度是平时数倍。下午过了多半，人潮正从镇中心向它的周围回流，大部分人走在返程的路上。碰到熟人，互相打招呼，问"中奖了没有"。一半人带回来奖品，一半人当日空手而归。但见到汽车真材实料地停在那里，摩托车已经有人从领奖处开走两辆，摸奖氛围高涨。一时没有中奖的人，潇洒地笑笑，说"买着好玩"，有人像有耐性的钓鱼手，老到的赌徒，他们的口头禅是"今天不中，明天中；前面是小鱼咬钩，后面钓大鱼"。

多年来，一爷有个习惯，每逢赶集，他喜欢下午去。下午四五点钟，集市到了尾声，大部分赶集的人都买到了想买的东西，离镇上远的卖家想着过不了多久该收摊回去，卖蔬菜卖水果的摊位上剩下些被挑拣过的，那时候买东西好讲价，卖家多半会打折卖。晚一点去，对那些节俭的、精打细算过日子的人来说，是合适的。只要不是酷暑时节，老人家也更适合下午去，人少，凉快，也不耽误买东西。

然而摸奖第一天，一爷竟没能走到现场，亲手掏钱买到彩票。

人真是太多了！

过了桥，来到镇普新街，密密麻麻的依然都是人，车子也几乎开不动。一爷和四爷又缓缓走了半条街，看表时四点多了。一爷走不动了。问往回走的人，摸彩票结束时间是什么时候。有人说是五点半，也有人说五点。一爷轻轻喘着气，对四爷说：

"四爷啊，我是走不动了，走不动了。这样行不行啊，你看，他们说五点钟彩票就不卖了，你腿脚快，你受点累，快走两步，代我买一百块钱，中了大奖，我分你一半。"

四爷当日买到了彩票。

一爷的彩票也是四爷买回来的。只买了二十块钱的。一爷说，他人代买，莫要贪心，二十块钱，试试运气。四爷还给一爷八十块。

到处飘荡着彩票和彩票的余味，每条路上都是遗弃的彩票纸屑，绝大部分都是老鼠和兔子，但偶尔也能找到其他象征着幸运的生肖彩票，它们当然已经兑换过奖品了。

也有小孩子们在捡着地上的彩票，多半是为了好玩。也有大的孩子说，捡到过中奖而没有兑换的彩票，那彩票的生肖头像上没有盖"已兑换"的红章。

小孩子们的快乐和幸运也是真实的。总有人将眼看着到手的东西因为粗心大意丢弃掉，幸运星落在地上消失不见，或被其他人捡到。孩子们会在蜜桃、橘子、甘蔗成熟的时节，在大人们已经将树上的桃子和橘子收过一遍，将地里的甘蔗收割后成捆运走后，在果树和地里找到桃子、橘子和甘蔗，比平时在自家树上和地里大大方方摘到的、捡来的，吃起来要快活得多。

当孩子们意外捡到了还没有兑换的彩票，他们就去大人那里领赏。

傍晚时分，落日余晖照耀着镇上的彩票大棚、作为奖品的汽车和摩托车，和路上不时往来的车辆和人相比，它们折射出更灿烂的金色光芒，正在朝第二天蔓延。买彩票和赶集的人潮逐渐退去，镇上才缓缓恢复往日的平和，留下那些正在收摊的卖货人、小商贩，服装销售市场盖上了篷布，卖老鼠药的人骑着单车走在路上，风干的老鼠样品悬在竹竿上，卖五金用品的人正在收摊，卖木器竹器和卖茶叶的人都已经走了，留着零散的几个卖油饼油条的人，傍晚卖蔬菜、卖鱼的人。沿街呈现出灯光片片，镇上的夜晚又到来了。

第一天晚上，不知从哪里传来的消息说，当日售出的彩票超过十万张，不少于两万人买到了彩票，两台摩托车被抽中，当场开走，其中一人是洞口的陈三，他家门前已经放了鞭炮，纸屑满地，晚上摆酒庆祝。

还有消息说，那些售出的彩票是总彩票数的将近八分之一（总数据说是八十八万八千八百八十八张），彩票量本来计划好了按十日平均分配，鉴于第一日的火爆程度，下午组委会临时决定加售两万张，一并售罄，不得不提前结束发售。

一爷的十张彩票拿回家，他在屋檐下一张张撕开。没有老虎、水牛，也没有猪和狗，只有三只老鼠、两只兔子、四条蛇、一只金鸡。

"一块马头肥皂！他娘的——"

一爷骂了一句。

四

古语里说，一个人不能两次踏入同一条河流。

而在现实生活里，同样或几乎相近的事情却往往会反复发生。有人在经过一条陌生的路口，或遇到某件他第一次遇到的事，有时会当即产生一种"这条路我仿佛来过""这件事情以前发生过啊"的感觉，恍如"这个妹妹我也曾见过"。人们不知道那是为什么，就把它们当作一种冥冥之中的暗示。也许正是沿着那种暗示，有人在河里反复挖掘，终有一天挖到了金子，那是不气馁、始终怀着一个财富梦的早期掘金人们中幸运儿的际遇。

一爷和四爷这对老头儿，就在两天后的星期三，同样是下午，只是出门更早了点儿，又结伴缓步到了街上。他们还要去买彩票。一爷上回二十块钱换回来的十张彩票，只得到一只金鸡，他要去将那只单独的金鸡换成一块马头肥皂，还要再去买二十五张彩票。

这一回，他要亲自买。

他和四爷说："今天你也受累，就是扶，也要把我扶到彩票点啊。"

四爷连声说好："我扶你去，今天你亲自摸。"

四爷上一回也买了。当人们问他：

"四爷，你摸彩票了吗？"

他笑着说："呃——还没有呢。"

人接着问："前两天你不是和一爷一起去买彩票了吗？"

他又笑笑说："我帮一爷买了。我自己没买。彩票——恰好卖完啦！"

"鬼才信你！"

四爷的话人们且听且不信,反正也搞不清他到底做过些什么。可他星期一那天下午,和一爷一块出门上街,后来又一块回来,空手而归,脸上不见喜上眉梢之情。有人就笑他说:"你又摸了个空头彩票啊!"四爷笑着,垂下手拍拍裤兜:"在我裤兜里。"

而那一回彩票节呢,直到5月24日最后一天结束,四爷家里也没见任何动静,仿佛什么也没有摸到,要么其实并没有去摸奖,要么全都落了空,至少没中到大奖,顶多是肥皂和牙膏,连牛奶都没有,没见到装牛奶的盒子。

一爷却摸到了牛头,仿佛半辈子的耕牛没有白养,他没有白白和几条水牛黄牛做伴,跟在它们屁股后面跑了几十年。他摸到那不计其数的牛头中的一头,第二天叫上他儿子,上街去喊三轮车搬回那个奖品——

又是一台洗衣机!

双"洗"临门。

洗衣机被领回家那几天,一爷逢人就说:"又摸到一台双缸洗衣机!我不羡慕别人摸到摩托车,洗衣机也是福气,现在我家有两台,三个儿子轮流用。"

他和三个儿子住在一块儿,在同一个屋檐下面,他家也有大房子。

为了那一大家子儿儿女女,一爷劳碌半生,亲手主持建起来的大房子,房子墙角打得深,一半混泥土,一半土砖,往上垒了有一层半,第一层住人,第二层则放了一层楼板,不住人,放东西。房子环抱而建,只差南面没有合围,就围成一个四合院,东面、北面、西面,房子呈"凹"字形,有两套带厢房的卧室,另有三个单独的卧室,杂屋无数。他家儿子新建红砖房和在镇上买房还是后来的事,当时儿子们还住一起,五个女儿则都一一出嫁，成了别人家的媳妇。三个儿子，三个小家庭，人丁兴旺，生活在一块，在物质生活还算不上充裕的90年代，很叫人羡慕了，何况又有两台洗衣机。

若要问，那回一爷前前后后买了多少彩票？

是一个谜。

到老了什么都好说的一爷后来也支支吾吾，他不愿意透露。到底买了多少钱彩票，别的人不知道，只晓得他至少去了四次街上。

其实也没有人真正关心别人买了多少钱的彩票，顶多眼红中了大奖的人家，或笑一笑那些一张彩票也没买的人小里小气，"留那么多钱做什么"。比如熟人们不知道一爷或四爷买了多少彩票，只看到四爷家不见添新东西，而一爷家多了台洗衣机。

可听故事的不知名的读者们啊，你们倒有幸可以知晓那当时之人知道或不知道的事，就比如四爷只买过十块钱的彩票，而一爷却买了两千多块钱的，险些把他多年来藏在墙壁和衣柜夹缝中的那些老本娘子钱都掏出来。

一爷有苦说不出，只是笑着和人说，家里又中了台洗衣机。

而洞口村的人，也许只有极少数几个见识了汽车大奖被抽中的时刻。

五

碰巧的事情就像命运。彩票节进行到第七天，也就是那个星期天的上午，九点多钟，太阳刚刚好也跨过九点，一位不知名的穿青布衣的老太婆成为那个最幸运的人。

当她一手提着空空的只放了一块豆腐和几个苹果的竹篮子，一手捏着那两张微微举起直到眼前的彩票，一条金黄色的龙，祥云一般浮现。

"一条龙吧——龙——"

一开始没有人注意她,也没人听到说了什么。

当日的人还在彩票柜台前买着彩票,想要从那成片的奖品中抽取自己的幸运。青衣老太将印有那唯一一条金龙的彩票缓缓伸到她面前的彩票销售员眼皮底下,问她:

"姑娘,你看,这是一条龙吧——"

姑娘的脑袋当时还在鸡啄米一般四顾点头,回应着拥挤在柜台前那些伸手购买幸运的人。

已经第七天了,她每天站在那里卖彩票,从早上八点到下午五点,一天工作八个半钟头,日工资八十。经她的手,她亲眼见过记不清有多少的人递过来的钞票和带生肖头像的兑换彩票,见过数不清的象征着马头肥皂和中华牙膏的金鸡、电热毯的狗、自动热水壶的猴子……她见过隔壁摊位开出来的摩托车的马,听说过第五天那只意味着奥拓小汽车的第一只老虎被一个满头大汗的小伙子抽到。每一张彩票对应着什么,是奖励还是"谢谢参与",是肥皂还是洗衣机,她记得一清二楚。

三天过后,她会领到全部十天的日工资八百块钱。如果大奖——指的是摩托车和摩托车以上的汽车——从她手上被当场抽到,据说她可以每位拿到五十元的额外奖励。然而那个奖励没人能说清楚如何兑现,因为彩票并未通过任何标记与每一位销售员对应,谁知道那张印有龙、虎、马、牛的彩票出自哪位销售员之手?

不管如何,摸彩票对人来说意味着奇迹有可能诞生。

那么,宁愿信其有。

当听到老太婆传来"龙"字——尽管这个字已经被许多人念叨过很多次,依然立即触到了她。她转过头去,低头看着老太婆，用那漫不经心中流露出来的不太专业的服务态度，说：

"你给我看看——"

老太婆带着半分犹豫，将彩票缓缓递给她。

"是龙！"

"是龙！——"她将声调提高了一个八度！

"龙——"她又重复了一次，眼球从眼睛里凸了出来，又惊又喜，仿佛捏在手上的那张彩票是她自己的。

（事实上，如果那时的她是魔术师，懂得无人察觉的掉包术或变幻术，谁又能说清楚重新递到老太婆手上的不是一头牛，或者干脆是条蛇呢？她只需不动声色地轻轻说一声："是条蛇，你看错了。"）

此时，青衣老太婆还没能当即反应过来那位姑娘不冷静的表现意味着什么。

什么也没能瞒住，就连周围的人也很快凑过头来，旋涡般跟随着卷入老太婆和她摸到的金龙的核心，为她，也为那次彩票节印证了第一幸运和惊人的奇迹，好比在一条炼金师聚集的炼金街上，第一个人果真炼出了金子，所有的同行都涌过去围观——对炼金师而言，同行的奇迹意味着奇迹也可能降临到自己头上；而对参与那次彩票节的人来说，头奖被一个老太婆摸到，也说明了桑塔纳2000名花有主，再不会有第二个人得到它。这不能不说是一种狂欢中的遗憾。

依照早已设定的最高奖领奖流程，老太婆头戴红花、胸前斜挂着"特等奖获得者"的绶带，手捧已经被镶嵌在一帧金边红底的方框里的金龙彩票，由六位穿红旗袍的礼仪小姐领着、搀扶着，走向最高领奖台，站定在台上正中央。等候她的是她一生中从未见过的场面。

彩票组委会主席亲自为她颁奖，并询问了她的姓名。

最幸运的老太太姓施,来自施家冲,当年已经八十岁。

主席同样止不住地满脸兴奋:他们的桑塔纳2000被抽到了!

浓妆艳抹的女主持人接着手持话筒问老太太:

"恭喜施老太!恭喜施老太!"她大声说。

"你中了大奖!此刻心情怎样?"

穿青衣的施老太太,她那装着一块豆腐和几个苹果的竹篮子已经被搁在领奖台边上,她手捧那条象征桑塔纳2000的金龙,难以形容的表情悬在一张满脸皱纹的深色老脸上。

"我,我今天早上是来卖鸡蛋的——

"鸡蛋都卖光了——

"菩萨保佑——

"我是属龙的——"

无心插柳柳成荫。

一个如此瘦小,如果不是因为那身蓝布衣服便会隐藏在人群里的老太婆,她没有搞明白发生在自己身上的到底是什么。生肖龙自出生起便跟随她,那是她母亲告诉她的;摸到的龙意味着什么,所有人都在喊着,她却没听清楚。

一个不需要小汽车的人获得了小汽车。

所有见证者当场怀疑却相信了命运。

老太婆的人生故事也很快在镇上流传。被财神菩萨和命运女神赋予最高幸运的女人膝下无子,生过两个女儿,一个早夭,一个出嫁已有三十多年。她丈夫死于70年代,她独自生活已有许多年,是村里的五保户。几近一生的卑微和不幸,时间夜以继日叠加在她独居的平房和她日益衰老的肉体上,以至于自己已经不记得所有亲人的样子。

关于她的一切,八十多年来世间默默难闻,那天却很快让所有人知道,在彩票点传开,散布到街头巷尾,飘扬在镇头镇的土地与河流之上,蔓延到相邻乡镇,不久之后,在全浏阳市也传开了!

一定会有人问起,她将如何处理那台全新的小汽车。

那件事简单到只消一碗茶的时间,便可说个干干净净。

就像往常村里的人和附近的小学生时常带着鸡蛋、蔬菜、水果来慰问她,给她送温暖,她有时竟会将吃不完的鸡蛋用小篮子装着,去街上卖掉,换回来一点钱,买药,或是买别的。施家冲的人给了她多年关切,在漫长的孤独生活里给她物质和精神慰藉、言谈和欢笑——她将她的小汽车捐给了村里,换回来一张奖状,像小学生般挂在自己住的房间里,出人意料,但又在想象之中。

"这些钱财啊,终究是生不带来,死不带走。"

这话听别人说起像是闲谈,直到施老太太说出来,才成了真理。

她有一个亲妹妹,十七岁那年嫁给洞口的一个打鱼人,那个打鱼人就是我爷爷的哥哥,我爷爷也就是四爷,他哥哥是三爷,他们两人是亲兄弟。三爷的老婆,另一位施老太太,已经过世。因为一件不值得向外人说道的小事,三爷的老婆生前有十年没和她姐姐来往,后来她去世了,三爷也竟断了他姻姐的人情,任由那位长得和他老婆越老越像的施老太太在施家冲过着五保老人的生活。

这些事,有些我小时候亲眼见过,有些是我爷爷告诉我的。

我回想起这段往事的日子,正在重读托尔斯泰的《战争与和平》。你们还记得吗?托尔斯泰曾借那位落魄的公爵夫人之口说出过一段至理名言:

"我常常想,也许这样想是有罪的,"公爵夫人说,"我常常想:基里尔·弗拉基米罗维奇·别祖霍夫伯爵独自一人生活……

有这么多的财产……他活着有什么意思呢？生命对于他成了负担。……"

是啊！一个人干吗要有那么多钱财呢？得来是福，散去也是福。

二十多年之后，听我爸爸说，已经不再有彩票车开到镇上，千禧年之后就不再有彩票节。彩票狂欢周转瞬即逝，如同更早的乡村杂技团，成为一个时代的回忆，只有太阳高高挂在天上，日升日落，照耀它滋养的土地，万物的生长和衰败，人的喜乐和悲伤，发生的和将要发生的事，世间变化和不变的情感。

2023年

一九九七年的回忆

听说慧慧来了,喜伢就从堂屋中打开门走出来,站在自家屋檐下长长的泥砂打造的台阶上,朝他堂伯伯家后门方向望去。可慧慧并不在那儿,她没有露面。慧慧来了的消息不知道是从哪里听来的,好像是芳芳说的。而芳芳也没有露面,也许她在家里,也许去她镇上大伯家了。喜伢心中听到慧慧来了的消息,却好像谁也不知道是从哪里来的,也许是他心里的一个声音,或是从他愿望中发出来的心声。天下着小雨,4月浏阳的小雨天还有些冷,喜伢在屋檐下的台阶上站了一会儿,怏怏然又推开那道矮矮的、不及一个成年人高的小门走到自己家里面去了。

慧慧没有来,至少慧慧现在没有出现。但有一个声音说:"慧慧来了。"

同样的场景就像梦一般出现过无数次了。而堂伯伯家的后门依然紧紧闭着,大半天也没有人开门进出。下着雨,也许他家有人在打牌。如果慧慧来了,可能他家门前小院中停着一辆摩托车。可是天下着雨,慧慧不骑摩托车,以前她来——好像是去年之前的事情了——要么是跟着芳芳来走亲戚,芳芳的妈妈是慧慧的小姨;要么就是她家里人送她来的。慧慧这年十四岁,个子比她小姨家堂屋那两扇小门要高出半个头,已经是少女了,却也还是个大孩子,她还不会自己出远门，从她家过来，要过一条河，过一座大桥，加起来有七八里路。

一切又出现在喜伢的脑中，也出现在他心里，就好像他到过慧慧家一般。实际上他根本没有去过，只是想象慧慧家在东南方向，离他家不远也不近，中间隔着同一条大河，隔着很多家的房子、上坡下坡路，隔着稻田、小路和树。慧慧的样子出现在他脑海中，白白净净的，从前是梳两条辫子，后来合成一条黑色的马尾辫，样子呢，几年来变化挺大的。几年前他见到慧慧，那时候她大概十岁的样子，慧慧和其他堂伯伯家里的孩子们在一起，芳芳、岩松、小兰、小乐、浩文，一群孩子，都姓严，只有慧慧和淑玲家的女儿不姓严。慧慧姓什么呢？喜伢一开始以为不知道。后来想起芳芳妈妈姓莫，就猜测慧慧也是姓莫。叫什么呢？慧慧——莫慧君。可他还从来没有那样叫过慧慧，在心里也没有出现过莫慧君，一年过后，他念大学了，和慧慧写信，才写上了"莫慧君"的名字。多年过后，他们之间的书信都写过什么，喜伢也记不大起来了，倒是记得慧慧送给他一小块木头，木头上刻着几个小小的点，点上镶嵌着白色的银子，那银子后来也变成灰色了。慧慧说，那几个小点是盲文，盲文上是他的名字。为什么是他的名字？他想理所应当就是他的名字，不然又会是什么呢？

4月，门前的玉兰树沐浴在春雨中，绿油油的大叶片，也有一些淡绿色小小的新叶长出来，叶片上带着绒毛，绒毛也浸润在雨水中。玉兰很快就要开花了。雨打玉兰，淅淅沥沥，除此之外就很安静。

很多年以后，喜伢独自待在11月北京的房间里，想起前些日子和三个好朋友杜林、小平、陈志芳深夜喝酒回来经过马甸公园，志芳指着旁边那条小河边长长的一片树林说起玉兰，四个人便争执起来。喜伢说那怎么会是玉兰,杜林也说不是,而小平和志芳都说,那就是玉兰啊,不是玉兰又会是什么。刚刚喜伢在一本衡山周边植物图册上看到广玉兰,又见到了书中还附上了另外两种玉兰,是白玉兰和紫玉兰,都开着玉兰状的花,都很好看,可白玉兰和紫玉兰的花瓣更小,叶子很少。喜伢才知道,他家和堂伯伯家之间的那株玉兰树是广玉兰,广玉兰的花瓣更大,只有白色,而没有别的颜色。广玉兰又高又大,碧绿的大叶片,白色大朵的花,亭亭玉立的,很像大家闺秀。白玉兰在北方能生长,小平、志芳是北方人。广玉兰却只长在南方。由玉兰又想起往事,往事历历在心头,他想起了慧慧。

慧慧如今怎样了?

慧慧已经嫁人了,一前一后已经生了两个儿子,家住在浏阳城里。

天下着雨,家家屋里的人都不大出门。到了临近中午的时候,芳芳家的后门打开了,晓春从门内探出头来,她也没有打伞,紧跟着跑了几步,朝自己家跑过去,很快就到了。晓春是喜伢的邻居,就住在他家东边,中间只隔着那条长满杂树和茅草的小巷。接着芳芳也冒出头了,口中喊着:"春姑姑不打伞啊——"晓春已经站在她家屋檐下了。芳芳没有出来,她还是个十岁的小女孩,额头前搭着齐刘海。喜伢听到芳芳的声音,就打开东面房间的侧门往外看,他还在想慧慧是否真的来了。芳芳看到喜伢,果真就朝他说:

"慧慧姐姐来了呢。"

只是慧慧并没有探出头来,喜伢也没有立刻见到慧慧。可听到"慧慧来了",他心里的声音就迎面冲出来。他想说:

"慧慧来了啊?那我待会去你家玩。"

却没有说出口。也不知道为什么。芳芳还站在门口，正要关门进屋去，他才说：

"吃完中饭去你家玩啊，我有两本好看的书要拿给你们看。"

芳芳应声关门进屋去了。喜伢也关上了自己的房门。"慧慧来了。"他吃中饭的时候心里还在念着。中午他妈妈只做了三个菜：蒸豆角，辣椒炒茄子，一碗丝瓜汤。一家四口坐在八仙桌前吃饭，一人坐一个方位，爸爸坐在北面主位上，妈妈坐在他旁边，弟弟和他挨着坐。妈妈问他，作业做完了没有。他回答，还没有，下午接着做。妈妈的老问题已经问了多年，现在妈妈微微发胖了，和年轻时候那张高中毕业照片上扎两个马尾辫、穿白色的确良衬衣青色外套的少女已经很不一样，头发也没有那么浓密了，还有些发黄。他意识到妈妈渐渐老了还是后来的事。那时他不爱回答妈妈的问题，更不喜欢妈妈念叨。爸爸话不多，吃完饭就搬张凳子坐在大门口抽烟去了，旁边放着一盅热茶。爸爸还好，那时他又在做小学代课教师，有固定收入，九三年的时候，一个月两三百块。

下午还在下雨。有人打着伞、提着鱼篓从喜伢家门前经过，顺着田埂上的泥巴小径去河边扳鱼。河水也涨了几尺。听说河水有些浑了，正好去扳鱼，下雨天扳小鱼小虾是很好的，小半天说不定就能扳到两碗。如果河水涨得再高些，比平时的河面要高出两三米，就很可能扳到鲤鱼、草鱼、鲢鱼那些大鱼。家家户户几乎都有扳鱼的罾，而喜伢家却有几张渔网，还有一条小木船，都是他爸爸的。渔网是前几年从学校第一次辞职回来后自学了编织的，木船则是一只二手船，据说是从河对岸一个渔民家买来的——可他爷爷有时候却说，船是有一回发大水从河里头捡来的。爸爸的几张渔网那时还下在河里，因为下雨就一直放着，水也没有涨。爸爸也去扳鱼了，喜伢在房里做作业，心里头却总在想着慧慧。

慧慧就在隔壁啊！何况他吃饭前还和芳芳说了，下午要带两本书给她们看。

他赶紧写着手边的作业，还想快一点。

妈妈就在隔壁看电视，他不敢随意出门。弟弟也在看电视，他还只有五岁多，什么也不懂，又没有作业，要下半年才打算去上学前班。这时听到外面有人喊："扳到一条大鱼了——"他好奇，赶忙站起身来走出房间，打开门看到涂利民家的大儿子涂雨手里提着个大木桶，穿着及膝盖深的套鞋站在他家地坪上，正将木桶侧着拿给已经站在门口的爸爸看。不等他将木桶侧得更多，一条青背的大草鱼已经从木桶里跳出来，掉到地上，一个劲儿在水泥地面上跳着，啪嗒啪嗒拍打着地面直响。果然是一条大鱼，看上去足足有四五斤重。涂雨脸上露出快活的神色，手里的伞已经放到喜伢家房檐下。喜伢看到那条地上跳着的青背白肚子的大草鱼，心里也跟着高兴。涂雨将草鱼捉回木桶里，打着伞朝自己家方向走远了，爸爸就和喜伢说：

"作业做完了吧。要不我们也去扳鱼吧？"

如果换到平时，喜伢肯定快活地答应着，丢下手上的事情就往河边跑了。可这时他心里有一个那么温暖的、比他心脏还跳得更明显的慧慧，他家的罾也经常在河岸边那块空地上放着，现在肯定还在那里，如果他现在去扳鱼，说不定也能扳到大鱼——因为大鱼已经来啦！涂雨家已经扳到了大草鱼，大鱼大多是成群活动的，河边一定已经活动着一群大鱼。可是慧慧也来了啊！慧慧近在咫尺，就在他眼睛可以望到的堂伯伯家那间小小而温暖的会客厅里。他回绝了爸爸，说：

"作业还没做完，先不去了。"

四点多的时候，天渐渐变成青白色，仿佛要阴转多云了。喜伢手里拿着两本书，一本新到的儿童文学杂志《小溪流》，一本《苔丝》，就从侧门出来，经过屋门口那条长着青苔的小路，也没有敲堂伯家的后门，就绕过后门，穿过虚掩着的小铁门，走到芳芳家大门前。他喊了两声"堂伯"，听到有人应，就推门进去，走进堂屋，见芳芳从楼上沿着楼梯下来了。

"喜哥哥——"芳芳说。

喜伢说："芳芳，我有两本书，你应该会喜欢看。"

他将《小溪流》递给芳芳。芳芳喜欢看《小溪流》，也喜欢看《儿童画报》。芳芳指着他手里的另一本书说：

"这本是什么书？"

"这本啊，你可能看不太懂。你说慧慧来了，她呢？"喜伢问。

芳芳一笑："慧慧走了。"

慧慧走了——喜伢"哦"了一声，心里很失落。芳芳接着问他要手里的书看。喜伢手里抓着《苔丝》，一下子感觉眼前的芳芳成了一个更小的小女孩，不仅看不懂《苔丝》，恐怕连《小溪流》也看不懂了。喜伢将手里的书封面朝上伸到芳芳前面，说："这本书是小说，你看不懂。"

芳芳说："说不定能看懂呢？"

喜伢又说："是拿给慧慧看的。"

"可是慧慧已经走了。"芳芳说。

"那——"喜伢说，"那好吧，我把书给你，下回你见了慧慧，可以拿给她看。"

他就将《苔丝》也递给芳芳。芳芳拿着书朝厨房走，他也跟着往厨房走。芳芳的奶奶付娭毑正在厨房里切着已经煮好的马齿苋。喜伢问了付娭毑的好，又站在那里看了一会儿。芳芳也在旁边看她奶奶切马齿苋，马齿苋被切得吱吱响。喜伢说："付娭毑，我回去啦。"付娭毑也说："不玩一会儿再走啊？"他说："不了。"就打开芳芳家那斜对着他家的后门,往家里走了。他走出来的时候,天又下起了雨。雨淅淅沥沥,淋在他头上。

又没有见到慧慧,还以为慧慧来了便可以见到。常常听说慧慧来了,却又没有看见。满以为这一回可以见到,可想起不知道多久前,也是听见芳芳说慧慧来了,也没有见到。

有一回,他看到慧慧出现在那扇门边上,正站在门槛边,也没有出门。他也没有喊慧慧。慧慧也没有看见他。每每回想起来,只觉得一次又一次地错过了。真遗憾啊!慧慧就像他的一块心病,想看见她,却总也见不到。

也不记得是从什么时候起,他们就再也没有见过,也还有联系,表面的,用书信;慧慧还有日记保存。

这样说起来,还以为他俩从前多么熟悉,仿佛经常见面,就像邻居或同班同学。实际上不是,喜伢记得,他和慧慧真正面对面的,还说着话的时候,加起来就三次,就像是在陌生的城市中偶然凑巧地,几次在同一个公交车站碰到同一个陌生人一般。

但慧慧,毕竟是慧慧啊!

人总在戏里惦记着青梅竹马。他们不也算青梅竹马吗?

慧慧的日记

(1998年)10月21日　晴天

今天收到喜哥哥的信。信是小莲给我的。小莲说,她在传达室看到我的信,就傍晚拿过来了。看到信封上的地址,她就问我,还有大学生给你写信啊?她要我告诉她是谁。我看了信,上面写着喜哥哥的名字。我说,是喜哥哥。小莲是我的好朋友，我告诉她也不要紧。她还要追问我喜哥哥是谁。我又对她说了一会儿，直到放学路上，才打开那封信。信封上贴着一张兰花的邮票，小字上面写着"花卉图：胡兰"，可惜不是慧慧的慧。

读了信，才知道喜哥哥已经上大学去了，开学都两个月了。好在是在长沙，离家不远。信里和我说了一些关于大学里的新鲜事，他说他学校后面就是岳麓山，学校里到处都是高高的樟树和玉兰，就像在花园里。岳麓山我去过，却没有去过中南大学，不知道大学是什么样子。我也能考上大学吗？说不定。他说军训了一个星期，很辛苦，但觉得很快乐，同学们来自天南海北，他们住在宿舍里，同宿舍中还有很多外省人，有个来自甘肃的男同学和他成了好朋友。我还不认识一个外省人呢！他的信勾起了我对大学的向往。那就好好努力吧！还有两年多，我也会参加高考。喜哥哥问我生日是什么时候。我该告诉他吗？那就告诉他吧。想起来其实我们好像有一年多没有见面了，现在我也念高中了。去芳芳家里，就待在她家看电视，和她看图画书，其实芳芳的书我早就看过了，只是姑姑倒还有些琼瑶的小说我很喜欢，还悄悄读过两本，她也不知道。有一本叫作什么？《海鸥飞处彩云飞》，一个浪漫的爱情故事，小眉遇到了慕槐，她自己就像影子。我还记得那回和喜哥哥、芳芳他们去垄中散步的情形，一起躺在草地上看天，闻着旁边的花香……其实在路上读他的信我有些紧张，心跳得很厉害，不知不觉就走到了家门口。

那我也要给喜哥哥回一封信吧。写点什么呢？我们上回说话的时候，他还把我当成小姑娘。我想起他，他长得还有几分像韩国明星裴勇俊，挺好看的。

哎，今天这是怎么了，尽写一个人了。不写了。

我想我会给喜哥哥写信的。（注：这句话是后来加上去了。）

慧慧的一封信

喜哥哥，你最近好吗？

高考结束有两个月了。我一直没有收到录取通知书。现在暑假也快结束了，也许它是我人生中的最后一个暑假吧！我听芳芳说，暑假你也没有回家，留在学校准备复习考研。真好啊！听说浩哥哥考上了研究生，已经到上海大学报到去了。希望你明年也能考上，记得你应该现在正是大三吧？我也很希望能上大学，也能和你们一样去考研究生。听说考上研究生就有机会去大学当老师，那样就可以一直留在大学里了。可这个希望对我来说越来越渺茫，我的分数刚刚过了二本线，只多了三分。我们班上很多人拿到了大学录取通知书，我想我只有准备复读，或者干脆出去打工的份了。七中复读班的两周前就来我家了，她劝我去复读，可我还在等待。是复读，是还有希望，或者走上社会？我心里很乱，不知道怎么拿主意好。家里人也没有明说，可我仿佛觉得他们希望我去打工，因为你知道，我弟弟也上高中了……我该怎么办啊！万一真的今年没有大学给我上，复读一年就会有吗？我没有把握。这次考试我已经超常发挥了，只是可能运气不好。不仅我没有把握，家里也没有做好让我复读的打算。我有种感觉，没有收到录取通知书，最近些天我看到我妈妈倒是放松多了，还跟我开玩笑，说哪里哪里有个厂子，厂子的效益很好，谁家的孩子去年过年回家，就给家里买了背投大彩电。她又安慰我，说也许过几天通知书就来了。妈妈有意无意间和我说起工作，我甚至想：过阵子会不会还有人来给我介绍对象，让我早早结婚。结婚，留在家里，在镇上上班——河对岸已经建起了三个棉纺厂，据说已经招了两三千人进去。有家棉纺厂就在你家河对岸不远，建在一座小山头上，远远地建起了几栋白墙蓝屋顶的楼房。最近我还在读你寄给我的几本书，在读《安娜·卡列尼娜》。我在想，安娜尽管美丽，气质高雅，我却不愿成为她那样的女性。不过我们真的能选择自己的人生吗？努力去争取就会有用吗？

你说你现在还在做家教，教一个九岁调皮的男孩子。这个年纪的男孩子是很顽皮的，我想起我弟弟，在我上初中的时候，可没少被他折腾啊，何况我爸爸妈妈又都偏爱他，事事向着他，我要是哪回吓唬他，他就会跑回去告诉我爸爸妈妈，他还学会了撒谎，添油加醋，说我打了他……你要小心一点，可别被那小孩使坏啊，何况他也不是你亲人，有什么不如意还不都赖到你头上？记得去年我还想让芳芳问你借一些你以前的复习材料，不过也没有来得及，或者根本不是来不及，而是没有开口吧。

对了，你妈妈身体好些了吗？端午节我去芳芳家，看到你妈妈坐在你家门口，一直在唉声叹气。我听姑姑说，你妈妈总疑心自己会不会得了什么大病。你要是有机会，是不是要劝劝你妈妈，不要胡思乱想啊？

今年我去过芳芳家三次了，都没有见过你。不过也难怪，你如今在学校里，怎么可能老往家里跑呢？现在你也快毕业了，我也高中毕业了，芳芳去外地读私立高中去了，一个月也才回家一次。你弟弟呢？他是不是就在长沙读书？长沙倒是离得近，要回来是很方便的。总之我这一两年也很少出门走亲戚，大家都在长大，都渐渐远离了家，不再像小时候那样时常能在一块玩了。突然觉得有点像《红楼梦》里的情景，人长大了，就不得不各奔东西，不管自己情愿也好，不情愿也好。暑假快要结束了，那你还会回家一趟吗？如果你会回来，也许我们还能见一面。你要是不回来说不定我真就被送到哪家厂子里去了。

好久了，就写了这么一封信给你，可别生气，这半年我实在是学习太忙了，学校对高三年级也管得严，不许写信。现在好了，如果我不去复读，就算是自由了。

慧

2000年8月20日

随慧慧喜帖寄给喜伢的信

喜伢哥，你好吗？

告诉你一个大消息：我可能要结婚了！对象是一个游戏室老板，年纪已有三十四岁，大了我八岁。我们认识的故事，你应该不会想听吧！那就不告诉你了。总之，这是一封喜帖，你会为我高兴吧？以前你不是说，要是我三十岁还没有嫁人，就嫁给你好了吗？你看，没到三十岁，我结婚了……结婚了。总是好事情吧。一切都是命运，也是人生。谁不幻想美好的生活，有美好的爱情和婚姻呢？我的爱情结束了，我的婚姻就来了。三四年没有你的消息，不知道你过得好不好。你知道我是怎么知道你的收信地址的吗？也不费劲，是芳芳告诉我的。而芳芳是从你爸爸那里问来的。你的电话号码没有换吧？现在我也不爱打电话了，因为一打电话，就说着店里的事情。我开了一家杂货店，你不知道吧？店里尽是些生活用品，你在镇头能想到的小东西我这里几乎都有！而且也卖服装的！你要什么呢？也许等你回家了，也会来我店里买东西，或者路过它。我也不告诉你店的名字了，以后你要是碰到了，进来了说不定就见到了我。……我说这些做什么呢？你不嫌烦吧？可能是好久好久没有收到你的信，也没有写信给你了，一提笔，就写个不停，絮絮叨叨的，好像也没写什么。你是不是读起来觉得特别没劲？……那我再告诉你一件事情吧。万明，也就是我的结婚对象，他是城关镇的大哥……你看吧，我成了大哥的女人，以后是不是会很风光啊？是不是，有点搞笑？你不会笑话我吧！记得你以前还老在信里说我多么纯真，说我像仙女一般。现在呢？是不是大跌眼镜了。……你会不会想，我变了！我肯定是变了，毕竟已经这么大了。可我变成什么样了呢？你也不知道。不知道你现在过得怎么样。我总得和你写点什么。现在也不见有人写信了吧？太老气了！再说我也没有你那么好的学问，也写不过你！你就别计较了吧。就写到这里，写一页纸。请束你收好吧。来不来都没关系，就是，我想，还是告诉你一声吧。也许你早就不记得了呢？希望没有给你添麻烦。……你可要，不管怎么样，可要祝福我啊！

慧慧
2009年9月20日

喜伢的回忆

1997年秋天吧，我上高三那会儿，记忆真是清晰，和慧慧、芳芳、严小乐，四个人顺着芳芳家门前的小路往田野中间走。夏天刚刚过去，野芋头正在溪流边生长，海金沙（音，浏阳方言，植物名，一种茎很小的藤状植物，叶子和根茎晒干成粉，据说可以入药）在树上，茶叶树、荆棘长成的树篱上，我们走出家门，沿着小路走向田野，稻子金黄，风吹着谷粒沙沙响。我们走着，在那条横跨小溪的石板桥上停下来。芳芳说：

"我们停下来休息一会儿吧，你们看那水里有鱼呢。"

我们就停下来。芳芳蹲在石桥上，严小乐也蹲下来，他们两个人年纪小些。我和慧慧还是站在桥下。几条寸余的小鲫鱼和麻愣（音，一种仿佛永远长不大的小鱼，味道很好），还有叫不上名字的柳叶般的小鱼在水里时隐时现。十四岁的慧慧很安静，她报着嘴，微微含着笑，表现出也很好奇但又不愿再凑得太近的样子。我已经十七岁了，却长得像个初中生，看上去也和慧慧差不多大小。慧慧突然说："你看那鱼，你下去捉鱼呀！"我说："好啊！"我就脱了鞋袜从小溪靠着田坎的一边地处下水道不足一米的溪流中，站在水里一动不动，就等着鱼儿游到身边来好捉住它们。小鱼儿很灵巧，慢悠悠地一群群游过，就在我安静的足边停歇，在水草中游弋，而只要我伸手进入水中，它们便哗啦一下摆尾走掉。水里还有龙虾洞，有水蛇洞。我回到岸上，和慧慧、芳芳、严小乐一块躺在旁边的草地上，望着头顶一丝丝白云飘过的蓝色天空，我觉得十分美好，就连慧慧和芳芳说过哪些话，我也忘记了。等到快过年了的时候，我又盼着在家门口再一次见到慧慧。

这些年来，也和慧慧有联系，只是太少了。上大学那会儿还多一些，写过一些信。可以说，慧慧是在我们的通信中，在我回到家中从家里的屋檐下眼望着伯伯家的后门、盼着她出现的日子里，就在这些回忆中慢慢长大成人的。我们认识的时候都还是青春年少，我最后一次见她时，她已经是两个孩子的母亲。都说有青梅竹马，真正青梅竹马的人我还没有见过，而如果当初我们不那么矜持，如果我能大胆一些，像故事中写的那样捅破那层窗户纸，对她明明白白表达心意，也许后来的一切都不一样了。只是人生不能假设，命运让我们各自成了自己。慧慧呢，总是莞尔一笑，她在我心中，在我脑海中，永远都是那样一个微笑着、嘴角上扬的仿佛不会成年的少女。

多年以后，当我试图描述这个动人而单薄的故事，那美好的一天下午，心中出现的只有那一片飘荡着浮云的蓝天，还有一条闪着微微白光的小溪。当我想到慧慧的时候，慧慧成了一个模糊的身影，尽管曾和我一同躺在白天的草地上，蒲公英就在我们耳边。我对自己说，慧慧，什么时候才会再一次见到你。而自我上大学起，只见过慧慧两面，其中有一次，只有我见到她，隔着一条车来车往的镇株路。时间过得真快，青春的花已经散尽，慧慧只剩下一个背影，站在她的店子里卖服装、卖杂货。而我还记得，有好几年的深秋，我们几个人在秋收后很久的田野上点燃草垛，点燃甘蔗秆，火烧了起来，烧得田鼠在田埂边跑，青色的烟升起，没有什么风，青烟笔直地上升，上升，越来越淡，渐渐地远远就看不见了。而我们还在田野上跑，点燃一个草垛，又去点另外一个，男孩子在跑，女孩子在看……那些时候，慧慧又都不在。那些记忆又仿佛梦境一般，都是静默无声的了。

2020年

火车又要到站

一

阿郎坐在一辆天津开往北京的慢火车上，从天津站到丰台站，中途没有停靠，要开一个小时零十九分钟。此时车已经跑了三分之一的路程，离开天津主城区，正从郊区驶往北京方向，车窗外有小河与成片的杨树林划过，没有高山，也没有荒无人烟的原野。

车尾几节车厢留给天津上车的旅客，大概因为他们旅途最近，在站台上多走两步也不要紧。这是一辆绿皮火车，营运时间少说也有二十年了，车况看上去十分陈旧，四处都脏兮兮的，还没有走进火车，你就能闻到从前火车特有的阴郁色彩的机油和煤炭燃烧后混合在一起的气味。那是一种底层的气息，让人不禁要在脑子里想到印象中的穷苦人：进城的农民，城市地下通道的流浪汉，很久没有人工作的失业的家庭……

作为旅客，你背着行李，沿着长褐色铁锈和脱落的绿漆皮的过道进入车厢，那里头挤着陆续进来和已经进来了的各式各样穿杂色衣服的人。这些人拎着大包小包的行李，行李包的携带比例比动车高铁的客人所携带的比例要高（相比之下，动车和高铁车厢是那样安静，几乎没有人说话；而一辆"K"字打头的火车上，有一半人都在和身边的人说着什么，即便他们原本就不认识，只是刚刚攀谈上），而行李箱几乎没有高级货甚至中等货，大多是用了很久、被撑得像河边浮着的大鱼那样气鼓鼓的旧皮箱，要么就是来自农村刚刚上大专或技校的女孩子们的粉色和白色新塑料皮箱……在这列火车上，除了人的寿命很长，大多数东西是既陈旧又不抗衰老的，质量低劣，是一些PU和其他化工制品，掺杂着高比例化纤的棉质衣物和行李包。

差不多一年来阿郎时常坐这列火车穿行在北京天津之间，一边是工作，一边是自己签了个作家约的地方。虽然在火车上也没有熟人，可他熟悉他们的气质和味道，那是他在新千年最初的十年往来于北京和长沙之间感受过的，是一种回忆和乡愁。

他找自己的座位，一位背军绿色旧背包、个子也不高的中年大哥就从他的座位上站起身来，因为那座位现在是阿郎的，他买的座位票。原先那位大哥坐在五个年轻的女孩子中间，现在阿郎取代大哥，坐到那个位置，将书包挨窗户放着，自己紧紧贴着那书包。他一上火车，就有些困了。

三人座位是那样拥挤，好在另外五个人中没有一个是特别胖的。阿郎身旁还是一个穿白短袖、戴白色口罩和黑框眼镜的女孩子，两只手总是紧紧环抱着她的浅青色书包，书包上还挂着一只小狗布偶。那小狗布偶十分平常，并不是动画片里有名字的那些愚笨供猫戏弄的狗，也不是忠八犬，而是一只浅黄色脸埋在书包里的普通狗。阿郎眨着眼睛，捧一本契诃夫的短篇小说，车开着，他随手翻了一篇《嫁妆》刚刚读完，就已经昏昏欲睡……

他睡过去了，可还听到对面三个女孩子说话，说她们买的东西，她们是来天津旅游的。说起要"抢"某个人的男朋友，她们一起哈哈笑了起来。

阿郎旁边的女孩轻声问她们："你们是一起的吗？"

她们就轻快地说："来天津旅游的。"

阿郎身边的女孩又问了："你们是去哪儿？北京吗？"

有一个女孩儿答："保定！"

三个女孩子继续用不大不小的声音说话。看得出来，旅行虽然将近结束，正在结伴回去的路上，但她们还是那样兴奋，正在清理各自的心情。阿郎微微睁开眼睛，看见小小的桌子上放着她们的三个塑料袋和一瓶喝了多半的橘子饮料。

有一个女孩说，她花了五百块："哎！有点心疼呢！"

另一个女孩说："我花了四百八十三……"

她们继续聊着。阿郎在半睡半醒中想："这些女孩子，她们年轻的嘴唇上还没有好口红涂，穿着便宜的衣服，来一趟天津，一个人花的钱还不及我从前和朋友吃顿饭多呢！……她们仿佛来自2010年，像是我还没有爱上的女孩子。"

"她们毕竟还年轻啊！……还有挣钱和享乐的机会……但……也不一定……不是谁都会过上时常花千把块钱和朋友下馆子的生活……"

"呵呵，生活！……"他在心里对自己冷冷笑了一下，"或者不过是时光吧！……时光啊！既不虚幻，也没有那么真实……"阿郎没有睁开眼睛，直到身旁的女孩轻轻拍了拍他，对他说："叔叔，你是去北京吗？"

阿郎睁开眼睛，他说："是的。"

女孩子又问："那你对北京熟悉吗？"

"熟悉的。"阿郎说。

女孩问他从丰台站怎样坐车去颐和园，他对着她打开的手机地图，告诉她，从十号线坐到巴沟站，转个地铁，再坐两站，就到啦。

没过多久，他再次闭上眼睛，又听到一个女孩说："哥，你的脚碰到我的脚了。能把脚收一收吗？"

他听出是叫他。四周就他一个男的。那时他突然就为自己感到一阵小小的悲哀。他不仅睁开了眼睛，收好在狭窄的座位底下抬起的脚，还想起不久前挨着他那位戴口罩的女孩的问话，她叫他"叔叔"，而现在对面的女孩管他叫"哥"……不是"哥哥"，没有"哥哥"那种真正的亲人之间的亲密情感。

他翻出手机，在黑屏幕上看了看自己那张脸。

车已经到丰台地界，过了看丹桥，很快就要到站了。坐在座位上的乘客纷纷站起来，翻动着各自的行李，而原先站票的乘客已经站到过道上，过道顿时像罗非鱼的背鳍那样凸出来。阿郎还坐在座位上，对面的三个女孩坐着不动，她们要到保定才下车。看着等待到站出站的人们，不远处有一位脸色白净、头发烫成蝴蝶发型的中年女人，他想："也许我该找个像她这样的中年女友了吧！"

二

又回到了北京，一场雨过后，空气中飘散着树、草和附近那条小河的淤泥气味。阿郎背着包走出金台路地铁站，看到天上暗青色的乌云和镶金边的白云同时浮在天上，远处的夕阳挂在朝阳北路的最西边。

他沿着地铁边通风口旁的台阶往下，来到那水泥铺地的小河边，沿着一排熟悉的垂柳树往前走。十年来，这条时常被蚊虫和河里腐臭气味弥漫的路，他已经来回走过几千次了。有八年多时间，是去金台路坐十四号线往北到望京上班。还有一两年，他和一个女孩反复走在这条路上，有时候去地铁站边接女孩，那时候他满心都是欢欣；有时候送女孩离开，他又总是垂头丧气，想着爱情的火就随着那次离别熄灭了……然而如此反复，他和那个女孩在这条路上又走了百十次。百十次的迎来送往，百十次欢欣和苦痛。

他在傍晚的余晖中走，路过一些衰老的行人、下班的年轻人，看着那些仿佛是被风掏空了一半的垂柳树，又想起已经消失不见的女朋友小杨。

"不过是离别啊！一次又一次，这回就是尽头了吗？"

他在心里默想："说不定会在路上遇到小杨。"

就像平日在出租屋里那样，他的言语大多是在心里完成的，自己对自己说话，有些悲哀。有时候他还要收一两次快递，和快递员说，"谢谢""放门口就可以了"。他顾影自怜，有时候不点灯就在厨房做饭。他有时候待在房间里，听到楼梯间有人走路的声音，脚踏着楼梯的声音由远及近，每每听到温和一些的脚步声，他就在心里想："说不定是杨如诗呢。"可惜他的女孩再也没有露面，他的电话也再没有响过，最后一次离别是在去年夏天，5月的第一个星期一早上。

金台路——伤心之地。

朝阳北路——伤心之地。

金台西路——伤心之地。

火车和地铁载着他一次次往返，他那间二十平方米独自居住的出租屋，简直成了伤心的大本营，伤心的蚁后在他身体里寄生，源源不断地为他生产一些相同和相似的伤心来，有时叫他伤心地躺在床上不能动弹，连饭都不愿去做了。

"你已经四十岁啦！"有时候他想。

四十岁了，应该没有疑惑，是一家之主，应该做出一番命中注定的事业来了。而他呢，这个阿郎，却还是孤孤单单一个人，没有妻子，没有孩子，没有房子，没有车子，没有这些俗世生活的重物。他有的是一屋子书，外加摆在书架、电视机前和窗台边风干的水果，两三年前没有吃的橙子，几年前在小区傍晚摘的石榴，苹果他也曾有一个完美风干的，没有腐败，像个九十岁健康老太的脸。有一天晚上，他被啪的一声响惊醒，小腿也被重物压住。他借外面的灯光看到，那是他床边靠墙码起来的书垮塌了一角，一整盒子《陈寅恪文集》和一些艺术史、古希腊风化史、古罗马风化史……压在他身上。

孔夫子搬家——尽是书。阿郎想，如今他要是搬一次家，可比孔老夫子还要苦了。孔夫子有三千弟子帮忙，他老人家只站在旁边，手里握一卷书就足够了。他呢？他只有一双手，只能靠自己，顶多是叫上几个朋友，可他又会觉得过意不去。"没必要麻烦别人啊！"他又和自己说。他总是觉得，事情还是自己做的好啊，做快做慢，总归是要做完的。而即便是做不完，也是以一个未完成的完成而了结的。

十年前他搬到这里的时候，带来的是五千本左右的书，书都装在纸箱子里，装了六七十箱。那时候连他睡觉的床，也都是由十二箱书堆成的，上面铺一个床垫，垫一床被子，他就睡到了上面。如今又过了十年，他像蜘蛛一般，不断往这并不属于他的蛛网般的房间里塞进来书，不断买书，不断收到朋友和陌生人送给他的文学书、历史书、文化读本。难道他不会想到，自己终归有离开的一天吗？书多压身，数不清的思想和思绪将阿郎的身心缠绕，有时候他提笔写作，想到自己是否要有一个确定的方向啊，要像其他成熟、成名的作家那样，有自己鲜明的写作风格啊……而每当他这样想起，即便是有兴趣、有精力再往深处想一想，也终于是没有做成。

他还是零散不着边际的阿郎，尽管自己的作品中也有珍珠，但他从别人那里偶尔听来的评价，在他人眼中，他还是个不成熟且天赋不高的写作者，一个连名字都没有摆脱少年味道的"阿郎"。他有时候相信这个，有时候相信那个。他读雨果的时候觉得伟大，连雨果的日记也看出诗歌来。他似乎要以为自己也能走雨果的路了，然而有时又想，维克多·雨果，那是全法国人的偶像，精神和社会的拯救者，他，阿郎，又算什么呢？自己又有什么身份和资格？当他又读到了普鲁斯特，读到卡夫卡，甚至于读契诃夫的《跳来跳去的女人》或《挂在盒子上的安娜》时，他也想过："难道我的精神气质不是和契诃夫很接近吗？""我和卡夫卡是一类人啊！"他在描写卡夫卡的电影《乡村医生》和《卡夫卡》里一遍又一遍地重访卡夫卡，想象自己走在卡夫卡走过的路上，想在伏尔塔瓦河和寒冷的、时而阴暗时而雪白的"城堡"中找他自己，有时候能听到查理大桥上那两排黑黝黝的严肃的雕像在黑夜中对他发出此起彼伏的轻笑来……

不可否认，也许他找到过自己的影子，然而终究没有人说，某时某刻，在他的某个小说上看到了新的卡夫卡或契诃夫。因为熟悉文学的作家们早就知道啦！有多少人是站在这几位大师的肩上走过来的！

有时仍然在做卡夫卡梦的阿郎，依然会在生活中看到那个卡夫卡式的自己……一个人走在一条路上，从三三两两的行人中孤身走过：他没有妹妹，失去了缥缈的爱情，他在路上越走越高，最后走到了杳无人迹的天上。

阿郎走进小区，爬上五楼，打开门，外面喧嚣但清新的世界不见了，摆在他眼前的是狭窄的客厅过道，闻到的是沉郁的旧书旧杂志气息。他还记得，在他的爱情还在的时候，小杨还在他耳边几次说过，他的身上和他的房间里都有一种书的气息，那是一种书的香气，她喜欢闻。然而他现在却厌倦这书的气味了，觉得死气沉沉，是一些挥之不去的陈腐气息。他想，在他从旧书网上买回来的晚清线装书、民国旧杂志中，或是从他花费两三百元一本买回来的民国三十六年鲁迅全集出版社出版的两本《二心集》和《朝花夕拾》中，难道没有过垂死者的血迹吗？……他越想越气，刚刚才进门不久呢，就想要关门出去了。

三

阿郎在爱默生书店的工作是3月底失掉的。女朋友小杨是在去年夏天一去未返的。

现在，北京的秋天又来了。星期一的时候，他去过一趟北京的鲁迅故居，当时想的是去寻一寻小杨的踪迹。小杨以前说，她热爱鲁迅。小杨和他提起鲁迅的时候，常常是说"鲁迅先生怎样怎样"，小杨的文章里，她管鲁迅叫"先生"，仿佛她也像萧红的薄情郎萧军，也穿过鲁迅先生穿过的皮拖鞋。

小杨说，她每隔一两个月就要去鲁迅先生的故居走一走，去看一看那院子里的枣树，后院的天井。阿郎就想，说不定能在那里遇到小杨呢。

他坐公共汽车去了离白塔寺不远的鲁迅故居，在那里转了小半天，却始终没有见到小杨的踪影。那枣树倒真是见到了的，在连接前院和后院的转角处长着一棵两人粗的大枣树，院墙外还有两株高高竖起来的枣树。他后来查到资料，知道那两株围墙外的枣树是解放后新植的，却也长到三四丈高了，也是翠绿的叶子。"是后来栽的——并不是鲁迅原来就有的。"他心里默念着，又恍恍惚惚觉得"尽管不是——却也差不多"了。

去鲁迅故居的那天，中午还是艳阳高照的，等到他从故居走到博物馆，看过了与鲁迅有关的书信展，出门时却下起了雨。阿郎站在雨边的屋檐下,看到几个女孩也站在那里躲雨。

"她们固然那样美,那样年轻,却与我有何关系呢?"没等雨停,阿郎就走入雨中,穿过两边都是高大的槐树遮盖的阜成门北街,来到了被淋湿的大路上。还没走多远,没走到公交车站,雨又停了。难得出一次远门的阿郎从大路拐入胡同,旁边隔着一人多高红墙的就是白塔寺,经过粉刷的塔身像一顶巨大的白帽子戴在一个他看不见的人的头上,两个女孩在他路过的红墙旁古香古色的咖啡馆门前的长椅上坐着,一个人捧着杯咖啡,另一个人旁边放着一杯水果茶。阿郎也忍不住多看了她们两眼,脚步不停地快快然继续往前走。

那天下午,他从白塔寺附近走路穿过成片的胡同,穿过马路,最后来到北海公园。

北海公园,他也和小杨一起逛过好几次。

到处都是爱情!爱情!消逝的——便不存在的爱情。

到处都是结伴而行的旅客、牵着手闲逛的情侣。那情那景,阿郎又怎能不伤心呢?可他还是抬着脚继续往前走,绕过整个北海和什刹海,来到了鼓楼西大街。他又一次穿过树荫遮盖的大路,走到曾和小杨一同走过的胡同里的分岔路口。在后马厂胡同,他又一次看到那样一棵高高长过房顶、叶子已经掉光的孤傲的枣树——大约就是枣树吧!天又干了,有人在转角处围着一张矮桌下象棋,他不爱看下象棋,缓缓走过。

是哪一家的门口晾着一排五颜六色的衣服,窗户中透出温暖的橘黄色灯光呢?

阿郎想起小杨曾拉着他在那家人门口停留过,拍了张温馨的合影。

傍晚还没有到,家家几乎都还没有亮灯,那一户温暖的人家也没有见到。

等到阿郎走到胡同的尽头,来到车水马龙的鼓楼东大街,天终于快黑了。

四

阿郎是和一位新认识的朋友耿朝新在网上聊过一次天后,终于决心要离开北京的。那对他来说,无异于一次人生大抉择。

8月的时候,他从在报社文化部做主编的前同事那里获得一个采访书店的活儿,一条采访稿约五千字,千字三百块,从前是五百。阿郎也接了,感谢了从前同事的好意。那时他正好也打算修订出版六七年前那本《北京的书店》,加上几家新的北京之外的书店,让那本书也走出北京去。

2016年阿郎采访编写的《北京的书店》已经过了五年合同期。在那本书里,他当年采访过的五家书店有三家还在营业,另外两家已经关张。他了解书店,理想主义和人文情怀的大旗常常插在各个大小城市街头巷尾那些起眼或不起眼的大小书店屋顶,扮演城市一抹风景线的角色,同时又有着电视剧里悲情女配角的戏份,总是一个接一个地开花,又一家接一家地倒掉。有时候网络上出现一条新闻:"师大西门书店近期关店,它曾是师大学子的青春和梦"。也有读者听到消息后去正在最后一次打折促销的师大书店买书,去和已见苍老的店老板告别,去提前缅怀一家熟悉的书店。也只是这样,北京的书店在变化,书店的地图在修改,从前的《北京的书店》也成了明日黄花,不改也不好见人了。

书店,阿郎是熟悉的,念中学的时候,他还在镇上的书店里偷过书,偷的是金庸和古龙的书,也偷过几本色情文学。在北京,他也时常去书店闲逛,却已经不再做偷书的事情了。他在24小时开门的美术馆的三联韬奋书店碰到流浪汉也在书店席地而坐，流浪汉的身旁也摞了两本书。

几年的时间，书店的环境又变化了，几年前书店老板担心的是新兴的电商平台会不会抢了线下书店的生意，那时候他们也还考虑如何做好一家特色书店。如今的书店考虑的却几乎都是生存问题。

短视频和直播平台引发了新一轮全民创业潮，让一些从未想过自己会有"一个小目标"的人成为千万富翁、亿万富翁。二十年来，大风已经三次将猪吹到天上，但前一两次，成功了的都还是敢想敢干的精英，这一回的天上却已经飘着数不尽的五花八门、奇装异服的平民。人们都看到了，网络信息的背后是流量，流量的尽头是带货。到如今，一个人养一条狗、一只猫，到后来卖狗粮猫粮、宠物装备，它们主人挣到的钱也许要比辛辛苦苦在日坛北门租门面贩卖俄国服装的人要多得多。现在是眼球时代，是粉丝经济，谁抓住了网络上那双手上方的眼球，谁就可能出卖点什么。阿郎看到一条不起眼的娱乐新闻，说一个早两年在冯导贺岁片里演恶少的演员，2022年投身直播行业，"七个月时间，收获3000个W"。任何事情背后都隐藏着这样那样的门路和知识，知名主持人转行做亲子教育，没过两年成了全网最大的亲子图书KOL。"什么KOL啊！真叫人恶心！"阿郎也在抱怨。在报社做编辑的时候，他认为打死也不会做视频。而就在不久前，他也学会了在视频号发口播的幻灯诗歌朗诵片段。

他之前上班的那家传统书店老板，如今每天晚上也在镜头前开直播卖书。"没有办法，人家都在开直播，不直播我们死得更快。"从前几大电商平台以五折和低于五折的价格战吸引了读者和平时没有读书习惯的人去买书、买更多书，改变了人们的购书心理和习惯。如今在短视频和直播平台，有竞争力的KOL希望图书两折三折进货，需求量大、品种繁多的亲子图书、教育类书店，进货折扣甚至被喊到一点五折。阿郎的前老板感觉自己很快要坚持不下去了，他们书架上的书，那些精心挑选的人文社科、文学艺术，走进店里给人一个知识的仓库，放到网上却成了一团一团毫无竞争力的小商品，更要命的是，那些小黄车里的小商品，网友们在网上随便搜，一大堆的相同书籍或看上去几乎没两样的山寨货、盗版书籍，一个比一个价格低，像一大群挤在工厂大门口伸出黑乎乎的手想要被招工的农民兄弟。

阿郎也觉得他前老板的书店看上去快要垮掉了。老板是一个传统的五十岁男人，长相平庸，口才一般，除了懂书而无甚大理想外，没有别的长处。一个五十岁的男人每天晚上在自己的书桌前对着一台手机说话，说他放在桌子上的"汉译名著"与"世界名著"插图本，他讲福柯和索绪尔也没有平时在店里偶尔闲谈时利落深刻。他在手机镜头面前口干舌燥，显得又干巴，又辛苦。他面色蜡黄，声音也不清晰，互联网上那些美化人、修改人的工具，他一个也没用上。没有人给他打下手，他请不起助理，又不好意思叫自己雇的两个书店员工晚上加班和他一起干。

"还好我早走一步，给老板省点人工成本。"阿郎看到前老板那干自己不擅长之事的辛苦劲儿，竟有些可怜老板了。

"何必呢？"他想，"为什么要随波逐流，勉强自己？"

而中青年耿朝新却终于投入到直播时代的潮流里，怀抱的是一家新书店的旧传统和新希望。耿朝新离开报社、离开北京的2020年，那时他已经在北京度过了十年漂泊不定的打工时光，刚刚经历过一年的短暂婚姻。"北京，我是一天也不愿待下去了。"耿朝新在访谈中和阿郎说。他也从前同事那里知道阿郎，知道他是个写小说的，也在报社当过编辑。听说阿郎彼时也没有工作，是个失业者，在他们之间难免有一种同病相怜的感觉。

他辞掉北京报社的工作，带着脱离婚姻重新回到自由的身心，离开北京回到老家邢台，在离家几里路的吉祥里租了个门面，自己当老板开书店了。

"终于在一间属于自己的书店里找到了精神上的平静，我再也不像从前那样慌张了。"耿朝新对阿郎说。

有什么是不能放下的呢？面对耿朝新的访谈，阿郎又一次徘徊在沉思和迷茫之间。他在想，自己只差一个决心：将他那几千册书处理了，一部分卖掉，一部分寄回南方老家，一部分带在身边。至于那些杂物，瓶瓶罐罐，碎纸片，纪念品，能卖则卖，要丢就丢。那样一来，他不也落个一身轻松，可以浪迹天涯了吗？

五

11月15日那天晚上，八点多钟的样子，小杨却又一次走进了阿郎的房间。

那天阿郎正好独自一人在喝啤酒，已经喝了两罐，有些晕了。门铃响了，话筒中传来他的朋友刘笑余的声音。他说，开门，他来找阿郎喝酒。"还有一位神秘的朋友。"刘笑余说。

阿郎草草收拾了桌子凳子，见垃圾桶已经满满一桶，是三两日来的生活垃圾，肉骨头，卫生纸，啤酒罐。他提了垃圾袋开门下楼，在三楼处和刘笑余迎面撞上，果然见到刘笑余身后跟着一个女孩，白净的脸，像是——像是小杨啊！那时候他已经有些晕了，又提着垃圾袋快步下楼，和刘笑余打了招呼，见到那个让他想到小杨，却又因为有一头卷曲的灰黄色长发而让他不敢以为真是小杨的女孩，奔到一楼去将垃圾袋扔掉了。

等到阿郎回到自己房间，看到不约而至的刘笑余，坐在刘笑余旁边的他终于辨认出来是小杨。

是小杨啊！"杨如诗——你来了啊——杨如诗——"阿郎说

话时又像在自言自语。他不敢相信会再一次见到小杨。分明已经一年未见了啊！狠心的——绝情的小杨怎么又回来了？

阿郎是在小杨再也不回来后，才将原来的"杨如诗"改口随他们共同的朋友刘笑余一道，在心里哼哼地称呼她为小杨的。如今小杨又成了杨如诗，令他一时比醉酒还要恍惚。

杨如诗已经留起了长头发，长头发已经长过双肩，她还烫了波浪卷，还染了头发，如果不是那张白净的熟悉的脸，阿郎是不敢认杨如诗了。一年来，原本小杨几乎就快成为路人小红，在他快要忘怀的时候，却又出现了。

那天他们三个人不知喝到几点。啤酒已经没了，洋酒也喝了半瓶。第二天上午，阿郎睁开眼睛，发现杨如诗正坐在床沿，穿戴整齐，仿佛是刚刚才出现，背对着他，一声不语在抽一根烟。阿郎伸出手去，环着杨如诗的腰，杨如诗也没有动静，没有拨开他的手，没有转身回应阿郎。

阿郎醉意未消，就那样一手搂着杨如诗，一面又闭上了眼睛。他又半睡半醒去半个梦里了。等到他再次醒来，仿佛又回到从前，又是下大雪的日子，依然是从前那个杨如诗坐在他身边。他们又像从前那样，说起昨天晚上喝酒。阿郎说，他很快就醉了，后来说了什么，发生了什么，他不记得了。

杨如诗依然背对着他坐在床上，离他只有一尺远。

"我们昨晚，后来，我们做爱了吗？"阿郎问她。

"没有。你喝醉了。刘笑余后来回去了。"杨如诗回他，一缕烟雾在她泛黄的头顶缭绕。

"我是不是又哭了？是不是说了不少害臊话？"阿郎说。

"你又哭了。我们还谈了文学，谈了哲学。你和刘笑余争论唯识论和唯名论。"杨如诗回他。

"他是不是又说，我是个浅薄的唯名论者，或者我什么都不是?"

"哈哈!他说了。你们理论了很久,你说得不清不楚。你总是在一些关键问题说弄不清楚。"

"可我爱你却是清清楚楚的!"

"呵呵!"杨如诗顿了一下,她说,"你那是爱你自己吧!"

"你不要那样说。"阿郎无力分辩。

杨如诗说得也没错,阿郎在很多事情上都恍恍惚惚,总是说,这样也可以,那样也可以,生活中——如果他有生活的话——是没有几样事情他要弄得清清楚楚的。他只觉得今天就好,今天最好。杨如诗却总是和他说明天。

他心里常常回想起冬天和小杨一起度过的日子。那时候小杨住在北京东北边的东窑村,挨着一条叫作温榆河的大河。东窑村离机场不远,他们常常在那里望见头顶有大飞机飞过,有些是要降落,有些刚刚起飞不久。北京下大雪的日子,东窑村也铺满洁白的雪,和小杨洁白的脸一般,都不忍蒙尘。他们时常在小杨的租房里喝啤酒,聊知识分子和宗教精神。小杨说,她祖母是一位巫师,为人起灵和治病,长得身强力壮,八十多岁了,还能喝半瓶啤酒。小杨说,她从小和祖母很亲,也长得和祖母那般强健。阿郎有时候拍拍她丰满的臀部,她就说:"你看,这是一副多么懂得生育的肉体啊——我想有个孩子!"阿郎就紧紧抱住小杨,和她说:"我也想和你有个孩子啊!"他常常带着一瓶红酒或杰克丹尼牌威士忌在下午或夜里去找小杨,敲三下小杨的门,小杨就来开门了,将他迎进去。他们站在小杨的房间里拥抱着接吻,抽一种只有他们两个人才能体会的香烟。

"难道我爱你也不清楚吗?"他在心里说。

过了一会儿,阿郎想要和杨如诗亲热。他抱紧她,用力拉她,想要杨如诗在他身旁躺下。杨如诗却不像从前那样依着他,缓缓躺在他身边,和他香香甜甜亲热了。

"我想要了——"阿郎又撒娇了。杨如诗却一动不动。

过了两分钟那么久,她淡淡地说:"我有男朋友了。"

"我们不能像从前那样了。我现在,我也不想要爱了,只是想要一个人陪伴。平平淡淡。"杨如诗说。她说这些的时候,依然背对着阿郎,让他看不清她脸上的表情,是哭还是笑,是悲伤还是幸福。

阿郎沉默了。他跌入一个来不及接受的新现实里。一年了,杨如诗有了新男朋友,这也是自然的,毕竟一年过去了,一年时间也许不能让一个人忘却,却足够接纳一份新爱情了。

六

杨如诗出现的那个晚上和第二个白天,他们都没有亲热,也没有做爱。两个人上午出门逛了一会儿附近的公园,在公园里绕着人工湖缓缓走了一圈,中午一块吃紫光园烤鸭。吃完中饭,杨如诗就走了,重新变成了小杨。

杨如诗待在阿郎房间的那个上午,他们甚至没有谈起他已经半空的房间。那时候阿郎已经在处理自己的家当了,书已经卖掉四分之一。

小杨第一次来他屋子的时候,也是和刘笑余一起来的,那时候他们也是在前晚喝酒。小杨后来和阿郎说,当时她看着阿郎拥挤的满是书和杂物的房间,像是看到一个孤独而有理想的人。她流了泪。她说,他住在一个真正的诗人的房间里,尽管是那样潦草。临走的时候她为阿郎叠好了几件衣服,后来阿郎也为此流了泪,他说他就是在那一瞬间爱上不在场的小杨的。

阿郎卖书的那一个多月,卖得很辛苦。

床底下，壁柜中，书架上，墙角，到处都是书。他从电视柜下方拖出两个十年未动的纸箱子，打开箱子，从里头掏出一整套他在2009年夏天和秋天的上下班公交车上看完的《大秦帝国》，翻出一些十几年前的书籍。十本《大秦帝国》书几乎全都沾满了虫卵的残骸，箱子最底下是一层干枯的轻飘飘的死蟑螂。他在北京的十多年，是半部和蟑螂的战争史，数不清的生生不息的蟑螂出现在房间里、厨房和洗手间的各个角落，他曾用药物、蟑螂贴、开水、硼酸版土豆泥去对付它们，最终还是不了了之。而当他在2021年的夏天，在疫情封闭时期不再理会那些蟑螂的时候，蟑螂却不知从哪个月开始，就几乎消失了。

他处理了壁柜里的书，在书架和墙角、床头，一遍一遍找出他认为不再需要的书，像农民在土地上一遍又一遍举起筛子抖动、翻滚，让风吹走轻的部分，留下最沉重的粮食。

第一批清理掉的是一些他做文化版编辑时各个出版社和作者送给他的书中，那些他如今认为并不那么好和重要的书，一些同题材的民国人物传记，一些不知名人物的学术思想随笔，一些通俗历史小说，一些如今他已经不再联系也几乎从来不是朋友的作家们寄来的著作……

接着他清理思量过后认为不需要掌握也没有时间阅读的知识类书籍，尽管它们很不错，就像那些质朴的"牛津通识读本"，他清理掉了《湖泊》《北极》《免疫系统》。《知识》已经大致读过，也一并翻出来。

清理转售书籍的事，他是从10月中旬开始的。那时候阿郎已经对再寻求一份称心如意的工作不抱希望，几个月没有工作。经济日渐紧张，喝啤酒的次数明显减少，啤酒的质量也从原来十块钱一瓶的保拉那（那是饱含恋爱回忆的保拉那），逐渐更换为七块九的老雪花，如今喝青岛他也觉得不错，清爽，何况青岛啤酒经典款已经更新了一半包装,绿色的瓶罐上一半印着线条勾勒的狮子,像是一款进口啤酒……

看来很多东西是可以被替换甚至失去的,一个人没有那样多的坚持和敏感。他想,必须做出决定了,实在没必要,也不能再耗下去。想到比他还小几岁的耿朝新的经历,耿朝新可以离婚,可以辞职,可以回老家开自己的书店,为什么他阿郎就不可以放下包袱、摆脱困境?何况他还没有结婚,孤孤单单一个人。

阿郎下了决心,从变卖书籍开始,生活又变得轻快充实起来了。他每天整理一部分书籍,几十本到两三百本,拍好照片,写一段买卖文案,把消息发到朋友圈和豆瓣网、小红书账号,就有人来询问,来买他的书。他每天都要叫快递上门来取走当天卖掉的书。

他也没有过于抒情,"含泪甩卖",不像几年前那个"离开北京,盲盒出自己的书"的年轻人那样煽情去蛊惑人心——以致后来被突如其来的小利益熏黑了自己的心。阿郎多少是个善良正直的文化人,一个作家,十多年来也在社交账号上积累了几万粉丝。其实我们有时候会发现,社会不是一直欺负老实人和没有大抱负的人,如果一个好人多年做一件事情,保持一种真诚的风格,不做违心事,即便不哗众取宠,不拜倒在某某门下,只要他还有一点才能,多多少少总会累积一些欣赏和认可他的人,总还会有一些人信任他,在关键时候愿意为他做点不费力的事情。

阿郎大约也是这样一个人物,用他的朋友,前几年在文化和电视界很受欢迎的文人小敏形容他的话说,他是一个斜杠青年,是一个花体字大写的"I",看上去柔弱,没有力气,总是那样轻飘飘出现,却也还没有摔倒在地上。当他决心卖掉自己不能带走的书时,他就真的在朋友和或欣赏或心疼他的陌生人那里找到了买家。

比如广州的LISA女士一次性买了阿郎两百多本书,她说她刚好搬家，有两个空荡荡的书架。

上海诗人季瑶，也是一位从未谋面的好心的女士，也要了阿郎的几十本人文社科书籍。

有一位从前他去郑州做读书沙龙遇到过的朋友，原本开一家书店的，他私下给阿郎发消息，问他还有多少书，他都要了。

阿郎却对他说："还是不要了吧，那么多书，您也读不完。"阿郎知道那位朋友的书店因为不便说明的原因已经关门，听说他和他全家还打算移民海外。他知道买了他那些陈年旧书的人，大多是好心人，他们也不一定真需要那些书，只是见着阿郎的困境，就帮一点忙。

阿郎也体会到了幸福，在这个深秋和初冬，感受到一些朋友，一些从未有多少联系的人，他们的好心好意。他卖掉了将近三分之二的书籍。杨如诗来的时候，他床头的窗户已经露出来一半，那时候他已经清理掉了一千多本。杨如诗走了以后，他又卖掉了一小半，如今房间里四个墙角已经露出来两个。

他感觉轻松多了。窗台和桌子底下收藏的那些看上去不错的杰克丹尼和鹿牌威士忌瓶也都扔掉了，它们大多是杨如诗在的时候喝完的，是一种有关爱的回忆。

无爱一身轻。

尽管他还羡慕那些恋爱中的人。

七

到了12月，他已经和所有的朋友都喝完酒，十五箱书籍和衣物运回了老家。

12月底，平安夜的那个白天，他清早坐火车，傍晚就回到长沙。

那天下着雨，他撑着伞，也没有淋湿自己的额头。

有人问起："阿郎，你是坐高铁回来的吗？"

他说："不是。"

有人说："根本没有一趟早上从北京开往长沙，傍晚就到的火车。"

他又回答："难道我说的都是真的吗？"

2023 年

我们走在大路上

"你问我看到了什么。
我说我看到了幸福。"

一

我们买的房子就在利民路边上，是套不知什么年代的老房子，一居室，大概三十来平方米，只有一间房是方方正正的，其余就是一条走道，一个阳台，阳台上可以做饭、晾衣服，走道上要放洗衣机，还有一个洗碗池，洗手间和洗浴间不到两平方米，大概也就一点五平方米吧。房子外面就是房子所在的小区，叫作红波里，红波里都是六层的老房子，房子外面是用黄色塑料胶布缠着的一尺粗的大管子，可能是暖气管吧。天津四处都是老小区、老房子，老房子多是四九年之前的洋房，而老小区则年代并不久远，五六层的红砖房，红砖房分成一个一个单元，多半是敞开的单元门，往上沿着楼梯拾级而上，有一个门房紧闭的家庭，房子外面高悬着缠满了黄色塑料胶布的大管子，那也是天津的独特风景。据我所知，红波里小区的西边有两个入口，朝南的入口处，南边有一个条形椅子，可以坐四个成年人，旁边是一个花圃，花圃中有常见的月季和四季青。椅子北面是一片平房，窗户很小，看不清里面是做什么的。平房的墙外面也有两丛月季，夏天来了，月季花开得和北京一样好，颜色也差不多。

5月下旬的一天，我们拿到了房产证和房子的钥匙，只是当时没有拍照片留作纪念，也没有发短信告诉我爸爸，就想悄悄把房子买了，把户口落下来。这是我们小家庭的秘密，是逃离也是重建。或者就像老辈人劝诫年轻人所说的，"财不外露"，再说朋友圈中还有两位房地产中介，一男一女，男的人很好，曾领着我们看过和平区和南开区八九套房子，后来我和妻子以最终没有达成买房需求，也没有决定好小孩是五年级还是六年级转学为由，委婉拒绝了他们带我们看中了的几乎就要做决定买下来的房子……我们不好意思让他们知道后来我们从别人那里买到了房子，只是更小，更便宜，地段也从学区相对最好的和平与南开转移到了河西——当然，其实河西也不错，离红波里不远就是人民公园，人民公园所在，肯定也是城市中心地带，市政府也离得不远，文化中心、博物馆、科技馆都在附近几里路程内。而我爸爸那里呢，他至今不知道我们又买了一套房子，更不知晓其中的缘由和细节。房子是多了一套，只是都那么小，几乎都装不进去一个家庭。多一事不如少一事，我不想对他解释，也免得他操心。

就那样我们悄无声息成了拥有二套房的家庭，一套在天津，一套在北京，两套房子加起来面积大约七十平方米，包括从房间延伸出去的两处阳台面积，以及我们无法准确计算的楼道公摊，它们象征着我们十多年来在北京的全部努力还有幸运。其中的经历我曾和两位最好的朋友讲过，他们中的一位是小说家，一位是小说编辑。小说家早早和我建议：将你的经历写成一个小说一定很好啊，这才是真实的生活，是我们这一代进城人员的生活写照。小说编辑端起酒杯喝完一杯白酒后说：别费劲了，谁的买房经历都是一本相似的经啊！我看他们说得都有道理。又有了自己名下的房子，半年多过去了，我们幸福感没有增强；也正如更多相似家庭中的人感同身受的，我们的压力又增大了。有时候我变得更焦虑，因为房贷增加了，每月负担更重，而那小小的房子也许只能出租，留下一个名分给我们，是一枚朝向新城和可能性的通行证。我也曾在梦中对自己说过：是的，就是一枚通行证。

一枚通行证——看着不起眼，却也只有幸运的人才会得到它。

我们背着包走出房地产交易大楼，外面是一片晴天，天气和北京差不多，没有海风咸湿的气息。二三十个人分散着站在门口聊着，等待着，那情景我也碰到过多次了，不同的人在那里办着相同或相反的手续，交易着旧房子，也过渡着各自的人生。对我们来说，红波里二十七号楼五单元六〇三的房子当然是新房子，即便它确实又是旧的，只有一个房间，两个普通南方乡下人家谷仓般大小。但它从那时起已经是我们的，房本就在手上，是新的；钥匙也拿到了，尽管还是原来的旧钥匙，油乎乎的，拿在手上让人并不大舒服。有一天我独自打开门进去，那扇门已经生了锈，门把手满是陈年油腻，里面的水龙头没有水，就像电影中演的那样——一套许久没有人居住的房子。这样的房间在北京的各个老小区、从前的集体分房楼，你很容易找到，推开门进去，仿佛进入一个半个世纪之前的场景，让人心中多少产生一些凉意。在城市里，晚上随意走进一个社区，你会发现有超过一半的房间没有灯光——那些房间多半没有人居住，属于某个人或某个集体，房产证标记着每一栋楼里的每一套房子，在某人手上，作为不动产、财富，具有某些基本通行证的性质，很多房主从购买到手开始就没有想过要搬进去住，在那里经营自己的生活。

我在房间里站了一会儿，想到如果我还年轻，单身，独自住在这里也不错，外面很安静，有三棵大树的树冠正对着我，夏日的风，冬日的雪，都会让人感到清新；利民路和白云路早晨将有洒水车播放着轻快的歌儿慢慢开过。如果我想写一首诗，就可以写下一首熟悉的诗，就像笔下的《金台西路》，从前书写北京，以后叙述天津；一位老人穿着白汗衫也慢慢走过，平静地过着自己的晚年生活，让人看见，仿若见到一只蜗牛在花坛边上慢慢蠕动，留下一条明显的痕迹。

我走进洗手间，那里没有窗户，房子的前房主告诉代售房子的中介：水已经停了大半年，电还有五十多度。我们看了电表，拿了电卡，将前房主的五十多度电费结清了。没有水，卫生间的蹲式马桶的白瓷上面也有一层深黄色，像是包了一层黄皮的新疆白玉。现在它已经成为一套新房子，属于它新的主人，像一个运动会上计时的秒表在记录完上一轮比赛后又清零重新开始。从我们拿到一串即将被换掉的钥匙的那天起，它的产权回到一个新的起点，往后再数七十年。七十年啊，谁知道会发生些什么？那时候我一定已经不在人世，也许妻子还活着；我的女儿当然也在，我们的女儿有了自己的孩子，她的孩子已经长大成人，住在自己的房间里……七十年，世界肯定已经变了样子，也许人类占据了天空和海洋，在太平洋底部也有人类的住宅，但我不能想象，不愿去想，懒得想。

心中有希望，也有些许伤感，是老年人常哼的咏叹调。

二

那是另一天上午，我和妻子从北京出发，出了天津站，坐在去往红波里的出租车上，广东开电池工厂的表哥打来电话，我们用普通话聊着天。一开始我以为表哥到了北京，大概是约我吃饭吧。我说我不在北京呢。表哥又问我在哪里，我说正在外地，在天津的一条路上。那时已经是6月。6月的天，太阳很大，车里开着空调，我们感受不到外面的热量，只见外面有人打伞在走，也有穿着花裙子的妇人用扇子遮着脑袋在日头底下走。天津的路很宽敞，车比北京要少，市区两边的街道常有不少旧式小洋楼，呈现出一种过去的现代感。海河边上，一栋镶嵌着"中国人民银行"几个字的五层楼房也在河的边上，楼房看上去已经停止使用，和别的老楼房相近，只是样子更扎实些，细心的人能从楼房的墙上看到一块铜制的牌匾，是市政府颁布的文物确认与保护标识。那些从前的楼房大多是橘红色的屋顶，高高的门窗，一看就是过去洋人留下来的东西。

汽车开得很快，走一条环线。我还没有适应这座新城，汽车往前开，我记不住迎面而来的路牌，某某经纬的路，某某城市的路，某某时期的路，只记得利民路的北面有一个菜市场，南面有一块四五亩地大小的公园，公园里有人将风筝放到天上。

车到了利民路，再拐入白云路，我就认出了红波里，它就在我们左手边，那几丛经年开放的月季花在我们看不见的小区入口处，我还记得它们。是的，这里将是我们的新家了，虽然看上去不大体面，小区是很老的小区，一栋楼并排有五六个单元，一个单元上去有六层楼，每层左中右三家，都是小户型——再说，我们还得另外去别处租大一点的房子住，一家三口，多半是妻子和女儿在家里，和以前女儿三两岁时我们租的房子没有多少差别，每周我从北京过来，住两晚，工作日，我再回北京继续上班。

不经意间，我们的想法也在变化。去年我还反对妻子的建议，不愿做以后要搬到别处——天津——的打算，我们在北京都是外地人，没有北京户口，而我却有了在北京生活的惯性，我们各自的朋友和共同的朋友也大多在北京。我每天生活在不确定中，但从长远来看，我习惯安定，不愿变化。妻子的想法不同，为了孩子，她像个大家长一样提前布局，和我讨论了几次，争吵过几次，最终还是下了决心，我也配合着，跟随着妻子，果真成了新天津人。

最初我们分头去看房子，那是在早春2月，在冷风里我也看过不到十间（不是套）很小的房子，大多是十二平方米大小，价格一百万左右。那些日子的看房经历差点让我情绪崩溃——没想到还能亲眼见到那样小而破旧的房子，甚至不如乡下人一间猪圈大。但人们交易着那些鸟笼般大小的房子，为了孩子，家庭的未来，我们在寻觅着，在那样的房子之间穿行。

到底是什么样的未来？

先前我想，那么小的房子，一家人怎么能住？后来，我们无论如何也到了做决定的时候，我们买到了房子。6月，我们设想着那房子和我们的未来，又觉得也许可以住，挤一挤，先住两年。

我在车上和表哥聊着天，听到他突然问了我不少问题，生活啊，工作啊，身体啊。后来我想，他大概看到我发在朋友圈最新的状态——是一张当天早上我送女儿上学后独自赶往地铁时使用反转手机摄像头拍摄的自己。在那张流着汗、头发蓬松的照片上，我看到一个仿佛被地心引力过度作用了的自己，一个眉毛、眼睛、眼袋、脸颊，甚至包括嘴唇，都像半个月亮一般垂下来的中年男人，像《北平无战事》里那个老谋深算的管家。半个月亮挂在天上固然好看，倒挂的半个下垂的月亮形状的眉毛、眼睛、眼袋、脸颊和嘴唇，却给人一种无限的疲惫感——那就是我，让我想到那位以演五十多岁的父亲见长的实力派演员倪大红，他曾在一个有三个儿女的电视剧里饰演那两男一女三个成年人的爹，那个爹为了日常的生活琐碎，还有他的愿望——他想请一个保姆给自己做饭、跟自己聊天，还想要儿女给他凑钱买套大房子住，安详美满过晚年生活——他折腾着自己的三个儿女——三个儿女也没有办法，哭笑不得，常常因此不快，只有那么一个爹了，他们的妈妈去世了。后来，倪大红扮演的父亲果然有了自己的大房子，三室一厅，从客厅走出去，迎面是一片湖泊，果真是很好的居家养老之地。

我在自己身上看到了那个衰老的男人，看到自己脸的镜像，心里有一种自哀。但那种自哀很快就过去，因为我似乎还知道，如果能好好在一间舒适的房间里睡上几日，什么事情也不要去想，妻子也不来和我说话，也许我的脸就会像几天没有浇水的向日葵在吃了半壶清水后，又恢复往日的生机和平静——我总在心里喊自己为"少年"。

女儿不在身边，妻子坐车总喜欢打开窗户。我也打开了车窗，风吹进来，让人觉得舒服。

也没有什么好担心的。出租车在那条路上走，我和表哥聊着天，告诉他我和我的家庭最近的情况：妻子好久没有工作，我的那份工作马上也要到期啦，为了孩子上学，又出走天津，买了小小的新房子……买房子不是小事。我和妻子曾因此争执：因为积蓄不够，又要考虑学区，房子只能小；房子小，人还得住进去，否则只能另外租房，又是一笔费用。不管如何，事情是要办的，孩子必须明年搬到天津去，否则会影响上中学——这是我们的共识。眼睛一闭，好吧，买！苦就苦一点，有份工作，薪水不高不低，不要紧，船到桥头自然直。我这个人在生活中一直缺乏行动力，恍如卡夫卡小说中在大街上那个独自走动的无聊的男人。当男人从一条街左转进入另一条街，那个小说便结束了，题目是《一个上了年岁的单身汉》。读者可能期待单身汉在街头醉酒跌倒，或者走进某家便宜的地下酒馆将身上的钱花掉，但卡夫卡笔下那个男人什么也没有做，他只是在一条街上走了走，就不见了。

　　想到这里，我觉得自己比上不足，比下还是有余的，也还是做了一些事情，因为和那位上了年岁的单身汉相比，我有妻子，有孩子，有家庭，我的女儿很可爱，是班上的英语课代表。而作为读者的我对一个关于单身汉的小说感兴趣，卡夫卡寥寥几笔就将一个人的境况表现在读者面前，有显现在现场的，更多的是潜藏在文字背后的想象中的……而翻看自己的日记，我就觉得乏味。这又是文学和生活的不同——一个落魄的人将成为一个生动的文学人物，即便他什么也不做，文学会推动我们去认识他，去想象他的生活——那是读者心中的自由世界。这也是一个小说家与诗人的不同之处。某个小说家是酒桌上的常客，那个小说家从来不谈论自己的家庭，而是一篇又一篇写出带有神秘性的小说，我们有时候就会想："哦！他的生活一定也神奇呢。"而对那个诗人，尽管他写着一句顶一万句的诗，他的生活却毫无秘密可言，朋友们甚至可以猜到他星期三早上七点半在哪里做些什么。诗人的生活看上去浪漫、随性，但实则常常平淡无奇，我见过一些像城市民工那样平淡无奇的诗人。小说家和记者笔下的诗人总是带有一种习惯性的神经兮兮，那会令诗人既愤怒又羞愧。如果有人留意到，他会发现在一群小说家居多的队伍里，诗人也许会显得有趣，是说段子的高手。诗人坐在一辆小汽车上，因为他本人没有一辆小汽车，也不开车，当天晚上，也许他就会将坐小汽车的感受写进日记里——也许那是一辆后排有香气的小汽车，或者什么特别的也没有，诗人就会写道：

　　　　今天上午，我打车出门，旁边是一位穿蓝色外套的
　　　　中年司机，他自我上车看过一眼后，就再也没和我说过
　　　　一句话。

我就是那个诗人。在朋友们眼中，我很风趣，常逗人开心。而妻子却认为我和幽默毫不沾边——我像陀螺一般，无人抽打的时候是沉默无趣的，要行动则需要有人挥动鞭子……在我看来，总能抬头瞧见妻子那张挥舞起来的系着粗布绳的无奈的脸。我打电话，表哥的语气中透出对我和我的家庭生活不易的关切。那是一种我熟悉的二十年以前的感觉，就像当时我的伯伯对我母亲说那些话的感觉一般，令人听了感到温暖，也觉得并不能立刻改变些什么。我知道这没有什么，生活嘛，总是过得去的，何况我并不是一个没有生活能力的人。有天晚上我斜靠在床上，妻子半躺着，她累了，又爬起来，电视也开着，放着电视剧，她把头倚过来靠着我的头，问我她还能不能找到新的工作。我说，当然可以啊。我们就说了一会儿话，聊了聊像我们这样的情况，这样的年纪，四十岁了，她还能找一份什么样的新工作，我们这样的家庭将会怎样生活下去。我建议她可以试试去做销售员，商场服装销售员，又或者是化妆品的销售。我们还谈到是不是可以开一家蛋糕店，前提是可能要先去哪家蛋糕连锁店做一两年学徒。而不管怎样，我们也都说不清楚。后来我困了，就提前洗了澡，趴在床上迷迷糊糊地睡着了，转眼到了第二天。

第二天我们又从北京坐车，来到利民路附近。我对这条路又加深了认识，它是东西向的，旁边是各式各样的杂货铺、商店，没有写字楼和高大的政府办公楼，也没有高大成荫的树木，人走在路上一览无余，一家卖烧鸡烧鹅的临街小店就在不远处……红波里与利民路和白云路相邻，小区入口在白云路上，白云路只有三百米长，再往南就是宽阔的解放大街。我对利民路的印象更深，它和白云路交会处的东南角一边有三家食品店，另一边有一家海鲜店和一家以海鲜为主要菜品的餐馆。我们下车后在这两条路上走，感觉就像很多年前一起走在北京西四环边花乡的两条路上一般。

那时我到北京不足三年，刚刚相恋的还是女朋友的妻子从东莞来到北京，一开始就住在北京西南四环开外，我们经常在四环路的边上走，去北面的欧尚超市逛。利民路和花乡给了我相近的恍若从前的感觉。它们的不同之处在于花乡给我的印象是秋天和冬天的，利民路和白云路暂时给我夏天的感受，夏天的阳光和热风——今年春天时我们还没有来到利民路，那时我们正在和平区和南开区的路上走，在那里找房子：当时我们的想法是优先买一个更好的学区房，房子小一点不要紧。2月还是3月，春节一过，我们在两个学区最好的区参照我们的财力看房子——房子的总价只能是一百万，不能再多了。八平方米，九平方米，十二平方米，多小多旧多简陋的房子都我们都看过以后，才做了退让——退而求其次吧，去河西或者河北区看看。再后来，就买了利民路红波里的那个房子。对我来说，利民路和红波里是现在进行时，而不是回忆。一个人是具体的，一条路也是具体的，一阵风却不会重复刮过。几个月下来，我已经熟悉了这里，仿佛成了红波里的常客。当我们走在利民路和白云路，由白云路东边的一个小区入口进入红波里，红波里的生活几乎就出现在我们面前。

走进红波里，一只精瘦而腿长的狗缠在一位老太太脚边。我们放慢脚步，妻子说，她不喜欢那样的狗，太瘦了。我说我也不怎么喜欢，但番茄（我们的孩子）会喜欢。番茄什么狗啊猫啊都喜欢。我曾无数次和她说过，等她再长大一些，就给她买一只宠物，那时候她该上中学了，我们可能有了一间大房子——至少超过五十平方米，比我们现在住的地方大吧。番茄再长大一些，她可以照顾自己也照顾宠物，只是现在我们的三口之家和租住的房子不允许添一只宠物，妻子也怕吵闹。人虽然不多，但已经够拥挤啦！番茄就一直盼着自己快点长大，就像我上小学时盼望上中学，上中学时盼望着上大学——因为上中学后我就可以骑上自行车在浏阳河的边上飞快地穿行；等到上了大学，我就是成年人，就可以做大人们能做的事情，谈恋爱，结婚，等我结了婚，就可以天天和自己喜欢的女人睡在一起，那该有多开心啊！人有所期盼，比如知道过年时就可以穿上一套新衣服，时间就会被赋予完全属于个体的意义，如同物体运动的速度相对时间的意义——静止的世界无所谓时间，没有希望的生活无所谓生活。

我们走在路上，在小区边一家售卖蔬菜和水果的店面旁边的条形椅子上坐着，后来王警官就来了。王警官已经认识我们，我提前给他打了电话，告诉他我们已经在警务室边上等他，他便找到了我们。

三

王警官是红波里的片警。红波里形状四四方方，东南西北各临着一条马路，小区里有着半个世纪之前苏式建筑风格，方方正正的房子，窗户也是方形的，墙面是红色的，一些圆形管道从楼房之间沿着墙壁布局。我对这样的房子并不陌生，我们曾经住过三个类似的老式小区，都是五六层的苏式小楼，低矮敦实，楼道不宽，没有电梯，有一种安全感，大概是因为离地面更近，离墙更近。

在北京，我和妻子在花乡小区住过一年，那时我们刚刚认识，正在恋爱；

我们曾在精图小区住过三年，我们的孩子就是在那里出生的；

我们也在北京南三环的边上一处颇为豪华的小区珠江骏景住了四年，那里的楼房不错，我们的孩子在那完整念完幼儿园，度过了她的幼年时光……

后来我们就搬到了东三环的呼家楼，孩子在那里上小学。

搬到呼家楼好像经过了周密的考虑：好几位好朋友在呼家楼上班，我们常常在那里聚餐；我当时也在呼家楼附近的国贸上班；从大红门到呼家楼，只需要坐一趟地铁十号线；呼家楼在市中心，紧邻CBD，为的是让女儿有更好一点的小学环境，我也方便和朋友聚会吃饭——朝阳区的小学教育并不算太好，只是比丰台要好些罢了。

在呼家楼我们又住了五年，直到现在。

在我们居住的每个小区都有片警，就像每家的户口簿上都有家长。但我没有面对过属于我们的片警。

怎么理解好呢？就像我们小时候村村都有的走家串户的剃头师傅。记得小时候，我的家乡镇头镇每一个村都有一位剃头师傅，我们村的剃头师傅叫张师傅，他很和蔼，提着黑色的皮革剃头小箱子，每个月都会定期来为每家的男人剃头。我很小就认识了张师傅，那时候他还没有老，看上去只比我爸爸年纪大一点，他和我爷爷严定洋很谈得来，也喜欢和我说几句话，逗我开心。但在我上中学之前，张师傅没有给我剃过头，我的头发都是我妈妈帮我剪的。到了上初中，张师傅才第一次给我剃头。他摸着我的头发说："彬伢子，现在你长大了啊。"从那时起，我像是再一次认识了张师傅，他那剃头的行头不但在我爷爷和我爸爸头上挥来挥去，也在我年轻的脑袋上让我很舒服地拨弄着。

我们也有了属于自己的片警。或者说，红波里的片警又来了新住户。我第一次和片警接触是在白云路派出所交材料，正在值班的警察对我竟然没有提前联系片警并且不知道我们所在的小区片警是谁感到诧异，但他是微笑着告诉我片警的意义，将我所属片警王警官的电话号码告诉我的。

我们坐车去找王警官。他的警务室就在小区里面，一个单车棚的旁边，紧靠着我们将要搬进去的二十七号楼，在我看来就像他的出租屋一般。我打开黑色书包，将房产证、结婚证、孩子的出生证明、身份证……所有这些都放在一个半透明的塑料袋里交给他。他将椅子挪动了四十五度，熄灭了手上的烟，一张一张看着我的证明和说明文件，一件一件地告诉我，"房产证，三页，都复印"，"结婚证，两个人的，都复印"，"出生证明，复印"，"身份证，复印"。

这些东西他非常熟悉，从他口中念出来和报中午和晚上的菜名差不多。对他来说，我们这两个陌生的面孔即将成为他的居民，他像小区的总理，一个最具体而熟悉的行政官。他有一张深色善意的脸，因此和我说话的时候，我的心里没有一点紧张。王警官问我，有没有孩子的分娩档案——"这个我们没有。"我说。我们情绪都十分稳定，外面是午后的艳阳天。我说："好的，王警官，我们接下来就去办，下周再来麻烦您。"

我们是微笑着向他致谢并告别的，他也朝我们挥了挥手，像一位温和而无所不能的长辈。我也变得更平和了。想到从前我喜欢和人较劲，在朋友圈常常发牢骚，抱怨这个，说那个应该怎样怎样，然而这几个月在天津，办户口，看房子，买房子，给家人转户口……这一堆事情下来，我的心也磨平了许多——接纳眼前拥有的并感到喜悦吧！还有什么是完美的呢？

我也学会了忍耐。想到小说——小说是创造冲突和不完美的艺术，生活恰恰相反，人们幻想着完美，却总在不完美中度过，渴望着平静与祥和。当然我这样想着，并不是说遇到王警官觉得并不完美。王警官看上去和邻居王大爷没有多大区别，他给人的感觉是善意平和的。我想这就是城市社区生活，人们之间的交往远远不如乡下邻居之间多，彼此之间也没有那么多的事情。对别人好一点，别人也会回报以微笑。有什么不好呢？只有流浪的艺人和苦行僧才需要在恶劣的环境下用深刻的思想、用对周围人与环境的细微观察和想象去丰富自己、磨砺自己。既然生活在人群里，不如就放松一点。

我们和王警官自第一次打过照面以后，又回到北京准备材料，过了一周，再一次买票去了天津，和他第二次见面。跟着他走进他小小的社区警务室，我的心里轻松中略带一点紧张，和走进一家社区综合服务办公点差不多，还是比较严肃地和他打招呼，接着便坐在他旁边陈旧的三人沙发上。就像上回他对我说过的那样，我将身份证、结婚证、出生证明、分娩证明、房产证等所有证件的原件和复印件又一次拿给他看。这些证件的复印件在我随身的书包里还有另外一份，与交给他的那份稍有不同，我保留的那份也有身份证、结婚证、出生证明、分娩证明、房产证。那两份申请落户和同意落户的声明是空白的——我想的是，万一那份声明中的个人信息不允许电脑打印，而需要手工填写，那我口袋里还有一份备用的——并且这份备用的声明也是按照王警官先前和我讲过的，不是一份完全手写的声明，没有填写日期，公共的部分用电脑打印，个人的部分只有一根下划线。什么都有可能发生，我也做了一点看似多余的准备呢。我做这件小事获得了妻子的肯定，她说原来我也有细心的时候啊。

签字，按了手印，我们就出来了，前后也就十分钟的时间，看上去并不烦琐。王警官又是那样一位和蔼的长辈，我想他很快就熟悉了我们，就像熟悉红波里所有登记在册的住户。也许他的儿孙就在旁边的幼儿园念着中班，他下了班，就顺道右转，在旁边幼儿园的门口像其他小区家长那般等着儿孙放学出来，开开心心地拉着他的小手回家去。人和人之间的关系有时候并没有想象的那么复杂，每个人都有着自己简单而不可分割的关系。一个人长大了就要结婚，结婚后形成自己的家庭；新的家庭一个一个诞生，家庭相册上的人越来越多，但户口簿上的人口也许越来越少，最后可能剩下年老的父辈或祖父辈在一本户口簿上，而儿女们都成立了自己的新家，有了自己的户口簿。从今年7月起，我也有了自己的户口簿，上面暂时只有我一个人的名字，我先办了迁移手续。但是很快，妻子和我的女儿都会出现在里面，与我相邻，我就成为户口簿上的一家之主，从前那张自念大学后跟随我十多年的集体户口页就结束它的使命了。十多年来，我带着那页纸在北京工作、结婚，在北京办暂住证、居住证……那页纸随我经历沧桑，已经变得陈旧。妻子和女儿那本来自江西进贤县的户口簿也将成为历史——我们将成为一个正式持证的新家庭：用一个证件去证明另一个证件，用另一个证件去办理下一个证件。办理新的户口本需要结婚证，办理结婚证需要身份证；身份证如果遗失了，需要拿户口本去办身份证——有时候政策规定可能会变化，需要携带和证明的证件也会不同。人拥有证件就像拥有家产。我有两张房产证，这意味着我有两处房产，应该算是一个生活不错的人甚至有钱人了。但这件事情就像我表哥那天问起的，我爸爸还不知道我已经迁移了户口，我的工作早已不是原来那份稳定的工作，我们的小家靠我一个人那份微薄的兼职收入维持。表哥觉得我生活不易，看到我那张面容下垂充满疲惫感的照片，他说："你爸爸还不知道这些吧?"——是的，我爸爸还不知道这些。生活还在继续，每个人都在变化之中希望求得安定。

  妻子和我再一次和王警官告别，我们又在小区里转了转，便去那家做海鲜的家常菜馆吃中饭，点了一菜一汤，中间妻子还再次出去了一趟，回到红波里，因为家装公司的人来了，说是要去量量房子。妻子就跑过去了，剩下我一个人在海鲜馆吃着白菜豆腐海鲜汤，一碗水煮牛蛙。等到妻子再次出来，牛蛙快要凉了，我也吃完了饭。吃完中饭,妻子还要去跑两家家装公司,而我先回北京,要去接孩子放学。

几个朋友也知道了我们正在迁居天津的事。他们给了我不同的建议,都是一番好意。有人问我钱够不够,他愿意借一些钱给我们急用。我说还好,差不多。有人说起我们如果到了天津,就不能在北京常常见面了。我说倒也不会,我们的计划是妻子和女儿先去天津,女儿上学,妻子陪读,我知道不少新家庭过着这样的生活,而我还会留在北京工作,很多家庭中的男人都是这样,在北京的工作机会更多,薪水也高,这对我们家庭有好处,缺点是我们将会有部分时间分居两地,其中的种种难处需要我们去适应和克服,人不能总盼着走顺风顺水的路。还有朋友听了我最近几个月发生的事,就是我先前提到的那位最好的朋友,他建议我有时间可以整理头绪,也许能写成几个不错的小说。写个小说?当然也好,我想过,抽时间我会好好想想,这半年往来于北京天津之间,所见所闻所思所想也很多,而且我有记日记的习惯,一天中发生的事情,只要我记得的,方便写下来的,我都会写在日记本上。变化蕴含生机,安静的事物会散发出一种庄重感,世界也是流动的,一幅莫奈的《日出》会让人在宁静中感受到与生命力无关却又生机勃勃的力。

我们正在经历的事和我们正在过的生活一刻不停地在变化和消逝,任何事物似乎都有它自己的周期,仿佛是无须琢磨也不必去挽留的。一个富有音乐修养的人能从一首平缓的歌曲中听出一般人不会注意的动人的半音,一个画家会从最繁杂的人群中分辨出一张充满表情的脸。同样地,一个懂得记录和写作的人笔下会保留一个又一个日升日落之间永恒的和微小的细节。红波里在我脑中留下的有一丛月季、几只猫、高悬在楼房与楼房之间的管道,那丛红波里的月季和两百公里之外呼家楼十五号楼边上的一丛月季没有什么不同，它们的花期也相似，花瓣的颜色都在变淡，但那丛红波里的月季花，我曾经看到它出现在两个年迈的穿着灰布衣服的老人面前，一位将衣服穿反了的——我想他对衣服是否穿成反面并没有不同的感受——中年男性背着两个蛇皮袋从老人和月季花之间走过，而我们当时正坐在那里休息片刻，世界的一个切片就是那样构成的：

　　两位老人从小区入口缓缓经过，安静，在过着自己晚年的时日，他们没有了工作和养家糊口的压力，每天都在自己熟悉的小区里走走，身体健康，多福多寿。

月季花在6月开放，在7月开放……在9月开放。
我和我的妻子一次又一次从那里经过，陌生的也变得熟悉。

四

"绘画具有何等的虚荣，它以事物的相似来引起人们的赞叹，而人们对原物却毫无欣赏之意。"
　　列维–施特劳斯在文章《看普森的画》中引用帕斯卡尔关于逼真画的见解，那也是我们面对两个普通老人和一丛将要在夏天凋谢的月季花最为普遍的感受——人们总是更容易地、习惯性地从这些事物和人之间走过，不会留下任何情感。每个人关心的事物不同，对同一个事物关切的角度也不会一样。很多人希望能从别人口中听到惊心动魄的故事，即便那些故事不发生在——也最好不要发生在——自己身上，有些人喜欢观看摩天大楼、云雾缠绕的山水。而我却希望对人们讲述一丛当季月季花中包含的普遍又动人的美，那种美是静止的，也是永恒的，它的张力需要人静静观看和体会，而不是那太阳东升时耀眼的美。那曾是绘画的"虚构"，也将是写作的"虚荣"，但正是这种"虚荣性的"活动让人们得以停留片刻，去注意那从来"毫无欣赏之意"的人与事物。我同意那位朋友的建议，既然在生活当中，就不要虚度它，每一个事物都会有它自己的意义，我可以留心观察，成为现实生活和周围世界的保留者，像一位荷兰风俗画家。

当我再次走进二十七号楼，进入那间已经属于我的房子，也是6月的一天。沿着相似的楼梯上去，带着钥匙打开那扇房门，我的内心非常平静。想起从前做小孩的时候，人是多么容易满足，多么容易快乐，现在如果有人问我是否幸福、我最想吃什么，我可能要停下来好好想一想——我需要什么？我为什么感到幸福？答案并不好找了，或者是很单一的。朋友知道，去餐馆吃饭我总是点小炒肉和炒鸡蛋。长年如此，多么乏味。

我站在属于自己的房子里，抬头跳起来能够摸到天花板。这间房子连同墙壁和它所分摊的楼梯的面积是三十三点六六平方米；我走在房间的瓷砖地板上，能走过的和我摸到的窗台和洗手池、壁柜的面积是二十五点五三平方米。空间是如此精确，一个人只需大约零点三平方米，就能安稳站在这世界上——在北京公交系统中，管理方的规定是一个人占地面积如果超过零点三平方米，就要买两个人的票；一位年过七旬的老人扫着她家门口一块落叶很少的空地，那块空地上除了一片浅黄色的干泥土，就只有围绕着它的三面栅栏——大多数时候，区分一群人和另一群人只需要一扇真正的栅栏。人的获得感有时候是如此轻易就产生了。面对着一面空荡荡的墙壁，我看到房屋前主人留下的痕迹：一块高约四十厘米、长度大约一米的墙壁，它的颜色灰白，比周围的墙壁颜色要浅很多——也许一张结婚照曾经挂在那里很多年，它也意味着一对夫妻曾经多年住在这里；在那张被我认为曾经悬挂着夫妻结婚照的对面墙上也有几块小小的方形和长方形的空白,我想那里也曾经悬挂着几张家庭照片——那是旧家庭的留影,玻璃相框内镶嵌着一枚一枚一寸两寸大小的黑白照片,从前点滴回忆就在墙上的相框中,相框已经取走,将回忆倒映在墙上,墙留下了它们。

三十年前,我家和我邻居伯伯家的墙上也曾挂着相似的方形照片,后来我们的墙上留下过类似的空白。人们用照片记录着曾经的日子和人的关系。墙已经旧了,旧主人已经离开,现在它是我和我的家庭的墙壁,时间交给我们了……看来无声的墙壁也有记忆。

妻子没在,我站在那里,空荡荡的房间里没有一件家具,墙壁的颜色和室内的摆设将交给我们决定:妻子应该有一张梳妆台,但不会有多大。梳妆台上应该有一面镜子,妻子那些我并不熟悉的梳妆盒和化妆用品就放在上面。她会坐在桌子前面看到镜子中的自己。每天上午,即便她不出门,也会在那里坐一会儿,将自己梳妆成和昨天差不多的自己。以后我们都会在镜子中看见自己的脸。妻子愿意我在墙角放一个不大不小的六层书架吗?房间不大,除此之外只有一条狭长的走廊,走廊边有小小的洗手间——只有一平方米大小,里面的灯、地砖、马桶、洗手池……一切,都需要我们重新做一遍——洗手间旁边,沿着走廊往窗户边走,将会有一台洗衣机、一个洗菜池、一个放案板和碗筷的小平台,边上要有一块一米大小的地方用来放煤气灶,抽油烟机就在上面,抽出一家三口的油烟。一条六米长的走廊将要通过一家人的吃饱和穿暖。如果打开房门,北面的风就会从对面的楼房前面吹进来。麻雀虽小,五脏俱全,一个普通家庭需要的东西我们也将会拥有。

三十平方米的房间会怎样容纳我们的日常生活呢?如果住进来的只是一位年轻的单身上班族,一对还未谈婚论嫁的情侣,这里的生活将会简单很多。但是没有办法,年轻的电厂工人的三轮车上拖着的,除了自己的皮箱,还有三个好朋友;走在北京胡同的马路上,年轻的作家老乔的四轮马车上坐着的,是他的两个孩子和梳着发髻的妻子……生活不是依靠抒情能够改变的。那天我和妻子去附近的家装公司谈论房子装修的事——当然必须打理一下,我们也做了预算,该要的基本花销总归是不能避免的。当我们某天带着行李搬进来的时候,也要有一个干干净净的地方,水龙头里要流出干净的水,洗衣机要能运转。

我和妻子在家装公司的样板间看到一些地板,光可鉴人的厨房就像我们在电视剧里看到的中产阶级家庭中出现的那样——那情景也让我想起电视剧里医院总是比现实中的医院要干净明亮许多倍——我想到的是一个人和一个家庭可能首先看到的整洁,希望自己生活在那样的环境里。地板和墙砖有很多款式,有些来自西班牙,有些来自希腊,来自希腊的地板砖上我看到有女神和仆人的图饰,西班牙的地砖有一些是明黄色和灰色的。有很多扇样品门镶嵌在墙壁上,看上去都是理想家庭中应该有的门的样子和颜色。我打开其中的几扇门,面对的是坚实的墙壁。我想,有的门是不必去打开的,而在红波里那我们将来的新家里,只需要两扇门就足够了:一扇是打开我们一居室的大门,它的保险性要好一点;一间是隔开走廊和卧室的门,打开的时候要通风,关上的时候能阻挡油烟和洗手间的气息。站在那里,心里想着如果那块希腊式的地板砖出现在我的浴室里,西班牙的墙砖如果出现在我的客厅里,那一定也很好吧!恍恍惚惚,明明亮亮,我有些困了。

有一位和我年纪相仿的设计师为我们设计了房间装修的草图。他在我们身边用手指在电脑上飞快摆弄着自己的设计图,一边告诉我们阳台上榻榻米的位置、长度,房间内的几件摆设;他告诉我们，卫生间的出口最好不要对着大门——而如果我们只能那样，则要提前往门口埋几枚"五帝钱"——必须是真正的古代的铜钱。那时妻子在和他细细讨论着阳台的隔热、床的位置、女儿的钢琴应该放哪里。我坐在旁边，偶尔才插一句话，后来竟然睡着了。等到我们从装修公司出来，重新来到路上，夏天的太阳晒着我们，妻子没有责怪我刚刚睡着了的事。我和她说，我还记得"五帝钱"。她说，她都习惯了我那样，没有期盼我能做更多。我也没有辩驳。

"安静的水在地面散开，劳累的人走在路上。"

生活有它内在的诗篇。

五

今年春天，天气还很冷的时候，妻子和我分头在天津看房子。那是一个关键节点，我的户口刚刚落到天津，从集体到集体，从某种程度来看，我成了新的天津人。几个朋友聚会的时候，他们曾为我举杯——"恭喜你成为天津人！"

这几位和我同在北京的朋友没有一个是北京本地人。但某种意义上来说，他们中的大部分又都是北京人，拥有北京户口，不但可以在北京买房子、买车子，各种社会关系都在北京，他们的孩子也可以顺顺利利最终在北京上学。每每这个时候，我想，在"有北京户口"前面加上一个"拥"字是必要而且合适的，那象征着一种真正压轴的身份和财产，将一个身在北京的人所有日常琐碎、大事小事、家具和家产，最后都压在一张棕色的北京户口簿（我没有见过）上面。多么羡慕我的拥有北京户口的朋友啊！我也曾不无妒忌地和朋友Z说过："我是多么羡慕你们这些拥有北京户口的人！"那时我们正在一起吃饭，当我们举杯喝完杯中的酒后，我借着酒意说出那么一句虚虚实实的话，后来我们又一起讨论文学。那时我意识到我们如此接近，又截然不同。我们可爱的女儿出生在北京，正在北京长大，她也有一口几乎标准的北京腔，有时候她纠正她妈妈的"zhi""chi"不分的普通话，有时候来笑话我说话时候的湖南腔。可她又怎么会知道，在度过这个炎热的夏天，经过秋天和北京的冬天，最多过了明年北京多风的春天以后，她就要和她的北京小伙伴们告别，和胖胖的王奕鸣、她最好的朋友刘柳芷涵告别，以后就要在一个陌生的城市，可能在一间比她十年来住过的房子更小的房子里度过她最后的童年甚至她的少女时期呢？

背着女儿，我和妻子今年一直往来于北京和天津。有时候妻子还在那边看房子，下午两点了，我便提早回来，赶着三四点间的火车——高铁是那样方便——去学校接女儿放学。在我女儿看来，这一天和她度过的每一天没有什么两样：早上我送她去学校，我和她妈妈就去了天津；下午五点半，学校的托管班也下课了，我从天津赶回来，从北京南站下车，那时候是四点半左右，坐上地铁十四号线，从北京小商小贩、服装批发市场最多的南城赶往全北京GDP最高、人们的内心最繁杂也最空虚的朝阳区，在并不喧哗的金台路接回刚放学的女儿。我们在路上说笑话。我常常重复地问她一些最简单的她早就厌倦了的问题，"今天中午吃了什么呀""今天上了什么课"，几年来都是那样。我帮她背着最好看的花书包，她就小跑起来，去追走在前面的同学。"这个小孩子呀——"我在后面走着，那时心里都是幸福的感觉，像她一样快乐。我和她的同学家长打招呼。

有一位黄爸爸，我女儿的同学的父亲，他送给我一个美国打火机。那是一个真正来自美国的打火机。黄爸爸为我演示：打火机发出电影里听过的啪啪的金属碰撞的响声；当他右手点燃打火机，左手平移着经过打火机边缘，那燃烧的火焰，火不会熄灭。我很高兴，接受了黄爸爸的馈赠，并回赠他一本诗集。他的车常常就停在我们租住的房子附近，他的父母亲住在与我们家只有一片绿化带距离的对面。有时候我们一起接了孩子在楼下遇见，就站在那儿聊一会儿天。黄爸爸是一个喜欢笑的开朗的男人，在机场工作。我的手上就戴着一块他托人从美国带回来的卡西欧电子表，透明的表带，有两组指针分别指示时间和日期。有时候我想着，也正如我表哥那天和我说的："不要对自己要求太高了——不要给自己太多压力。"平平淡淡的有什么不好呢？富人和穷人手表上的指针按同样的速率移动，只是它们的牌子不同，来自不同国家。只是话又说回来，当我来到北京，后来又在北京迎来了妻子，我们注定就无法过上平平淡淡的生活。这就如同一名步兵上了战场，战争一日不停息，他如果不倒下，又怎能安安稳稳地停下来休息呢？而我对表哥说："不要紧的，船到桥头自然直。"

一个人生活着，他就不能安心停下来，这是最简单的道理。有时候我见到几张陌生人在山林中一所雅致的砖木房子里弹琴喝茶的照片。有时候又见到熟悉的前辈在远方自家庭院中与朋友饮酒谈笑，用最好的宣纸写最高雅的毛笔字。只是在生活中，在我和朋友们相聚的时候，我从来没有见过一个人那样悠闲。生活没有让我们停下来。在刮着东南风的时候，我们走在相似的大路上。妻子不识路，我的方向感不错，我就对妻子说：

"相信我吧，我知道路。"

出租车将我们从天津站载出来，下车后我们在水泥砖铺成的路上走。今年春天我们分别看过七八间房子。在迎新里，我见过一个类似八十年代集体宿舍的房子，沿着楼梯上去，打开一扇门，幽暗的走道中有五扇紧闭的门，分别属于五个人，住着一位老人。接待我的那位房主也是一位老人，男性，七十岁左右，看上去倒很健壮。他打开属于自己名下的房子——一间屋子，也有十二平方米大小，里面收拾得干干净净，靠墙的四周满满当当放着一些陈旧的物品，相框、盆栽、字画、小摆件、一个小书架、衣柜、一张深绿色的旧沙发。房间中间是一个小茶几，上面有一套茶具，旁边有一个白色油漆桶，一把小椅子。老人和我说，他偶尔来坐坐，摆弄摆弄他的几盆花草，还有他放在房间里的几件老古董，一个人待一会儿。我见到那天的太阳光穿过窗户，穿过一道常见的因为有尘埃才会见到的光柱，洒在老人的沙发和旧物上，让我有一种温暖的感觉。那间房子的价钱是一百一十万元，刚刚好用来落户，旁边有小学，用的是河西区的名额。出门时我们碰到那位独自居住在这个筒子楼里的老人，一位满头白发、脸颊下凹的老妇，她将自己也收拾得干干净净。那位房主和她打招呼，并告诉我，老人八十五岁了。

一位八十五岁的天津老人独自住在那层属于五位房主的筒子楼里，她也有一间自己的房子，如果卖出去，是百万元的巨额财富，余生也难花完的。我朝那位老人微笑着打了招呼，本想大声对她说，祝她老人家身体健康、长命百岁。那是在她的家里，虽然看得出来很少有人来拜访，可我担心声音太大吵着别人，有点不好意思，就没有说出口。

我告别了那位房主，从迎新里走出来，外面也正是雪白但寒冷的太阳。独自去坐地铁，又到了天津站。

那只是平常的一天，我们都在路上走。

六

我听过一个流离说书人的故事，那是在遥远的东方，一个长满胡子的人收养了一个没有四肢却拥有天才演说能力、有着一张天生的单纯而具有悲剧性的脸的年轻人，他给那个年轻人看各种各样的小说、游记、哲学家的书籍，充实着没有四肢的年轻演说家的心灵，丰富他说出来的故事。那个年轻的演说家依靠说书人——实际上是豢养着说书人的流浪者——在夜晚点燃的灯盏和高凳子旁，向陌生人讲述着他读来的、编造的、理解的故事，高深的人生哲学，直到后来，一只会算术的公鸡出现了，他被流浪者抛下深渊，被一只公鸡替代……

那个故事我曾多次想起，它诉说了命运的深刻和生活的无常，我常常想起它。其实我们也差一点经受了那样的无常——

就在1月，那时我在为将自己的户口转移到天津而努力。在一个户口管理部门，在面对着穿制服的工作人员的大厅，那位接待我的年轻人反复对我说：

"回去吧，没有办法，你是集体户口，不符合我们的办理条件。"

当时我看到有人在这样那样不合格条件的提示下丧气地走了。我没有走，用以前从来没有过的——即便是我曾在家庭中犯过重大过失时——的态度，苦苦哀求那位办事的年轻人。我说："真的是规定吗？""在哪里写着了？""能帮我再去和领导说说吗？"……我没有走，没有放弃，在那里足足挨了大概两个钟头，直到快要下班了……那位领导竟突然出来，对着我和那位办事员的方向说："你们去问问，如果集体户挂靠方同意调出，我们也可以试试。"

当然！一定要试试。我立即给我寄存户口和档案的人才市场打电话——电话那头一个我已经无法回忆起的女声告诉我："可以的，只要有接收方。"

他们同意调出。

用我们生活中的逻辑：与人方便——谁都没有损失什么。就那样，我拿到了调档函。那时我和妻子走出办事大厅，下了楼，外面很冷，刮着风，但我们感到了轻松和高兴，就像真的获得了什么——有那么一次，我们这对结婚十多年的夫妻竟在天津春天的冷风里，在街边拥抱了一下。

2022 年

家族

　　我爷爷还是个年轻人的时候，他自己说的，生得是三大五粗，有使不完的力气，皮肤很白，成天在外面日头底下晒着，总也晒不黑，只是把手、后背和脸晒红了，脱一层皮，又白了回来，像个书生，而不像个农民。因此他有一个远近皆知的外号，叫作严秀才。

　　我爷爷得了严秀才这个外号的时候还没有结婚，只有十四五岁，不久就要成人，已经在做力气活了，农忙双抢时节，挑秧苗，挑稻谷，背打谷子用的大圆桶（我们那里叫作"垱桶"，直径一米六七到两米之间，木头做的，刷了桐油，浸在水里不会漏水。垱桶至少有两个用处：放在田里可以垱禾——也就是打谷子，将稻谷从稻穗上摔着脱粒到垱桶里；放到水面上，拿根竹篙，可以当船使用），样样能干。干农活的人有力气，这是长年肩挑担子手握锄头造就的，也算不得什么真本事，而我爷爷又天生得那样白净，像个地主家不怎么出门晒太阳的少爷，像乡绅家念书的公子，这在我们那里就有些稀奇了。那时候我爷爷已经停止了念书——他念过四年书，两年私塾，两年初小，大字能认得半本书，也会算算术，不算文盲，却没有走继续读书的路，我爷爷的父亲的想法可能是"会认字算账就不错了"。那是20世纪30年代的事情。

我爷爷后来和我讲起以前的事，他总说："涧口村哪里有什么秀才啊，都是坯禾的命。"因为我们那里一百年来确实没有什么读书读好了出去做官的人，大约只有两里多路以外的陈家大儿子例外，他是80年代恢复高考以后读了书出去的，我们几代人都知道，在上海读了同济大学，后来毕业了，先在湖南省里什么办公厅做事，后来随他的一位上级调任海南岛，当海南岛设立省份以后，他已经在海南岛做官员，也是省里的干部。那位陈家的读书人我们人人称颂，他小时候早晚念书的事情也被大人们拿来教育自己的孩子，算是涧口村的一个传奇。除此之外，直到改革开放前，也再不见另外一个真正因为读书出去大有出息的人。我爷爷严秀才的外号只是一个名头，他擅长和乐于做的还是田地里的事情。我爷爷说，他是赶在解放前就结了婚，迎娶了我施家冲的奶奶。那是1947年的事情，我爷爷刚好满二十岁，继承了家里的小块田地。我问过爷爷，那时候我们那里有没有地主。他说没有。一个村里没有地主，这也是稀奇事。我爷爷说家里的土地是祖传下来的，一直是自己家的，我爷爷没有做过佃农。我奶奶据说也是坐轿子来的。

    施爱华，我的奶奶，
    从施家冲茶山里走出来的女人在河边耙柴：
    柳树，樟树，苦楝子树……她耙出全部的生活与火，
    浏阳河的树一年四季帮助她，陪她度过天晴的日子，
    燃烧它们，也燃烧一个旧时代女人的命运。

    白皮肤的爷爷，请重新在梦中告诉我吧：
    你们如何相识？我的奶奶是否坐过红轿子？
    你的四个姐姐在镇头市为她挑选过什么礼物……

我奶奶在我小的时候曾经和我说过，她嫁给我爷爷，嫁到我们涧口村严府上，是坐了一顶轿子，那顶轿子也有八个人抬着，是八抬大轿。我问我奶奶，抬轿子的都有些谁。她说，当然都是邻居，施家冲我奶奶家的邻居，涧口村我爷爷家的邻居。我爷爷家的邻居都有些谁？我奶奶说，有几位和我爷爷同辈的定字辈的青年，也有他叔叔辈的运字辈的男人。运字辈的严家男人我只见过一位，住在我隔壁的隔壁——牛叔公。牛叔公那身板更好——他有一米八！在我们那里是鹤立鸡群，远远地就能看见他的身影。我又问过我奶奶，她结婚的时候热闹不热闹。她说，热闹，摆了好几桌酒席，人都坐在屋子外面去了。我们家那时候是什么房子我没有见过，也没有照片留下来，参照别人家遗留下来的祖屋，我猜测大概是土砖和木板合建的房子吧，只是木板房我也没住过，只在镇头老街上见过，看上去干干净净，很清爽的样子。

当然我现在要说的关键不是这些。我想说什么呢？说实在话，我对我爷爷奶奶他们的事情知之甚少。我十岁不到，我奶奶就去世了；我二十岁不到，我爷爷也去世了。我爷爷的事情，我在以前的书里写过几次，熟悉我的人肯定都知道一些。而我这回偏偏还是打算好好写写我爷爷。有些事是他告诉我的，有些事是我从别人那里道听途说来的。我之所以写下来这些，是因为我考大学那年，我爷爷正在生病，我出门去读大学的时候，我告诉我爷爷，我念的是什么书啊——是打算去当个作家呢。我爷爷不知道作家到底是做什么的。我告诉他，是专门写书的，写东西，写人，写故事。我爷爷就说，那你以后可以写一写我的故事，等你回来我再慢慢给你讲一些。我说，好啊。我爷爷后来又给我讲过两回，2001年，他就去世了。他去世的时候正是初秋，天气还热，我赶回来参加他的丧事，穿着孝衣，哭了三天。所以我现在还是打算继续回忆,将我爷爷的事情,还有与他有关的一些事情再写一写,算是圆了当年我和我爷爷之间的允诺。我爷爷当时在涧口村我见过的活着的人里辈分是很高的,因为他在涧口严家定字辈里,是年纪最长的那一个。所以他后来还有一个外号,叫作严家大爹嘛。

只是关于我爷爷的事情,我也真的讲了很多。我也不明白,为什么还要继续讲下去。我爷爷是一个故事很多的人吗?好像也不见得。也许还有别的意义,某种我的潜意识里反复会被翻出来的东西。比如我爷爷年轻时候的事情我也很有兴趣去了解,只是他讲得不多,我奶奶也讲了一点,但是更少。她说她只记得出嫁时候的一点事情,做姑娘时候的事情她记不清了。我爷爷说,他以前除了干农活,最厉害的本事就是扳鱼。就像有经验的猎户懂得如何通过一只小狗的鼻子和眉眼挑选出一条好猎狗,我爷爷说,他也知道怎样选一块有鱼的好码头。

我爷爷还说,他讨老婆不是靠着媒人介绍,而是因为他会捕鱼这门手艺,我奶奶的父亲早早听说了,才同意将他女儿嫁过来的,因为他觉得有鱼吃,万一过苦日子的时候能挨得过去,不容易饿着。

这也是稀奇事了。三百六十行,行行出状元。我爷爷虽然没做成秀才,也不是捕鱼冠军,后来没有做专门捕鱼贩鱼养家的生意,但他告诉我他是靠捕鱼的手艺把我奶奶娶进门的。我倒也信了。因为在我小时候,我也真见过好多次我爷爷用罾扳鱼的情况:

发大水的时候,他也并不急着去同人争一个好码头——熟悉钓鱼或者用罾扳鱼的人都知道,码头的好坏对捕到多少鱼是起着关键的作用的。我爷爷不去抢那几个平时看来最好的码头,码头可以让给别人,他自己背着罾,手里挽着棕绳和装鱼的篓子,一个人沿着河岸慢慢走,看准了,就停下来,默默扎在那里。往往他到了傍晚收工回来，总会带回很多大大小小的鱼在篓子里，小鱼有麻愣（音，浏阳方言，一种寸余长的褐色半透明小鱼，有鳞片，味道很好，有时候焖小鱼，火焙了更好吃）、庞背时（音，也是一种最多长到一寸长的小鱼，形状像扁鱼，肠胃很多，肉少）、青皮愣（音，一种形似草鱼的小鱼），有泥鳅，有白条，大一些的鱼则有鲫鱼啊，鲤鱼啊，草鱼啊，鲢鱼啊，都是一些浏阳河里常见的野生鱼。有了鱼可以吃——年年有鱼——这是人们都期盼的。我小时候看到我们那里的人家，虽然没有特别富裕的，但家家的日子都差不多，除了一位五保户老人，都能吃饱穿暖，没有出去逃荒要饭的。这种光景是浏阳河的一方水土养着的。这是好事情。我爷爷还说，在他年轻的时候，仗都没有打到我们那里去，日本人没有去，国民党和共产党的军队也没有在那里打过仗；我们那里也没有土匪，家家户户都认识，并且没有山，没有发现什么矿藏——除了后来发现的河里的金矿，但也算不得集中和量大。我见过大兴安岭深入黑河流域的一个废弃的山金矿，那条已经断流干枯的河里到处是大大小小的碎石头，也有一个水坝，依稀有一些当年大淘金时代遗留下来的人工拦截泥沙的痕迹——那里出过大型金矿，名字叫作胭脂沟，是一个有些邪门的地方，中国人，蒙古人，俄国人，朝鲜人，还有别的洋人，他们都集中在那里挖过金子，形成了一个因为淘金而生长起来的镇子，有了别的生计活儿，还有色情业，专门来满足那些各地来的流着汗和荷尔蒙、做着发财梦的男人——胭脂沟的名字也是那样得来的：那些做着男人生意的女人将脸上的胭脂洗到男人们淘金用水冲成的水沟里，将水也染成了胭脂的红色……浏阳河流域没有那样的地方，人们不富裕，也不贫困，水土养人。有人说湖南人民风彪悍，当然，浏阳出过很多将军，那是战争年代的事，但战火并没有烧到我们那里，是在浏阳河上游，在东边，后来，众所周知,大部队都往江西方向打过去了。据我所见,我们那里的浏阳人性格还算温和,没有多少舞刀弄枪的风气。八九十年代流行过一阵习武热,电视里有广告在播,年轻人去南岳衡山,去河南省,去少林寺……我没有听说我们那里有什么人出去学过功夫。我爷爷没有打架功夫,也没有教过我打架的本事,我从未见他和别人打架。

  他一年四季都捕鱼,
  穿着雨靴在水里走,
  喜欢捕草鱼、青鱼和无骨鱼。
  当他抓到几只灰壳甲鱼,
  我们全家就在一起吃晚饭。

我们家现在有两本族谱,一本旧的,黄皮纸,小时候我就看过,上面有我爷爷那辈人的名字;另外一本是最近几年修的,有我妈妈的名字。我妈妈在那族谱上面是当作儿子看待的,因为那时我爷爷已经没有儿子,后来就将大女儿招了上门女婿,就是我爸爸,我妈妈就在族谱上被赋予了家中男丁的身份,有了辈分,名字叫作"昌玲"。族谱上面还有我和我弟弟,有我几位表弟。我爷爷的爸爸当然也在那个上面,是我爷爷指给我看过的。他爸爸名叫严运来。严运来有几个兄弟,排行第几,我不知道,也没有问过,这是十分可惜的事情,因为我爷爷后来也不在了。有时候一个人做一件眼前的事情会觉得没有多大的必要,总觉得往后也是可以做的,不急在一时,比如栽树,比如请长辈回忆以前的事。但一棵树有它的生长周期,我们现在家门口之所以不再有大樟树和杉树,是因为二十年前的某天我们没有栽树,几棵大的杉树在建房子时被砍伐来做房梁了,做完房梁后没有补种上小树,我们现在门前就没有大杉树。我爷爷去世后，我爷爷的爸爸的那些故事几乎烟消云散，除非我去问牛叔公，或者我两位在世的伯伯也还知道一些。在平时，我们乡下人不会特意要去找出什么证据来证明一个人曾经活出过什么名堂，做过什么惊人的事情——一般人又哪里会经历什么惊人的事呢——他们平时只会在没事得空的时候坐在一起谈一谈，讲一讲古。我问过我一位叔叔，还有几位远方姓严的同族人，为什么那第二本族谱上没有人物传记，太祖高祖诸前辈的事情我们现在统统不知道了。我问谁也说不出个所以然来，觉得很遗憾，他们就说："那些人物故事在以前修谱的时候就去掉了。"去掉了！那真的太可惜了。作为一个文化人，我比其他宗亲更想知道我们先祖的事情，却又知之甚少。我爷爷的爸爸，也就是我太爷爷——我们那里叫佬人（音），我们没有他的照片和画像，只剩下一丁点的故事，也是我爷爷告诉我的：

"你佬人也是捕鱼的好手。他最擅长的是用渔网捕鱼。渔网是他自己织的，能撒出一丈多宽的面积。重要的不是渔网，而是你佬人知道哪里有鱼。他喜欢去找那些河边的水坳，就是那种有回水的地方，水要深一点，颜色也需要看清楚，不能太浑，没有动静的水面很少有鱼，也不能太清了。要那种深青色的水里——具体的也说不清，我有空带你去看几处地方就知道了——将网撒下去，往往一网就知道了。扁担长的鱼你佬人没有网到过，但一二十斤的鱼，我看过几次。用网捕鱼，也不在于一条鱼有多大，而是要看那里鱼多不多。有时候一处好的地方能网到一桶鱼你信不信？用渔网捕鱼不只是凭运气，是最看本事的事情。这门手艺我没有从你佬人那里学精，但你佬人用罾扳鱼的技术我算是学到了。扳鱼也要选好地方，选码头，再有就是要耐心，天气、水域，都要对路，再加上你要有耐心，往往就会有收获。你看看你娭毑,她就最喜欢吃我扳的鱼,她做火焙鱼的手艺也好。这都是我们长年练出来的。你以为过日子没有一点方式方法啊,那是不行的。肯定有。"

我爷爷和我说起这些的时候,看得出来他是很得意的,因为他也懂,他父亲的手艺他也学到了。那时候我也还是个孩子,还没有扳鱼的力气,我扯不起那几十斤重的罾来,而且还总觉得罾在水里有一种魔性,会把人拖下水。用罾扳鱼说起来是一件危险的事,尤其是在涨大水的时候,小孩子可千万不要去碰,一不小心,不但罾扯不起来,人还会被流动的河水的力气带到河里去,那就糟了,要淹死人了。

而一旦发生了那样的事情,大人们总会说:

那是水猴子(水鬼)来吃小孩了。

我爷爷说,我佬人捕到过的一条最大的鱼是一条真正有扁担长的大青鱼。捕那条鱼,他用了一根渔叉。当时有两条青鱼,都说是一公一母,在浏阳河里出现过三次。我佬人已经准备好了渔叉,前两次,他没有动身,隔了一年多的夏天,一次大水退去后,那两条鱼又出现了,在我们那边一处出水口,在远远的河中间水草处游动,有时候能看到鱼尾巴扇动的水波。好些人听说了,都到河边去看。我佬人也去了,带着那根绑了绳子的渔叉,站在河边将那渔叉掷了出去,整好插在那条大鱼的背上。我佬人在河岸上一面收回渔叉,一面又放着绳子,不知道耗了多长时间,终于将那条大鱼拖到了岸边。邻居们说,那是一条雄性的鱼。我佬人看准了那条公鱼,将它捕到手,放那条母鱼走了。邻居们还说,那条母鱼肚子里有鱼子。太大的鱼,人们一般是不会去捕的,即便是捕到了,也会放生。我佬人那回没有放生,他用的是渔叉,早就做好了准备的,想好了要捕到那条大鱼。人们说,那么大的鱼是有神性的,是成了精的鱼,就像我们生产队前面稻田中那株一人多粗的大槐树,它已经枯了一半,多少年都在那里,树干中间也空了,但没有人去砍伐它,大人们都叮嘱小孩子不要去爬那棵树——因为人们说,那是棵成了精的树,树里面有一个神仙老头,谁去爬树,那老头就会让谁肚子疼。我佬人捕到了那条大鱼,他将鱼杀了,剁成一块一块的,在家里做了大鱼宴,没有几个人敢来吃;将鱼块送给邻居,也只有我伯伯和另外一家单身汉兄弟收了。那时候我爷爷已经有了一儿两女,全家人就一顿一顿将那条大鱼吃掉了,吃了一个多月。我奶奶将鱼骨头一顿顿埋到了同一个地方,也算是一种祷告。我们全家在那年月都没有发生什么不好的事情。这些都是后来我一位年长的叔公告诉我的,我爷爷倒是没有详细讲过。

今天我真是有些啰唆,尽在讲一些抓鱼的事。不过靠着河边生活的人,谁又不是和鱼啊虾啊打交道呢。五十年代末六十年代初,我妈妈和我姑姑,还有她们一位亲弟弟也出生的年月,不是有几年粮食不够,加上也发过几次大水吗?那时候我佬人还在,他已经有六十多岁了。后来我们不是还见过各个地方的人都在想办法到处搞吃的,野菜啊,树叶子啊,甚至观音土,也都有人吃吗?我们那里倒是没有听说有人吃泥巴的,但榆树的叶子和榆钱是很多人吃过的。不单这些你们熟悉的,马齿苋、蒲公英、苦菜、莼菜、香椿,这些都可以是村民们的盘中餐。靠山吃山,靠水吃水,我爷爷说,那年连家门口浏阳河里的鱼都不多了,都给人想方设法捞起来吃了。家里快没东西吃了,我佬人那时候自己捕鱼也背不动罾了,就要我爷爷想办法去什么地方搞些鱼和别的吃的回来。我爷爷就背着一身捕鱼的行头,罾和渔网,带着鱼篓和蛇皮袋、避雨的蓑衣和斗笠,真的出门了。这一次出门,我听他讲过,后来想起来,头脑里还有所联想,常常浮现出我爷爷背着他的行头沿着河往上游摸，有时候还往别的村子里面钻。我的想象力发挥到不太符合实际情况的时候，想象着我爷爷到了一个类似北方芦苇荡般的地方，那里一块水塘连着一块水塘，都是野生的，水塘岸边长着烂漫的芦苇，风吹着，看样子还有几分浪漫色彩。那些我想象中的水塘有些水很深，呈现出碧绿色，中间还偶尔冒着水泡，说不定是鲤鱼或者甲鱼在那里呢。我爷爷就在那些水塘边转，时不时就把罾放进去扳鱼，或者撒两网，他的篓子里就有了鱼。但是想象归想象，那时候家家都缺粮食，都打着河里的主意，我爷爷也没有那么轻易捕到鱼了。他一直朝着浏阳河的上游走，朝东边走，经过了上湾，经过鸡首洲，过了烟山岭，快要到普迹了。那时候普迹的浏阳河桥还没有修，我爷爷继续在河的南岸往前走啊，时不时看到自己感觉有鱼的码头，放下罾去，扳几罾鱼。有时候扳到了鱼，有时候没有。他继续走，身上还带了蓑衣，带了两件换洗的衣服。他在出门前看来就是做了打算，要好好为家里捕些鱼回来的，算是出了一趟远门，因此家里有什么事情，他也不知道。

我爷爷的那段经历从他口中以故事的方式讲述出来，多年以后，我现在又凭借回忆写到纸上，让我自己也有一种在叙述一个电影情节的感觉，我的脑子里浮现着我爷爷沿河漫溯的画面，仿佛一次探险，一场归乡记。

我有一位亲姑奶奶，我叫她梅姑嬢嬢，是我爷爷的四位姐姐中的二姐，她就嫁到了浏阳河北岸的普迹乡下一个地方，叫作茅塘湾的石板桥。石板桥这个地方我和爷爷去过很多次了，后来我妈妈也带我和我弟弟去过。那石板桥是真有的桥，是一座小桥，在浏阳河一个窄窄的转弯处，连通着河的南岸和北岸。我爷爷常常带我们从河的南岸经过石板桥，到我梅姑嬢嬢家去做客走亲戚。我梅姑嬢嬢呢，以前我也说过，她生了一对儿子，我都见过的。梅姑娭毑的家要过了桥再沿着一条小路往北走大概三里多路,在一片竹林的前面。想到这里,我都能感受到那竹林夏天的风和竹子的气息,竹叶在风里被刮得哗哗响的声音。

我爷爷那回一路上去,走走停停的,虽然煮着自己扳到的鱼吃,他也饿了,但他的竹篓子里还有半篓子鱼。我梅姑娭毑看着一身邋里邋遢的弟弟突然出现在家门口,还以为出了什么事情。我爷爷说没什么事情,就是出来搞鱼来了,路过他姐姐家,就进来看看。他又把篓子里的鱼交给我姑娭毑,放到锅里去炖了一锅汤,就着一点糙米饭好好吃了一顿。那天我爷爷在姑娭毑家留宿,他们姐弟俩拉了一晚上的家常,当时他们都只有三四十岁年纪。我爷爷说,他第二天早上就从我姑娭毑家告辞,又背着捕鱼行头往河边走了。我听着他讲到那里,现在回忆起来,竟然有种我爷爷背负着某个重大使命在往河流深处行进的感觉,有些激动,我爷爷的求索在继续,他是为了全家人的生活在做一次长途跋涉。有时候我们无法假设一件事情如果没有发生,与之相关的其他事情和其他人的生命走向会有什么不同的变化。那时我爷爷离家已有几天,他是走走停停,一面凭经验,一面碰运气,总希望在某个静水湾里扳到几网活生生的鱼虾,希望在某个急水流过的地方扳到几条大鱼。然而有没有那样的好运气呢?我爷爷没有说。他说他还是往上游去了,像个古代隐居乡野而又定期远行的老农。

我爷爷在外面风餐露宿。他说他睡在河边地势较高而泥土稍干的地方,用蓑衣垫在地上,旁边也常烧一堆火,迷迷糊糊的就是一夜。他带了一点干粮,又用搪瓷缸子煮一点随时捕到的鱼吃。我爷爷依然往上走的原因是他那时没有捕到期望数量的鱼,就一门心思继续寻觅,不能停下来。家里几张口还等着吃鱼呢。如果运气更好些,还能用捕到的鱼去换别人家的粮食,去换几块钱用。他一路经过了麻园里、车田、黄泥湾,过了野鸡冲、青山冲，过了磨刀坳和白马冲，其中的路程看似只有数十里，但对我爷爷来说，他当时是走走停停，看地势，看码头，那河水的情况，一个猛子扎进了浏阳河深处，和我数年以后沿着浏阳河上溯，希望熟悉那条我应该熟悉的河流，看一看河边的树木和风景，路线上也大致相同。而不同的是，我是怀着体味自然风格和人文情怀的心情，怀着一颗游子之心和文学之心，想要去深入了解浏阳河流域的。而我爷爷，他当时的目的很简单：要从河里捞到鱼，填饱全家人的肚子。在农耕社会生活的人们，一方面，他们每个人的一生都在为从土地里播种和收割出最主要的粮食而生活着，除此之外就是打理自己的家园，喂养家禽和家畜，以此改善家人的伙食，而用多余的粮食和家庭产出，拿到市场上去变卖，得到钱财，再去添置一些必须要花钱才能购买到的东西——这似乎是农业社会的基本特征，生活在农村的农民们世世代代也是这样过来的。一般情况下，一般的年景，只要没有自然灾害，没有战争和暴政，人们总能得到糊口的粮食，能有蔽体的布衣；而另一方面，天灾人祸，在所难免，在那样的光景下，人们就需要花更大的力气，开动脑子，去为谋得一碗饭吃，而辛辛苦苦劳顿时日。浏阳河地处长江之南，湘江流域，水土肥沃，果树成林，算是鱼米之乡，按理说，吃饭穿衣是不成问题的。然而天灾来了，没有办法，像我爷爷那时就得背着罾啊渔网啊蓑衣啊，出门去，为家人捞回口粮来。那要求和想法都不过分。我爷爷也算是有一点别本事，不然的话，他也只好老老实实在家里待着，等着天老爷下雨，又等着风调雨顺，这样才有饭吃。

  我的正处壮年的爷爷在浏阳河边上躺着，当时是夏天，大约没有下雨，风吹着柳树和樟树的叶子，在头顶刮着，我爷爷当时要是清闲，没有挂念，肚子也不空荡荡，倒也很惬意。他并不是一个急性子，这也可以从他白净的皮肤看出来一些端倪。没有好运气，渔网里没有鱼，他就换一个地方再试。这种性格我妈妈就没有遗传到。我妈妈是个急性子，她常常为生活急得眉头紧皱，唉声叹气。然而生活呢，急是一天，心平气和也是一天，平和一点的人不容易生病，也会长寿一点。所以我爷爷那样不大容易动怒的人，本来应该高寿，可惜得了不治之症，那时也七十多岁了。三十多岁的我的爷爷躺在河边树荫底下等着鱼来，他的罾已经放下去了，大概每隔五分钟会扯起来一次，那时间不能太长，也不能太短。罾在水里时间太长，当然会耽误捕到更多的鱼——万一那地方鱼很多，鱼群一阵一阵经过呢；而放的时间太短，比如一两分钟，鱼也没有那么蠢，它们也知道刚刚搅浑的水，还是先不要进去的好，那么罾里就不会有什么鱼停留下来。罾就是那样的捕鱼工具——一张大网用两根竹竿撑着，让它自然沉到水里去；一根竹竿或者杉木棍和两根竹竿（我们叫作篙子）用浸泡过桐油的麻绳子绑住，再用另外一根更粗的绳子绑着那三根竹竿或木棍的交接处，人用力气，利用杠杆和支点的作用，将放在水里的渔网拔到空中再一点一点沉入水中，等上几分钟再扯上来，经过那片水面的鱼就落到网里，被扳鱼的人捞到鱼篓或放水的桶子里去了。我爷爷经验丰富，他知道在什么样的水域里怎样扳鱼，活水和死水，河水和鱼塘，急流和静水，在哪里放罾扳鱼，都各有各的门道。比如在急流中扳鱼呢，扯罾的时间间隔就可以快一些，因为鱼来得快，去得也快。我爷爷守着自己的罾，愿鱼落网。有时候他在安静的河湾处撒出一网去，那叫一网打尽。总之这些捕鱼的手艺，我虽然没有得到遗传，也算是熟悉了。在我二十多岁的时候，也独自守着罾在浏阳河边扳过不少鱼。

在那个荒年，那在浏阳河边捕鱼的我的爷爷，他当时有什么样的感受？如今钓鱼、捕鱼算是一种生活的休闲，也有一种劳作和收获的乐趣在里面，我们看古代文人的画里，就有不少渔翁和垂钓的情景。我爷爷他多少还算是一个乐观的人，我想他当时可能也并不太着急吧。那时候也不像如今，人与人之间的联系是如此方便，天涯海角，一个电话，一条信息，就可以让你知道，将什么消息或者情感告诉某人。我爷爷在外面捕鱼，我奶奶，我佬人，还有我当时没有出嫁的妈妈和姑姑，我没有见过的舅舅，他们和我爷爷并没有什么联系，也不知道我爷爷具体到了哪里，是否打到了鱼。但我爷爷多日未归，应该是收获不大，不然早就回家来了吧。我爷爷前后有半个月没有回家，后来，他说，他走到了浏阳河上游另外一处严姓家族的地方上，叫作严家冲，还找到了一位算起来是他爷爷的堂兄弟，叫作严家祺，当时已经八十多岁。严家冲，住的都是严氏族亲，他们和我爷爷这一脉也是亲戚，属于同根异支。

我爷爷出门捕鱼，竟然找到了另一处族亲，这算是意外收获。他说他只听说过浏阳河上头有那么一处姓严的人聚居的地方，但从来也没有去过，我佬人严运来也没有和他仔细讲过。我佬人是否知道他们那头的事情，我不知道。我只知道严运来不识字，他是个地道的农民，好像从来没有想过要出去闯荡。那卷黄皮纸的族谱也在他老人家手上传过，但我爷爷说，他从来不拿出来翻，因为看不懂。我爷爷就在严家祺老人家也住了三日，相互之间聊了两个地方严氏族人的生活情况，日子过不过得下去。严家祺不是白眼老人，他认识字，有些文化，读过四年高小，后来还随着浏阳的部队出去行过军，打过秋收起义的。秋收起义时他脚负了伤，就被送回了老家。我爷爷比划着自己的右脚大腿说，严家祺的大腿上有一个鸡蛋大的伤疤，那是当年被枪打的。一个人参加战争，在战争中负伤，是不幸又是万幸。如果严家祺不被打那一枪呢？有几种可能：第一是在后面的战争中牺牲，彻底回不来了，单单送回来几件遗物，一块"烈士光荣"的牌匾；或者是一路打下来，幸运地活着，活过了国内革命战争，活过了抵抗日本人侵略的战争，又活过了解放战争，他从枪林弹雨中过来，活到了新中国的成立，在什么地方安定下来，做某一个级别的官员——那确实是光耀门楣的事情；还有一种不幸的情况，就是在自己的部队里被斗争掉了……那样悲戚的人在历史上不止一两位。严家祺活着回来了，和自己的家人亲戚继续生活在一起，是好事。只可惜我爷爷和我说起他当年那些经历的时候，我还不太懂事，也不知道那么多历史知识，自然不能和我爷爷好好谈谈。等我能够说出这些道理，我爷爷已经不在人世，那位严家祺老大人肯定也早已作古，骨头都能打鼓了。

而我爷爷就在他那位远房长辈的指点下，在严家冲附近的浏阳河边，真的打到了两天好鱼。

我爷爷终于打到了鱼，他正在回家的路上走，没有电话通知我爷爷，他的家庭生活已经发生了重大变故——等到他背着罾和渔网，用透气的蛇皮袋背着一大袋子大鱼急速回到涧口村家里的时候，我爷爷唯一的儿子已经夭折，当时不到三岁，因为少吃的，营养不良，就那么连饿带病地死掉了。

我爷爷和我说到这件事情的时候，已经是他和我说先前那些捕鱼的事情的后面几回。我爷爷老泪纵横。他哭了起来。那天是一个傍晚，停了电，爷爷背着竹椅子在外面乘凉，我和我弟弟也躺在外面的竹铺子上乘凉，一面央求他讲之前没有讲完的故事。我和弟弟都不知道原来我爷爷还有一个小儿子，我妈妈和姑姑还有一个弟弟，而我们还有一个亲舅舅。我爷爷开始还好好地讲着，讲他怎么背着鱼和渔网回家，一路上的见闻，到后来，讲到回家他见了我佬人，见了我奶奶，他的声音就哽咽了，接着就在漆黑的夜里哭出声来。

我那位永远幼年的亲舅舅小小的身体埋在了远处一座黄土山上，山不高，只有约五十米。

那时我和我弟弟还不大知道为一个没有见过的人去世难过，也就不能理会我爷爷当时时隔近三十年后的丧子余哀。他在那黑夜里默默哭着，我奶奶那时已经去世了，我爸爸妈妈也不在旁边，我们兄弟俩不知道该怎样劝慰他。我们几乎也要哭了起来，但不是因为失去一位从来没有见过、几乎没有存在过的亲人而难过，而是被我爷爷的哀痛吓到了。这样的事情听起来确实像是虚假的故事，像是发生在遥远的别人身上的故事。如今，半个世纪过去了，当我写到这里，写下这些，我的心也依然不得平静。我爷爷那一代人几乎已经全部过世了，我母亲那一代的人也慢慢走了，就像我母亲自己那样。我曾无数次提起过这些我并不是完全清楚的事情。我也想弄得更清楚一点，尽管不能挽回来什么，甚至也无所谓什么警示后人，但我总有一点想保留下祖先的生活和我们的回忆的希望。

> 每个人都可以成为家庭通灵者，
> 在一尊神像面前获得有用的启示。
> 我的祖母将祈愿文传给母亲，
> 我的母亲成为新年第一个早起的人。
> 一年四季的风吹过村社，
> 你看那最小的神在房屋和田间游走，
> 祂总是无所事事又无所不能。

就在今天，在你们面前，读者们，我原本想和你们说三个故事：

第一是关于一个家族的；

第二是关于一条河，河的地图的；

第三是有关一些传说的。

我原本还想花些时间收集和复述一些鬼神的故事。因为我们都知道，在乡下，我们每个地方都有自己的土地庙，有土地神，那是生活在当地的人们日常的依靠，不只是精神的，也是现实的。谁家小孩子无缘无故病了，受到惊吓了，或者得了什么病，打针吃药久久不能康复了，家里的大人、老人，总要带着孩子去属于自己的土地庙里求一求土地神，问一问那尊小庙里受到香火功夫的泥胎菩萨，小孩子到底是怎么回事啊，是不是犯了什么不干净的东西啊，什么鬼怪啊，接着就烧几炷香，打几个卦，求几包撒了香灰的茶叶，回来给病了的孩子喝了。那些被人迷信的土地神到底有没有灵验的地方呢？按照唯物主义的思想是没有的。但人的精神和思想又是神秘莫测的，有时候是说不清的。人不解的事情，就交给神去办。这也不是完全没有道理。因为我们知道一个人是有精气神的，一个人的精神好不好，我们可以看出来，精神不好，吃饭，做事情，都是病病恹恹的；而一个人精神好了呢，似乎什么事情都容易顺顺利利的了。我们都喜欢阳光的人。人的精神是内在的，也是受到外界影响的。母亲训斥孩子，孩子懂得害怕，会改掉坏习惯；一个人做事情受到鼓舞，他就会被一种外来的力附加到自己的精神上面，让自己变得更加有力，更坚毅。古代奥林匹克的故事不是也告诉了我们吗？一个实际上早就应该死去的士兵就是凭着一股必须要完成使命的精神力量，支撑到他从战场跑到营地，将战争的消息告诉给安全健康的人的。我原本希望讲一些听起来稀奇古怪的事情的，但是，我知道的，今天时间已经很晚了，是时候休息了。并且，我也没有想到最后竟然讲到了一个悲伤的故事的结局。我是那样敬爱着我的爷爷。怀着一颗崇敬的心，我本来是要讲一讲围绕着我爷爷的家族往事的，但那些过去真实发生过的事情和过去人的生活呢，都已经消散了。现在好了，在深夜，让你们听到了一个伤感的故事结局。还有，我是做了些准备的。想到坐在图书馆里的豪尔赫·路易斯·博尔赫斯曾经可能希望写到但没有完成的事情，几年前，我曾做了计划游历了大半条浏阳河，那是我的家乡河，我用手，凭着我自己在河面上和河岸边行走的感觉，画了一幅我理解中的浏阳河地图，上面标注了一些我知道的、问询到的地名——我是希望讲一个关于"地图册"的故事的。只是现在有些遗憾，我暂时无法展开我的"地图册"。虽然那只是我的地图册，只是关于我的家乡与家乡一条河的地名和与地名有关的故事。我还想告诉你，事实上，生活在大地上的人，即便是生活在城市里的人，每个人都有自己的家族史，也有属于自己家乡的地图册，甚至于家乡的传说。家族史是凸显的，地图册是需要去感知和了解的，传说是隐藏和流传中的。当我想到这些，尽管今天行将结束，一天已经过去，但未来的时日，我们依然会睁开眼睛，伸出双手，处在我们生而为人、生而为己的现实世界里。

最后我将默念以下二十个字，它们是严氏家族自华容迁至浏阳一脉的二十个辈分，是早年就从仁字辈的祖宗那里确定下来的。我默念着，作为一个故事的结局，也是我对祖先的追忆和崇敬。我自己也身处其中，最后一个字，"隆"字，便是我的辈分：

  仁敬梦朝忠，
  兴高显福崇，
  祖宗凡远近，
  家运定昌隆。

2019 年

经过时光，经过我（跋）

严彬

简单的问题常常被人遗忘。比如一位诗人如何写出第一首诗？一个小说家怎样写出了自己的第一个小说？……

一个创作者很可能并非一开始就是创作者。人类许多思考和发明始于模仿，而只有那极少数的天才或幸运儿，某天径直从造物主那里拿到属于自己的火把，将它点燃，照亮自己，也照耀了他人。

20世纪的大诗人和伟大的小说家豪尔赫·路易斯·博尔赫斯大概就是这极少数的天才和幸运儿之一。关于他的小说创作和成为短篇小说大师，卡尔维诺在他的《新千年文学备忘录》中如此发现和评述：

> 我们时代最近在新的文学体裁方面的伟大发明，是由一位擅写短篇小说的大师完成的，他就是豪尔赫·路易斯·博尔赫斯。他把自己发明为叙述者——这无异于"哥伦布的鸡蛋"——从而克服了使他将近四十岁仍无法从写随笔过渡到写小说的心理障碍。博尔赫斯想出一个妙计，假装他想写的那本书已由别人写了，那是一位假想中的无人知晓的作者——来自另一种语言、另一种文化

的作者；他还假装他的任务是描述和评论这本发明的书。……

对于同为作者的我，我的不幸可能在于自己不是那个径直从造物主那里拿到火把的人。但我之所以相继走上诗歌和小说写作道路，也有自己唯一的启示和起点：

我的诗歌写作来自大学语文教师在放映了电影《死亡诗社》和《春风化雨》后布置的写作作业——她要求我们每个人写出一两首诗。我相信，2001年，坐在我坐的那间跨专业大课阶梯教室里的人大部分从未尝试过诗歌写作。……不到一年后，我成了一位校园诗人。

而关于小说，我也像卡尔维诺所言那些有着"使他将近四十岁仍无法从写随笔过渡到写小说的心理障碍"的有希望而长久没有找到门路的习惯性思维写作者那样，在大约2017年之前，也就是三十六岁之前，我依然只是一位隐约想要写小说的诗人，从来没有办法完成一个哪怕只有五千字的短篇小说。我被那笼罩在自己身上已经超过十五年的"诗人的思维"禁锢住了。

直到2017年秋天，或2018年春天的某天，同样是一位文学教师——我在中国人民大学念创造性写作专业的授课老师，也是我的同代人小说家——张悦然老师，她在一门写作欣赏课中给我们布置了一个小说写作作业……

事情就那样开始了。我在笔下看到了属于自己的小说，尽管那同样来自"模仿"——我的头脑中浮现出另一部电影《酒徒》（它改编自小说家刘以鬯的同名小说），电影的人物、场景、说出的和未说出的语言，在我头脑中穿行而过。数日后，我的第一个小说写成了，我将它取名叫作《过时小说》。后来它也成为我小说集的名字。

现在，你面前打开的不是一本多么了不起的小说集。但它对于我个人，是重要的。"过时小说"这个名字我也喜欢，它至少代表了很长一个时期的我，就如我的另一本叫作《回忆的花园》的诗集。借由过去和回忆，我生活到现在，想象过未来。在这本小说集里，大多书写的也是有关过去或过去的想象，又或者多半是想象。小说不是记录，最多只是某些经验和思想的颤音，与我们的经验、印象、思想和现实的共鸣。

如今这本集子终于幸运地得到出版。关于它的创作和成书，我首先要感谢我的几位文学上的授课老师，他们是姚海燕、阎连科、梁鸿、张悦然、夏可君、杨庆祥、汪海等诸位老师，我从几位老师身上所获良多；感谢过去的大师，这些年时常相聚的文学前辈、同学和朋友，你们与我谈论小说，我数计你们的名字，想到自己也有这样多的好朋友……感谢宏伟，感谢责编秦悦，没有你们，我的这本书不知何时才会出现。感谢丛治辰为这本书评论。

感谢父母和家人，让我如今依然在写作。

祝福你们，祝福已来和未来的读者，也祝福我自己。

（此刻的我仿佛过于郑重，或者太过啰唆了。）

2024 年 6 月 28 日

于北京大兴

图书在版编目（CIP）数据

过时小说 / 严彬著. -- 北京：作家出版社，2024.10 -- ISBN 978-7-5212-2966-0

Ⅰ．I247.5

中国国家版本馆CIP数据核字第2024WY1128号

过时小说

作　　者：严　彬
统　　筹：李宏伟
责任编辑：秦　悦　王　烨
装帧设计：薛　怡
出版发行：作家出版社有限公司
社　　址：北京农展馆南里10号　　邮　　编：100125
电话传真：86-10-65067186（发行中心）
　　　　　86-10-65004079（总编室）
E-mail:zuojia@zuojia.net.cn
http://www.zuojiachubanshe.com
印　　刷：北京博海升彩色印刷有限公司
成品尺寸：142×210
字　　数：250千
印　　张：9.375
版　　次：2024年10月第1版
印　　次：2024年10月第1次印刷
ISBN　978-7-5212-2966-0
定　　价：68.00元

作家版图书，版权所有，侵权必究。
作家版图书，印装错误可随时退换。